Mariella Righini

DIE FLORENTINERIN

Roman

Aus dem Französischen von Sylvia Antz

WILHELM HEYNE VERLAG
MÜNCHEN

Titel der Originalausgabe: Florentine
Die Originalausgabe erschien bei Flammarion, Paris

Umschlaggestaltung: Atelier Ingrid Schütz, München,
unter Verwendung des Gemäldes *Mars und Venus* von Botticelli
Satz: H. Widmann, Berg
Druck und Bindung: Wiener Verlag, Himberg
Printed in Austria

ISBN 3-453-09830-7

Für meine Eltern

»Wie der Abend das Lob des Tages,
So singt der Tod das Lob des ganzen Lebens.«

Francesco Petrarca, *Canzoniere*

1469

Giuliano

Ein glühender Schmerz an der linken Seite ... Ein Sprung zurück ... Ein erstickter Schrei ... Der dumpfe Aufprall des Sturzes ... Mühsames Wiederaufrichten ... Taumelnde Schritte ... Die Bodenplatten weichen zurück ... Die Kuppel taucht in Dunkelheit ...

Ich durchlebte einen erstaunlichen Augenblick. Wie es ihn wohl – wenn überhaupt – nur ein Mal in einem Leben gibt. Ein Menschenleben bietet unendlich geringe Chancen, ein derartiges Strahlen zu schauen. Wie viele Generationen hatten nacheinander am Werk sein müssen, wie viele Jahrhunderte ineinandergreifen, damit es mir gegeben ward, eine so vollendete Harmonie zu verspüren? Selten, davon bin ich überzeugt, kann die Welt eine derartige Verschmelzung erlebt haben. Und es werden erneut Jahre um Jahre vergehen, bevor sich etwas Ähnliches ereignen kann.

Es war eine einzigartige Zeit, in der Geist, Anmut und Schönheit einen vollkommenen Einklang bildeten. In der ich sah, wie Vergangenheit und Zukunft reibungslos ineinanderübergingen. Wie man aus Erde Statuen formte und Karavellen über Ozeane flogen. Archäologen und Navigatoren schenkten mir den Taumel unbekannter Horizonte: einen ganz anderen Zugang zur Antike und die Entdeckung einer neuen Hemisphäre. Florenz, mein Florenz, war das Zentrum dieser weißglühenden Helligkeit geworden. Der Stern, der über den noch in Dunkelheit getauchten Republiken und Königtümern erstrahlte.

Sandro war zweiundzwanzig Jahre alt; Domenico zwanzig, ebenso Lorenzo. Und ich war gerade sechzehn. Zeit des Friedens. Zeit des Frühlings. Zeit der Liebe. Man schrieb das Jahr 1469.

DIE FLORENTINERIN

Da kam eine Frau. Sie trug die ganze Pracht der Epoche in den goldbraunen Falten ihrer Kleider, in den goldenen Locken ihres Haars und in jeder Geste ihrer zehn Madonnenfinger. Sie gab in einem Lächeln all das, was unsere jungen Maler und Dichter in Oktaven und Perspektiven ausdrückten. Sie verkörperte unsere ganze Glut, zu neuem Leben zu erwachen. Sie war die antike Nymphe, die mit ihren zarten sechzehn Jahren die Sprache der Erneuerung atmete, tanzte und sang.

An jenem Morgen überquerte ich den Ponte alle Grazie auf dem Heimweg von einem feuchtfröhlichen nächtlichen Streifzug mit meinen Freunden von der *brigata*. Das Rauschen der steigenden Wasser des Arno konnte die Stimmen meiner unzertrennlichen Gefährten nicht überdecken. Ein Trupp junger Burschen, verfluchter Kerle, lustiger Vögel, bekannter Lebemänner, unermüdlicher Zecher, Scherzbolde, Prasser und Säufer; die vergnügungssüchtigen Sprößlinge der einflußreichen Florentiner Familien: der Pazzi, Pucci, Martelli, Pulci, Rucellai, Stufa, Benci und natürlich der Vespucci, denen wir, die beiden Medici, in nichts nachstanden, wenn es ums Feiern ging.

Mein Bruder Lorenzo war der Anführer all dieser gutaussehenden Teufelskerle, die kein Festmahl ausließen.

»Hast du uns gesehen, Giuliano?« fragte mein älterer Bruder lachend. »Niemals wird unsere *brigata* sich wie bei Hofe benehmen.«

Geistesblitze, grausame Scherze, freundschaftliche Turniere, Verse und Kavalkaden, Abenteuer und Serenaden: wir waren eifrige Gefolgsleute Epikurs, fest verbunden durch die Lust zu leben.

Der Mond verblaßte schon hinter den Hügeln, als es zur Prim läutete. Das Krähen der Hähne flußaufwärts am Arno antwortete dem Glockenklang. Nach und nach flammten in den winzigen Häuschen, Läden und Kapellen, die sich an die Brücke klammerten, flackernde Lichter auf. Man hörte den Befehl einer Wache auf der Stadtmauer, das schwere Knarren der Tore, sah Frauen auf dem Weg zur Kirche Ognissanti; Karrenräder knirschten und, plötzlich, weit hinten auf der Straße Hufgeklapper.

Ich drehte mich um. Am Eingang der Brücke gingen etwa hundert junge Mädchen in jungfräulichen Gewändern, von zwei Dutzend Pagen mit hocherhobenen Trompeten flankiert, einem Hochzeitszug voraus.

»Braut am Morgen bringt Kummer und Sorgen!« rief Marco Vespucci, der betrunkenste von uns allen, ehe er in sich zusammensackte.

Wir hoben ihn auf und hofften, daß er seine Unbesonnenheit nicht in großen Schwällen auf diese makellose Prozession spie. Vorsichtshalber drehten wir ihn gegen die Tür des winzigen Klosters delle Murate um, das sich mitten auf der Brücke befand und seit einiger Zeit von den Nonnen verlassen worden war. Ich hätte nicht viel für ihre Gelübde gegeben, wenn sie geblieben wären, die Unglücklichen, angesichts des erregten Zustandes unserer kleinen Bande von Gotteslästerern.

»Zur Hölle sollen sie fahren, hinter ihren Mauern!« brüllte einer unserer Zechbrüder am Ende seiner Kräfte.

»Fünf Minuten Zurückhaltung, Marco«, flehte ich ihn an.

»Es lebe die Braut!« rief er in einer letzten theatralischen Geste, bevor er umkippte.

Die Erscheinung, die nun folgte, ließ uns verstummen. Einen kurzen Augenblick erhellte sie den noch dunklen Himmel von Florenz.

Königlich ritt die junge Braut auf ihrer weißen jungen Stute, unter den milchigen Wogen eines großen, von einem Stirnband feiner Perlen zurückgehaltenen Schleiers und eines weiten Mantels aus verziertem Samt, der Tradition folgend, heran, ihrer ehelichen Wohnstatt entgegen.

War es dieser leicht träumerische Ausdruck, der die Lebhaftigkeit ihrer von Smaragden gesäumten Augäpfel mit Melancholie vermischte? Dieses Grübchen im Kinn, das das süße Oval ihres Gesichts frech betonte? Dieser korallenrote Mund, der die heitere Reinheit ihrer weißen Stirn betonte? Ihre unsagbare Schönheit traf mich wie ein Peitschenschlag. Als ob ich einer Geburt beigewohnt hätte. Oder einem Tod.

Zusammenprall zweier Gestirne, Erschütterung, Aufflackern, rote Glut. Ich verlor den Boden unter den Füßen, mir schwindelte. Zu viele durchzechte Nächte, Giuliano, zu viele Lustbarkeiten, wie es uns unsere heilige Mutter unverblümt vorzuwerfen pflegte. Von dem eisigen Wind emporgehoben, geißelte die lange Schleppe der Braut mein Blut. Und ich kam teilweise wieder zu mir.

Zwölf Paar aus Zypressenholz geschnitzte Truhen mit Birnbaumintarsien auf liliengeschmückten Wagen beschlossen den Zug. Die Aussteuer der Braut und die Hochzeitsgeschenke, sagte ich mir, während ich versuchte, die ineinander verschlungenen Wappen der beiden Familien auf dem Holz zu entziffern.

Wie betäubt folgte ich dem Zug bis zur Piazza Ognissanti, die man in der Nacht mit Flaggen und Blumen geschmückt hatte. Über die ganze Fassade des Palazzo Vespucci hingen abwechselnd weiße Girlanden und goldene Bienen, das Emblem der großen florentinischen Familie.

Ich kehrte wieder auf die Erde zurück. Wie hatte ich es nur vergessen können? Simonetta, die jüngere Tochter von Gaspare und Cattochia Cattaneo, die, wie ich gehört hatte, Stern von Genua genannt wurde, war nach Florenz gekommen, um Marco, den Sohn Piero Vespuccis, zu heiraten und die Allianz der beiden Handelsaristokratien, der Genueser und der Florentiner, zu feiern.

Ich wandte mich um. Was machte dieser Zechbruder Marco ausgerechnet in dieser Nacht bei der *brigata*? Begrub er ein letztes Mal sein Junggesellenleben? Ich ließ meinen Blick über den Platz schweifen. Der Bräutigam war verschwunden.

Simonetta

Kaum hatte Lola das beeindruckende Portal durchschritten, blieb sie erschrocken stehen. Sie war einfach nicht zu bewegen, weiter in den Hof des Palazzo hineinzugehen. Die Trompeten der Pagen, gefolgt von dem Willkommenskonzert der Querpfeifen, Gamben, Leiern, Lauten und Dudelsäcke mußten meine weiße Stute wohl eingeschüchtert haben.

Ich empfand diesen erzwungenen Halt auf der Schwelle meines neuen Zuhauses als Segen. Die Angst schnürte mir die Kehle zu. Mein Herz hämmerte in meiner Brust. Ich mußte wieder zu Atem kommen. Beweg dich nicht, Lola, keinen einzigen Huf! Noch ein Schritt, und der zweite große Bruch meines Lebens wäre vollzogen.

War das Erwachsenwerden? Daß mir immer wieder alles genommen wurde, was mir so sehr am Herzen lag? Weiterzugehen und einen Teil von mir auf dem Weg zurückzulassen? Mein Leben auf Rissen, Schnitten, Brüchen aufzubauen? War dieser Schmerz der Preis, den ich zahlen mußte, um vorwärtszukommen? Weder meine Mutter noch meine Amme, noch meine große Schwester hatten mich gelehrt, wie grausam diese Sprünge ins Unbekannte waren. Und auch nicht, welch köstlichen Schwindel sie hervorrufen konnten.

Den ersten Schnitt hatte ich als kleines Mädchen erlebt. Ich war nicht mal zehn Jahre alt. Jacopo III. d'Appiano, Herr von Piombino und Elba, der in zweiter Ehe meine ältere Schwester Battistina geheiratet hatte, war gekommen und hatte mich der Landspitze von Porto Venere, bei Genua, entrissen, wo ich geboren war. Um meiner Erziehung willen hatten meine Eltern seinem Vorschlag zugestimmt und die Sache beschlossen. Niemals mehr würde ich die Meeresgischt sehen, die meine Wiege gewesen war, die schwarzen Felsen, die steil in das grüne Wasser hinabtauchten, in dem meine Augen sich spiegelten, und die Wellen, die tief in den kleinen Buchten an meiner Lebenslust zerschellten. Aus der kleinen Wilden, die aus ihrem auf einem Genueser Vorgebirge thronenden Turm entwich, um über den sandigen Strand zu laufen, würde man ein Palastfräulein machen. Literatur, Musik, Malerei, Tanz. Ein Glück, alles in allem. Der Hof von Piombino war immer noch besser als das Kloster. Dank Battistina war ich dem Los entgangen, das allen wohlgeborenen Mädchen in meinem Alter widerfuhr, bis ihre Eltern sie wieder in das Licht des Jahrhunderts zurückführten.

»Willkommen, Simonetta!«

Mit ausgestreckten Armen kam ein Mann in einem bodenlangen Mantel aus violettem Samt auf mich zu. Er hatte einen graumelierten Kinnbart und sah mir mit der Freundlichkeit des Hausherrn entgegen.

»Kommt, schönes Kind, habt keine Angst!«

Meine Stute wich einen Schritt zurück. War dieser alte Mann mein Bräutigam? Nach dem Bild, das mir meine Schwester und mein Schwager gezeichnet hatten, mußte Marco in meinem Alter sein. Sollten sie mich betrogen haben? Lola bockte und wieherte zornig.

Der alte Mann half mir, vom Pferd abzusitzen. »Erlaubt mir, schönes Kind, Euch die Honneurs des Hauses zu machen«, sagte er mit warmer Stimme. »Bis zur Ankunft meines Sohnes ... Oh, nichts Schlimmes, ein vorübergehendes Unwohlsein«, fügte er hinzu, als er die Bestürzung in meinen Augen las.

Obwohl ich verängstigt war, fühlte ich mich doch ziemlich erleichtert, als ich den Fuß auf den Boden setzte. Das war also nicht mein Gatte, sondern mein Schwiegervater, dieser Mann, der mich mit einer von Sympathie geprägten Höflichkeit empfing. Derselbe, der im letzten Jahr auf dem Rückweg von einer Reise nach Istanbul im Schloß zu Piombino haltgemacht hatte. Er war als Botschafter in Eheangelegenheiten gekommen, um auf dem Weg nach Florenz die Allianz zwischen den Familien Cattaneo, Verwandten der Appianos, und Vespucci zu arrangieren.

Ich hatte es immer gewußt: Ich war nur eine Person auf der Durchreise, zuerst im Turm meines Vaters, dann im Schloß meines Schwagers. Nur ein paar Jahre, und ich würde weggehen, wie alle anderen Mädchen auch, und das Geld meiner Mitgift und die Truhen meiner Aussteuer mitnehmen. Die erste Frage, die meine Eltern sich gestellt hatten, als sie sich über meine Wiege beugten, war: Wem werden wir sie geben? Meine ganze Erziehung hatte diesem gelungenen Abschluß gedient. Und mein ganzes Tun und Handeln als kleines Mädchen war von diesem schicksalhaften Ausgang inspiriert.

Wie oft hatte ich mit meinen Freundinnen das »Botschafterspiel« gespielt. Wie oft hatte ich mit diesem gesungenen und getanzten Ritual den Heiratsantrag nachvollzogen, der von dem Botschafter eines fernen Herrschers der in ihrem Turm eingeschlossenen Schönen überbracht wurde! Das Spiel umfaßte alle möglichen Varianten, von der wundervollsten bis hin zur schrecklichsten, wo ein Hagestolz rücksichtslos eine zarte Blume heiratete.

Schluß mit dem Märchen. Schluß mit dem Spiel. Der Botschafter war wirklich gekommen. Er war nicht der erste, gewiß. Piombino hatte schon andere vorbeidefilieren sehen. Bankiers, Seidenhändler, Patrizier, Kapitäne, Notare hatten ihre Mittelsmänner an den Hof der Appiano gesandt. Ohne Erfolg. Mein Schwager Jacopo hatte sie alle mit den üblichen Höflichkeiten nach Hause geschickt. Bis zur Ankunft von Piero Vespucci.

Ich hatte es erst erfahren, als bereits alles besiegelt war. Jacopo III. bewilligte als Mitgift Eisen aus seinen Minen auf der Insel Elba gegen eine Allianz mit der führenden florentinischen Familie der Medici, durch Zwischenschaltung der Vespucci. Diese Verträge waren natürlich über meinen blonden Kopf hinweg abgeschlossen worden.

Alles war sehr schnell gegangen. Zahlung der Genueser Dukaten, Aufsetzung eines Ehevertrags, der öffentlich vor einem Notar auf dem Platz vor dem Palast der Prioren registriert wurde, offizielle Übergabe des Rings. Das war im

August 1468, und ich war erst fünfzehn Jahre alt. Ohne auch nur den Schatten meines Bräutigams gesehen zu haben, war ich vom ledigen in den verheirateten Stand übergewechselt. Auf Distanz. Ein unwirkliches, abstraktes Ereignis. Nur das Versprechen der Liebe, das in jener Perle des herrlichen Orients enthalten war, die seitdem meinen Ringfinger zierte, hatte mich aufrechterhalten.

Piero hob meine beringte Hand hoch und führte mich in den Palazzo Vespucci. Zwei Diener gingen uns mit Fackeln voraus. Der glänzende Marmor der prächtigen Kamine spiegelte den Schein der Feuerstellen und Kerzen wider. Das Gold der Leisten, der Rahmen und der Deckenbemalung schimmerte schon im ersten Tageslicht, während der Rest der Räume noch in Dunkelheit getaucht war. Wir durchquerten den holzgetäfelten Prunksaal, der beherrscht war von einem schweren, mit einem Tuch bedeckten Tisch, an dessen Seiten Lehnstühle standen, über die man Pelze und Stoffe geworfen hatte. Vorhänge umrahmten die Fenster, und an den Wänden hingen Teppiche.

Im Vorübergehen erhellten die Fackeln eine Kredenz, und ihre mit Brokat drapierten Böden funkelten in tausenderlei Feuern. Alle Gold- und Silberschmiede und Ziseleure der Stadt, all ihre Glasbläser und Keramiker mußten hier ihre Talente vereinigt haben, um diese Pracht zu schaffen. Neun Fächer über und über mit blendenden Reichtümern bedeckt. Gold- und Silbergefäße, achatblaues und jadegrünes Geschirr, kostbares Geschmeide.

»Die Geschenke unserer Florentiner Freunde«, kommentierte mein Schwiegervater. »Huldigungen an Eure Schönheit. Wir haben sie der Bewunderung unserer Gäste dargeboten. Hier in diesem Saal wird heute abend und an den nächsten beiden Tagen das Hochzeitsbankett stattfinden. Bis dahin habt Ihr genug Zeit, Euch frisch zu machen und auszuruhen, schönes Kind.«

Piero ließ meine Hand los, um nach einem Prachtstück aus winzigen miteinander verschlungenen geblasenen Kristallen zu greifen, die auf ein perlgraues Seidenband gestickt waren. Ich spürte plötzlich den warmen Atem des Mannes auf meiner Stirn und die kühle Glätte des Glases an meiner Kehle.

»Ein Geschenk der Medici, unserer alten Freunde«, erläuterte er, während er das Collier in meinem Nacken verknotete.

Neben dem großen Saal befand sich ein ebenso prachtvoller, gleichfalls mit Gemälden und Wandbehängen ausgestatteter, kleinerer Raum.

»Hier in dieser *saletta* pflegen wir die Mahlzeiten innerhalb der Familie oder mit engen Freunden einzunehmen.«

Wir stiegen die Marmorstufen empor und gingen durch eine lange Galerie, deren Fresken im Schein der sich voranbewegenden Fackeln grün und blau aufleuchteten. Es war eine Folge von Landkarten der verschiedenen Weltregionen, direkt auf die Wände gemalt.

»Wir haben diese Fresken für meinen Neffen Amerigo malen lassen. Mein Bruder, der Notar Nastagio Vespucci, wirft mir vor, ihm die Leidenschaft zur Navigation eingeflößt zu haben. Er will nichts davon hören, solange sein Sohn, der gerade in Eurem Alter ist, nicht volljährig ist. Im Augenblick übt er die Funktion eines Angestellten im Bankhaus der Medici in Sevilla aus.«

Ich betrachtete die Karten. Die von meinem Lehrer verabreichten Geographiestunden konnten hier, obwohl noch frisch in meiner Erinnerung, keine sofortige Umsetzung finden. Ich erkannte nichts wieder. Wie das Licht, so flackerte auch mein Geist. Was sollte ich mit diesem Amerigo? Es war Marco Vespucci, von dem ich gerne etwas gehört hätte. Wo hielt er sich auf?

Ich blieb vor einer riesigen vergoldeten Kugel stehen, auf der blaue und grüne Flächen in gezähmter Unordnung ineinandergriffen.

»Eine Erdkugel«, erklärte Piero.

Ich nahm mir vor, hierher zurückzukommen. Noch ein Stockwerk, und wir gelangten in ein Vorzimmer, dann in ein Zimmer, das meines sein mußte. Jemand hatte meine

Aussteuertruhen dort abgestellt. Sie befanden sich bereits an ihrem endgültigen Platz am Fußende des Bettes und unter den Fenstern.

Ein wilder roter Haarschopf tauchte vor dem Kamin auf. Ein Mädchen in einfachen Kleidern war damit beschäftigt, das Feuer zu schüren. Sie legte ein letztes Scheit auf, bevor sie sich erhob und umwandte. Ihre im Feuerschein leuchtende Mähne umgab ein im Gegenlicht sehr blasses Gesicht, das von Augen wie glühender Kohle belebt wurde.

»Svetlana«, sagte Piero. »Eine Zirkassierin, zu Euren persönlichen Diensten.«

Die junge Sklavin schaute mich mit ihren schwarzen Augen direkt an und deutete einen Knicks an. Ich lächelte ihr zu.

»Holt die Gouvernante aus Genua«, befahl mein Schwiegervater.

Die Zirkassierin neigte den Kopf und verschwand.

»Ihre Familie ist seit drei Generationen in Florenz«, erklärte Piero. »Ihre Großmutter wurde von Venezianern vom Kaspischen Meer mitgebracht und an den Hof Cosimo de' Medicis verkauft. Wir haben ihre Enkelin aufgenommen.«

Die Tür des Vorzimmers öffnete sich.

»Giovanna!«

Ich stürzte in die drallen Arme meiner Amme und atmete an ihrer Schulter ihren unvergleichlichen Mandelcremeduft ein. Nein, ich war nicht von meiner Kindheit abgeschnitten! Sie begleitete mich sogar in mein eheliches Exil.

»Siehst du, Kleines, ich gehöre zur Aussteuer.«

Ich lachte und weinte gleichzeitig.

»Wo kommst du denn her, Giovanna? Aus einer Truhe?«

»Ja, ja, so einfach wirst du deine alte Kinderfrau nicht los!«

Das war mein schönstes Hochzeitsgeschenk. Seit meiner Geburt hatte sie mich nicht verlassen. Als zärtliche und wildentschlossene Wächterin meiner Tugend war sie mir von dem Genueser Turm in den Palast zu Piombino und nun vom Hof der Appiano in das Haus der Vespucci gefolgt. Sie war meine Nabelschnur, meine einzige Verbindung zur Vergangenheit, das einzig Beständige in meinem bewegten Leben, der sanfte Knäuel, der seinen Faden auf meinem Weg ausrollte. Er würde niemals reißen.

Manchmal ging sie mir auch auf die Nerven. Giovanna hatte die Gabe, mich mit ihrem altmodischen Gerede zur Weißglut zu bringen: Sittsamkeit und Bescheidenheit, Anstand und Gehorsam, der einzige Schmuck einer Frau … Ich hätte sie erwürgen können, als sie mir *De claris mulieribus* von Boccaccio wegnehmen wollte, das ich mir aus Jacopos Bibliothek geliehen hatte. Dieses Buch des florentinischen Dichters über bemerkenswerte Frauen in der Geschichte roch wie Schwefel in der Nase meiner prüden Gouvernante. Für sie durfte eine Frau äußerstenfalls Lob, aber in keinem Fall Bewunderung oder Lust hervorrufen.

Als Piero sich zurückgezogen hatte, nahm Giovanna mir meinen Schleier ab, hakte meinen weißen Samtmantel auf, knöpfte mein weißes Brokatkleid mit den perlenbestickten Ärmeln auf, löste meine Hemden aus feinstem Leinen und band meine Schuhe auf. Während sie mich aus meinem Hochzeitsstaat schälte, entdeckte ich in einer Nische gegenüber dem Bett eine herrliche Jungfrau aus glasiertem Ton.

»Luca della Robbia«, informierte mich Svetlana, die mir eine Wanne dampfenden, mit Irisblättern aromatisierten Wassers brachte.

Die reinigenden Eigenschaften dieses Wassers sollten mich gegen böse Geister schützen. Als ich hineintauchte, fühlte ich mich wie neugeboren. Ich wusch mich von meinen Zweifeln, meinen Sehnsüchten, meinen Befürchtungen rein. Ich entstieg ihm ganz neu, frisch, wie ein Haus nach dem Frühjahrsputz in der Karwoche und dem Versprengen des Weihwassers, bereit, die Sonne meines neuen Lebens zu empfangen.

»Denk daran, Simonetta …«

So begann Giovanna immer ihre Predigten.

»Denk daran, daß eine Ehefrau niemals zu viel Fröhlichkeit zum Ausdruck bringen sollte. Daß sie sich zurückhaltend und schüchtern zeigen soll …«

In Svetlanas dreistem Blick entdeckte ich ein verschwörerisches Funkeln.

»... daß sie unter dem Blick ihres Gatten erröten und die Wimpern senken und leicht erbeben soll, wenn er sich ihr nähert. Daß sie ihre Erregung zeigen soll, sie aber zu beherrschen wissen muß. Daß sie bis drei zählen soll, ehe sie mit süßer Stimme antwortet ...«

Ich ließ sie ihre Litanei nicht vollenden. Ein Glucksen der Zirkassierin, und ich konnte das Lachen nicht mehr zurückhalten. Zum Teufel mit der Zurückhaltung, zum Teufel mit der Bescheidenheit! Ich konnte mich nicht länger beherrschen. Svetlana wartete nur auf ein Zeichen, um sich ebenfalls vor Lachen zu winden. Und so brachen wir beide in ein verrücktes Gelächter aus. Wir steckten uns immer wieder gegenseitig mit unserem Lachen an, und kaum trafen sich unsere Blicke, ging es schon wieder los. Giovanna schwenkte ihre drallen Arme, als wollte sie eine Flamme löschen. Zu spät, ihr ohnmächtiges Gestikulieren konnte nichts daran ändern. Uns kamen die Tränen, wir glaubten zu sterben.

Ich kletterte auf eine Truhe, die als Stufe zu dem Podest diente, auf dem das riesige Bett ruhte, und ließ mich erschöpft darauf fallen.

Das Bett, in dem ich mich heute vergrabe. Während die Luft meine Lungen verbrennt, und ich mein Leben aushauche ...

Als ich die Augen aufschlug, geriet ich einen Moment lang in Panik. Ich erkannte diese an der Decke hängende, kegelförmige Haube nicht wieder, diesen Pavillon, von dem aus sich die grünen Damastvorhänge entfalteten, die mich umgaben. Wer hatte mich entkleidet? Wer hatte mich zwischen diese Laken aus golddurchwirktem Seidenvoile gelegt? Wer hatte die Vorhänge zugezogen?

Ich schob sie etwas zur Seite. Ein schüchterner Strahl drang durch die schweren, genagelten Läden. Ich gewöhnte meine Augen an das schwache Licht. Wände und Decke waren mit dem gleichen grünen Damast mit der purpurroten Samtbordüre bespannt, mit welchem Kopfkissen und Bettdecke bezogen waren. Als ich genau hinschaute, bemerkte ich, daß es kein Stoff war, der die Wände bedeckte, sondern ein Gemälde, das die sich wiederholenden Motive täuschend echt nachbildete.

Ich versuchte die Stoffmassen loszuwerden, die mich fast erstickten, aber es war mir unmöglich, die Vorhänge des Baldachins von innen aufzuziehen. Ich kletterte aus meinem seidenen Zelt und setzte die Füße auf die Balustrade. Das massive Möbel, in dem ich geschlafen hatte, beherrschte den Raum. Es war ein richtiges Zimmer im Zimmer. Das zentrale Element dessen, was ein … Brautgemach sein sollte. Mein Brautgemach! Sofort kam mir alles wieder in den Sinn.

Ich sprang von der Balustrade auf eine Truhe.

»Giovanna! Giovaaanna!«

Meine Amme erschien mit bestürzter Miene.

»Beeilen wir uns! Das Bankett! Wieviel Uhr ist es? Rasch, mein Hochzeitsgewand. Ich werde das Fest noch versäumen!«

»Das Fest ist zu Ende, meine schöne Simonetta! Du hast vierundzwanzig Stunden geschlafen. Die Reise hat dich erschöpft.«

»Und man hat mich nicht geweckt!?«

Ich war empört.

»Das war MEIN Fest! MEINE Hochzeit! Wie konnte man es wagen, mich zu übergehen?«

»Dich und deinen Gatten. Er ist auch nicht heruntergekommen. Eine Unpäßlichkeit, wie es scheint. Man hat mir befohlen, dich schlafen zu lassen.«

Ich hatte nicht erröten, die Augen niederschlagen, erbeben und bis drei zählen müssen … Ich stand da, ohne Hochzeit. Und ohne Mann!

Würde ich wenigstens in den Genuß des besonderen Privilegs kommen, ihn zu sehen? Selbst von weitem, oder nur von hinten? Ungeduldig und mit Nachdruck sprach ich die Frage aus. Aber im Namen der hochheiligen Sittsamkeit hütete Giovanna sich wohlweislich, sie zu überbringen. Und so verbrachte ich den Rest des Tages mit Warten.

Endlich öffnete sich die Tür. Ein braunhaariges Mädchen kam in mein Zimmer gesprungen. Sie trug einen schmiedeeisernen Käfig, in dem zwei erschreckte Turteltauben herumflatterten. Ihre scharlachroten Schnäbel hoben sich von ihrer weißen Halskrause und ihrem graurosa Gefieder ab.

»Das ist mein Geschenk«, sagte sie und kletterte auf eine Truhe vor einem der Fenster.

Sie öffnete die Fensterflügel, hängte ihr Eisengestell an das Gitter und stützte sich ruhig mit den Ellenbogen auf.

»Ich bin Ginevra, Marcos Schwester«, stellte sie sich vor, ohne sich umzudrehen. »Ich bin fast zwölf.«

»Und Marco?«

Sie hob eine Schulter.

»Sechzehn, wie du.«

Ich trat näher.

»Ich meine ... Wo ist er? Wie geht es ihm? Man hat mir gesagt, er ist krank.«

Ginevra brach in Lachen aus und blickte mich von der Höhe der Truhe herab an.

»Krank? Ja, ihm brummt der Kopf, als wär's ein Bienenkorb. Seit einer Woche ist er nicht mehr nüchtern, der Unglückliche!«

Das war es also. Weit entfernt, mich zu entmutigen, rührte mich diese Nachricht vielmehr. Armer Junge, er mußte genausoviel Lust gehabt haben zu heiraten wie ich!

Ich kletterte zu Ginevra auf die Kiste und lümmelte mich neben sie. Eine ganze Weile lauschten wir dem Gurren der Turteltauben und wechselten kein Wort.

Ich verlor mich in der Betrachtung dieser so einzigartigen Stadt. Sie erschien mir wie ein ockerfarbener Block aus *pietra serena*, aus dem die Hand des Künstlers schattige Straßen und gepflasterte Plätze gehauen hatte. Harmonisch verteilt, hielten Dutzende und Aberdutzende Palazzi Wache, während die Kirchturmspitzen und die zinnenbewehrten Türme sich gegen den goldenen Himmel reckten. Die rote Kuppel des *duomo* und der rosafarbene *campanile* hoben sich heraus, bildeten eine gesonderte Gruppe. Vier herrliche Steinbrücken überspannten die sprudelnden Wasser des Flusses. Drei von ihnen beherbergten kleine Häuser, Läden, Kapellen und Klöster. Und um das Kunstwerk einzurahmen, waren da noch die von Türmen und Türmchen gekrönten Stadtmauern.

»Dein Vater hatte recht, als er behauptete, daß Florenz ohnegleichen ist. Meine Schwester Battistina hat mir Pieros Dithyramben über eure Stadt gebracht. Ich dachte, daß er den Panegyrikus ein bißchen übertrieb, um ...«

»Ich verstehe nichts von deinem Gerede. Dithy ..., sagst du? Panegy– ... Was war das noch?«

»Ich wollte nur sagen, daß ich nicht die Hälfte von seiner Eloge über Florenz geglaubt habe. Und daß er damit in Wahrheit noch unter dem lag, was man empfindet, wenn man es zum ersten Mal entdeckt.«

Ginevra zuckte die andere Schulter.

»Es ist die schönste Stadt der Welt. Das weiß doch jeder.«

Ich hatte die Stadt bei Sonnenaufgang, in ihrer hoheitlichen, fröstelnden Schönheit, gesehen, wie sie noch eingehüllt war in ihren Mantel aus Dunst. Und ich sah sie an diesem Abend wieder, unter diesem stahlblauen Himmel, im Rot der untergehenden Sonne, und sie war ebenso würdig wie stolz in ihrer goldbraunen Herrlichkeit. Ich mußte zugeben, ihre souveräne Grazie ging weit über ihren Ruf hinaus. Es war keine Kaufmannsstadt, in der ich leben würde, sondern eine fürstliche Hauptstadt.

Giuliano

Am Morgen dieses siebten Februar herrschte eine sibirische Kälte. Aber als ich mittags in die Piazza Santa Croce einbog, empfand ich angesichts der mit schwerem Brokat, geprägtem Samt, persischen Teppichen und Treibhausblumen geschmückten Paläste ein Gefühl der Wärme. Kein Fenster, kein Portal, das nicht prunkvoll herausgeputzt und mit Blumen geschmückt war. Ein riesiger Prunksaal unter freiem Himmel, der unser Turnier aufnahm. Ein vertrauter Ort, wo ich mich in Sicherheit fühlte. Fünfzigtausend Florentiner drängten sich schon seit den frühen Morgenstunden auf den an den Fassaden errichteten Holztribünen, auf Balkons, an Fenstern, ja sogar auf den Dächern. Alle waren gekommen, um dem ersten großen öffentlichen Fest des Jahres beizuwohnen.

Unsere Wettbewerbe waren frei von jeglichem kriegerischen Aspekt. Es war die Zeit künstlicher, ausgeklügelter, listenreicher Kämpfe, wo sich Kühnheit und Geschicklichkeit mehr in höfischen Turnieren als militärischen Operationen maßen. Wir waren alle der Kriege müde, der federgeschmückten Generäle, des auf den Schlachtfeldern vergossenen Blutes. Hier handelte es sich zwar um Kämpfe mit Rüstungen, Helmen, Schildern und Schwertern, aber vor allem ging es um Spiele.

Mit dem Turnier sollte der wiedergefundene Friede zwischen Florenz und Venedig gefeiert werden. Als Unterpfand der Freundschaft hatten uns alle Fürsten Italiens ihre besten Pferde geschickt. Borso d'Este hatte uns Boiardo geschenkt, Cesare Sforza Branca, Ferdinando von Aragon Abruzzese und Fals'amico, das weiße Streitroß, auf dem mein Bruder nun saß.

Die Trompeten erklangen.

»Wir sind an der Reihe«, flüsterte mein älterer Bruder.

Wir hatten keine Kosten gescheut: Zehntausend Goldflorin

hatten wir für unsere Sättel und das Zaumzeug ausgegeben. Nichts ging uns über diese Huldigung an den Frieden zwischen den Stadtstaaten und den Beginn des Frühlings.

Lorenzos Standarte, die ein Page an der Spitze des Zuges unserer Familie trug, flatterte im Wind. Mein großer Bruder war sehr stolz darauf. Er war es, der sie entworfen hatte. Andrea del Verrocchio hatte sie nach seinen Angaben gemalt. Unter einem Regenbogen sah man eine schöne, sonnenumglänzte Dame, die einen Kranz aus zwei Lorbeerzweigen, einem vertrockneten und einem frisch ergrünten, flicht. Und zur Krönung des Ganzen leuchtete Lorenzos Devise im Winterlicht: *Le temps revient,* die Zeit kommt wieder. In diesen sinnbildlichen Darstellungen und diesen Worten lag das Versprechen einer Erneuerung, einer Wiedergeburt und einer neuen Zeit, einer kommenden Ära, die unser Laurentius, mein geliebter Bruder, bald einläuten würde.

Simonetta

Umrahmt von einem prächtigen Zug von Pagen und Herolden, wurde jeder Turnierteilnehmer von dem Geschrei der Menge begrüßt. Seit einer Stunde waren alle jungen Patrizier der Medici-*brigata*, die Pitti, Pazzi, Benci, Borromei, Salutati, Strozzi, Solderini und auch die Vespucci, vertreten durch Amerigo, meinen angeheirateten Cousin, und Marco, meinen Phantomgatten, unter unbeschreiblicher Prachtentfaltung auf dem *campo* aufgezogen. Ich betrachtete das Gesicht eines Jünglings, seinen zarten Hals, aber er wirkte bereits alt und entkräftet. Das also war mein Mann, dieser sich unbehaglich fühlende, immer auf der Flucht befindliche Knabe, dessen Wege ich in dem weitläufigen Palast nur kreuzte, ohne ihm je wirklich zu begegnen? Seit einem Monat lebten wir unter demselben Dach. Aber von meiner offiziellen anderen Hälfte hatte ich nie auch nur den Schatten zu Gesicht bekommen.

Ich saß in der ersten Reihe der Familienloge und vertiefte mich in die Betrachtung dieses einmaligen Schauspiels, halblaut kommentiert von Piero Vespucci, dessen Scharfblick ich schätzte. Hurrarufe kündigten den Auftritt eines schönen Ritters in der Arena an, dem ein Dutzend Reiter und ein Fahnenträger vorausritten.

»Das ist Lorenzos bester Freund, Braccio Martelli«, teilte mir mein Schwiegervater mit, wobei sein Kinnbart über meine Wange strich. »Er feiert hier seine junge Ehe mit Costanza Pazzi. Wünschen wir ihnen alles Glück der Welt.«

Er besaß das Taktgefühl, die bis heute nicht vollzogene Ehe seines eigenen Sohnes mit mir in keinem Wort zu erwähnen. Ich fühlte mich deswegen nicht mehr bedrückt. Nachdem der erste Katzenjammer vorüber war, der mehr durch die Ernüchterung diktiert wurde, das Märchen von der jungen Ehefrau, das man mir immer erzählt hatte, nicht verwirklicht zu sehen, als durch eine echte Enttäuschung, hatte ich aufgehört, auf die unwahrscheinlichen Besuche Marcos zu warten. Meiner unbekümmerten Jungmädchenzeit zurückgegeben und dennoch in den Stand einer verheirateten Frau versetzt, der hier eine Freiheit gewährt wurde, die anderswo undenkbar gewesen wäre, genoß ich meine Flitterwochen mit Florenz jeden Tag mehr.

Die Trompeten erklangen abermals, und plötzlich trat absolute Stille ein. In der Arena erschien eine Standarte, auf die mit Perlen ein sonderbarer Wahlspruch gestickt war: *Le temps revient*. Ein Sturm von Vivat-Rufen brach aus. Stehend applaudierte die Menge den beiden Reitern, die Seite an Seite einritten, gefolgt von einer Eskorte von mindestens zweihundert Mann. Aus allen Fenstern des Platzes begann es auf einmal weiße und rote Blumen zu regnen.

»Das sind die Farben unserer Freunde, der Medici«, erklärte Piero. »Ludwig XI., König von Frankreich, hat ihnen zum Dank für ein bedeutendes Darlehen das Recht gewährt, den sieben roten Kugeln des Familienwappens drei weiße Lilien hinzuzufügen. Lorenzo und Giuliano, die beiden Erben dieser großen Florentiner Familie, stellen sie heute zum ersten Mal zur Schau.«

Die Kleidung Lorenzos, des älteren, nahm die beiden Wappenfarben wieder auf. Zweifarbig der zweiseitige Rock. Die mit zweihundert Perlen, elf Diamanten und drei Rubinen bestickte Schärpe war weiß und die Bordüre des weißen Seidenmantels, der sich im Wind des Ritts bauschte, rot. Weiß und rot war auch das Schild mit dem Wappen der Familie, in dessen Mitte ein nußgroßer Diamant saß.

»Der berühmte *libro*«, erläuterte Piero, »um den ihn alle Höfe Europas beneiden.«

Der Aufzug Giulianos, des jüngeren Bruders, war ganz in Silber und Perlen gehalten und erschien, obwohl er ebenso kostbar war, unauffälliger.

Was meine Aufmerksamkeit vor allem auf sich zog, war Lorenzos Standarte. Wer war diese junge Frau in dem alexandrinischen Kleid, das zu ihren indigoblauen Augen paßte, die den Lorbeerkranz flocht? Seine Verlobte? Ich blickte meinen Schwiegervater fragend an. Aber dieser ignorierte meine stumme Frage.

Ich war fasziniert von den Allegorien mit den Frauenbildnissen, die die großen Meister auf die Banner der Turnierteilnehmer gemalt hatten. Grausamkeit gegenüber ihren Anbetern schien die erste Tugend dieser edlen Damen zu sein. Eine, ganz in Weiß gekleidet, hielt einen Kranz aus Eichenlaub in der Hand, und zu ihren Füßen lag ein Leopard an einer goldenen Kette. Eine andere, in dem Gewand einer Nymphe, löschte in einer Quelle brennende Pfeile. Die nächste, ganz in Rot, zerbrach die Pfeile Cupidos und zerstreute sie in alle Winde. Ich ergötzte mich daran, die Embleme zu deuten, die die galanten Gedanken der Kämpfer, ihre Hoffnungen und Enttäuschungen angesichts der Ungerührtheit ihrer unerreichbaren Schönen priesen.

Giuliano

Unter den Ovationen der Florentiner ritten wir im Schritt um den Platz. Dann hielten wir unsere Tiere an. Die Vorstellung der Konkurrenten, die hinter ihren Bannern vorbeidefilierten, war zu Ende. Ich trat bescheiden hinter meinen älteren Bruder zurück. Es war sein Turnier, nicht meines. Lorenzo schälte sich aus seinen Seidengewändern, legte eine schimmernde Rüstung an, die ihm der Fürst von Mailand zum Geschenk gemacht hatte, und klappte seinen Helm herunter. Er tauschte Fals'amico, sein Paradepferd, gegen sein Schlachtroß Abruzzese. Die anderen Wettkämpfer taten es ihm gleich. Ein Page hob seine Trompete und ließ einen hellen, durchdringenden Ton erschallen. Die Zweikämpfe konnten beginnen.

Von Mittag bis Sonnenuntergang folgte ein Lanzenstich dem anderen auf dem Platz. Endlich war Lorenzo an der Reihe. Eine andächtige Stille senkte sich über die Ränge herab. Man hörte nur noch das Flattern der Fahnen im Wind. Mein Bruder hatte Mühe, die Ungeduld seines Pferdes zu zügeln. Die Menge hielt den Atem an. Als er im Galopp auf seinen ersten Gegner zuritt, machte sich ihre Anspannung in einem langen Stöhnen Luft. Zwar waren die Gewalt und Brutalität der Turniere von einst vorbei. Aber ein Kampf blieb immer ein Kampf, auch wenn es beim Aufprall der Lanzen auf den Schild mehr darum ging, Geschick zu beweisen als Kraft.

Die drei blauen Federn auf dem Helm meines Bruders wippten im Wind. Als er an der Tribüne der Vespucci vorüberritt, wurde ich von einem Strahlen dunklen Goldes geblendet. Es war mir, als würde das kostbare geschmolzene Metall in feine Fäden verlaufen, sich winden und filigran verflechten, um dann in tausend kleinen Wellen zu erstarren und schließlich zu Sternenstaub zu zerfallen. Von all den auf der Piazza Santa Croce zur Schau gestellten Juwelen war dies das seltenste: langes, dichtes Haar von der Farbe reifen Korns, bernsteinfarbenen Honigs, halb hochgenommen nach griechischer Art und von hinten durch die Glut der Abendröte erhellt. Das Gesicht konnte ich im Gegenlicht fast nicht erkennen. Aber sein von diesem Licht wie eine Aureole umgebener Schatten zog meinen geblendeten Blick magnetisch an. Sie war es, dessen war ich mir gewiß. Die junge Braut vom Ponte alle Grazie. Ich hatte sie seitdem nicht mehr gesehen und fand sie hier wieder, mit all ihrer betörenden Kraft. Selbst wenn ich sie kaum erkennen konnte, übte sie auf mich eine unerhörte Anziehungskraft aus. Simonetta ...

Beinahe hätte ich den Augenblick verpaßt, in dem der erste Ritter über Lorenzo herfiel. Mit einem geschickten Manöver konnte er ihm ausweichen. Prompt traf er ihn seinerseits. Es war der erste einer Reihe von glücklichen Stößen. Alle seine Gegner mußten, einer nach dem anderen, seiner Lanze weichen.

Nach der Beratung erklärten die sechs Richter Lorenzo zum Sieger. Mit entblößtem Haupt ging er zu der Tribüne, wo die wunderschöne Lucrezia Donati, die Königin des Turniers, ihm als Preis für seinen Sieg einen von Antonio del Pollaiuolo ziselierten und mit einer Marsstatue gekrönten silbernen Helm überreichen würde.

Der in Weiß und Rot gekleidete Sieger näherte sich der Loge, in der auf einem prachtvoll geschmückten Thron die Dame des Turniers saß. Aller Augen wandten sich ihr zu. Um ihrer Schönheit willen hatten sich die Ritter miteinander gemessen. Langsam schritt sie ein paar Stufen hinab. Sie war von einer außergewöhnlichen Eleganz, mit ihrer amethystblauen Weste über einer anliegenden, ausgeschnittenen saphirblauen und mit Perlen gegürteten Jacke. Ich erkannte die mythologische Gestalt mit den indigoblauen Augen wieder, die auf Lorenzos Standarte dargestellt war. Die Neugier zerfraß mich.

»Seine römische Verlobte?«

Piero konnte meiner Frage nicht mehr ausweichen.

»Nein, Lucrezia Donati ist Florentinerin und verheiratet. Nach der allgemeinen Meinung gilt sie – galt sie vor Eurer Ankunft, meine Schöne – als eine der schönsten Frauen der Stadt. Der Älteste der Medici scheint diese Meinung zu teilen.«

Amerigo Vespucci hatte sich zu uns gesellt. Sein pausbäckiges Gesicht mit den zusammengekniffenen Augen bezauberte mich.

»Sie ist die Frau von Niccolò Ardinghelli und die Dame Lorenzo de' Medici«, erklärte er mit einem schiefen Lächeln.

»Die Dame?«

»Die Muse, wenn dir das besser gefällt. Ein Mann, der sich als Liebhaber der Künste und der Literatur bezeichnet, muß eine Frau als Inspiration haben. Ganz Florenz kennt die leidenschaftlichen Verse auswendig, die Lorenzo ihr gewidmet hat. Die Reime seiner Gedichte sind selbst bis zu mir nach Sevilla gedrungen. Er nennt sie Diana, in Anlehnung an den Anfangsbuchstaben von Donati, Lucrezias Mädchenname. Währenddessen sitzt Lorenzos Verlobte, die Fürstin Clarissa

Orsini, in Rom und betet und fastet für den Sieg ihres künftigen Gatten ...«

So wagte es Lorenzo um der indigoblauen Augen Lucrezias willen, den guten Sitten, seinem offiziellen Verlöbnis, dem Familienstand seiner Muse und der Meinung seiner Mitbürger öffentlich die Stirn zu bieten. Mich schauderte. Diese Stadt verblüffte mich immer aufs neue. Vor der gerührten Menge kniete der Ältere der Medici vor seiner Herzensdame nieder. Was flüsterte er ihr zu? Während die Elfenbeinhände der Schönen die silberne Trophäe auf das Haupt des Siegers setzten, flog die Andeutung eines verschwörerischen Lächelns über ihr Gesicht.

Giuliano

»Nein, das ist nichts. Nur ein kleines Gedicht in Oktaven …«

Über Lorenzos Schulter hinweg las ich das handgeschriebene Deckblatt des Gedichtes, das Luigi Pulci dem Sieger des Turniers geschenkt hatte: *Stanze per la giostra del 1469.* Seit Wochen hatte sich unsere Loggia nicht mehr geleert. Ich mochte diesen Ort des Übergangs zwischen drinnen und draußen, diesen überdachten und doch halb offenen, geschützten und der Öffentlichkeit dargebotenen Ort, halb Saal, halb Platz, diese Verlängerung des Palastes in die Stadt. Bereits am Tag nach dem Turnier hatte sich ganz Florenz unter unseren Bögen an der Ecke der Via Larga und der Via de' Gori eingestellt, um Lorenzo zu gratulieren. Zuerst die vielen Freunde und Mitbürger, dann Boten von überallher, die ihre Glückwunschschreiben überbrachten. Die Dichter hatten sich mit Versen Gehör verschafft. Allen, ob Kaufleuten oder Gelehrten, Notabeln oder Künstlern, boten wir zum Zeichen des Willkommens Vino Santo an, in den das leckere Mandelgebäck Cantuccini di Prato getaucht wurde.

Ich erkannte unseren Luigi nicht wieder. Er, für gewöhnlich so impertinent, ketzerisch, kritisch, ja sogar frivol, wie jeder gute Florentiner, der etwas auf sich hält, hatte seine zügellose Art verloren. Dieser Mann unseres Vertrauens, vor acht Jahren von unserer Mutter in Dienst genommen, dieser Witzbold, der allzeit bereit war, sich über alle und alles lustig zu machen, den man aber auch um alles bitten konnte, sei es Waffen auszuhandeln oder die Familie zu begleiten oder gar sie zu vertreten, Musikinstrumente auszusuchen oder geheime diplomatische Aufträge zu übernehmen, deren er sich dann mit Intelligenz und Phantasie entledigte, war ein wahrer Dichter. *Morgante maggiore*, sein komisches Heldengedicht, das possenhaft dem Minnesang nachempfunden war, entzückte die gebildeten und feinsinnigen Geister wie unsere belesene Mutter ebenso wie das Publikum in den Tavernen.

Diesmal hatte unser Minnesänger seine satirische Ader weggepackt, um eine Hymne anzustimmen, die in der Verklärung des Turniers gleichzeitig auch die Vermählung Braccios und Costanzas – und die Leidenschaft Lorenzos und Lucrezias besang.

»Deine Verse rühren mich, Gigi«, bedankte sich mein Bruder, aufrichtig bewegt. »Aber du weißt ja ..., nicht meine Fertigkeit im Umgang mit der Lanze wurde prämiert. In dieser Disziplin bin ich nicht besser als manch anderer. Mein Bruder Giuliano hätte mich besiegt, wenn er gekämpft hätte.«

Lorenzos Scharfblick faszinierte mich. Auf die virile Generation unseres Großvaters Cosimo war die der Ästheten gefolgt, die unsere, die den Genuß dem Kampf vorzog und das Spekulieren dem Handel.

»Ohne Zweifel«, bemerkte Luigi Pulci, »war es deine Fähigkeit, die Geschicke unserer Stadt zu lenken, die anerkannt wurde. Auf jeden Fall wurde der immense Vertrauensvorschuß bestätigt, den der Name, den du trägst, bei den Florentinern genießt.«

»Den wir tragen, Giuliano und ich«, verbesserte Lorenzo.

Er bemühte sich immer, mich, den kleinen Bruder, in den Vordergrund zu rücken. Mich auf die gleiche Ebene wie ihn, der mich in allem übertraf, zu heben. Gigi hatte recht. Das Turnier zu Lorenzos zwanzigstem Geburtstag war für diesen die Gelegenheit gewesen, sich dem Urteil des Volkes zu stellen, ob er, als würdiger Nachfolger Piero de' Medici, unseres Vaters, dessen Gesundheit immer schwächer wurde, anerkannt würde.

Unser verstorbener Großvater Cosimo hatte richtig gesehen, als er Lorenzo von frühester Jugend an als den gesehen hatte, der eines Tages den Befehl über das Haus und die Stadt übernehmen würde. Noch nie hatten die Medici nach Meinung unseres Vorfahren einen Erben dieses Kalibers gehabt. Ich stimmte dem vorbehaltlos zu, denn ich liebte meinen Bruder in all seinen Facetten. Als Sohn eines Jahrhunderts der heftigsten Widersprüche war er dessen typischer Ausdruck. Er war, und zwar bis zum Exzeß, des Nachdenkens und der Begeisterung fähig, des Fleißes und des Enthusiasmus, der Verantwortung und der inneren Bereitschaft. Sein Betragen war für mich ein Beispiel von Gleichgewicht und Beherrschung aller Kräfte, die in ihm wohnten. Darüber hinaus bewunderte ich seine außerordentliche, aktive, subtile Intelligenz, die auf jede Erschütterung unserer Epoche achtete. Und ich genoß seine ungezähmte Vorliebe für Streiche und burleske Späße und seine Lust, Feste zu feiern, der er sich rückhaltlos hingab.

Aussichtsreich, ja, man sagte meinem Bruder eine aussichtsreiche Zukunft voraus, an die ganz Florenz glaubte. Ich zuallererst. Seit meiner Geburt war er mein Vorbild und mein Führer.

Giuliano

Als unsere Mutter hereinrauschte, gerieten die Vasen Domenico Ghirlandaios auf den Türstürzen von Lorenzos *studiolo* ins Wanken. Die Schätze auf den Regalen und in den Vitrinen, Kameen und Juwelen, Marmorreliefs, kolorierte Handschriften, sie alle erzitterten. Selbst die antiken Bronzen auf dem Kamin und die Giotto-Gemälde an den Wänden erbebten bei ihrem Vorübergehen. Nicht zu Unrecht hatte Großvater Cosimo sie den »einzigen Mann der Familie« genannt. Ihre Autorität als weibliches Familienoberhaupt war im Palazzo Medici unangefochten.

»Es ist genug, Lorenzo. In den letzten beiden Jahren warst du nicht ein einziges Mal in Rom, um deine zukünftige Gattin zu treffen. Die Unglückliche kennt dich nur von dem Porträt, das ich selbst ihr übergeben habe.«

Unserer Mutter gegenüber hatte mein Bruder immer größte Ehrerbietung an den Tag gelegt. Er bewunderte die lebhafte, gebildete, geistreiche Frau, eine Dichterin stiller Stunden, die ihn in Kunst und Literatur eingeweiht hatte, viel zu sehr, um sich ihr wie einer gewöhnlichen Mutter zu widersetzen. Zwischen ihnen gab es ein Gefühl der Zuneigung und Verehrung, eine privilegierte Bindung zwischen zwei Wesen, die sich in ihrer außergewöhnlichen Intelligenz entsprachen. Wenn ich meinen älteren Bruder weniger geliebt hätte, wäre ich deswegen eifersüchtig gewesen.

Lorenzo ging um seinen Schreibtisch herum, stieg von dem Podest, das ihn von dem Marmorfußboden trennte, und trat lächelnd zu unserer Mutter. Er wußte, wie er sie zu nehmen hatte, der Teufelskerl!

»Ich hatte mehr Glück als sie, das stimmt. Ich habe sie einmal in der Karwoche gesehen. Das war vor drei Jahren, wenn mich mein Gedächtnis nicht trügt, während ich als Botschafter in Rom weilte. Sie ist ein angenehmes Mädchen, wie es scheint. Was den Rest betrifft, so verlasse ich mich voll und ganz auf dich, Lucrezia.«

Ich hätte es nie gewagt, meine Mutter mit ihrem Vornamen anzureden. Dazu schüchterte sie mich viel zu sehr ein. Diese Frau, die sieben Kinder gehabt hatte, von denen schon einige gestorben waren, die mit Schwung das erlauchteste Haus von Florenz leitete und die, seit der Krankheit meines Vaters, den die Florentiner liebevoll Piero il gottoso, Piero den Gichtigen, nannten, zudem meisterhaft die Familienangelegenheiten führte, hatte die Poesie in den Alltag der Via Larga eingeführt. Keine Frau ihrer Generation kam ihr gleich. Meine Mutter war sowohl den Dingen des Lebens als auch dem Universum des Imaginären zugetan, welchem sie eine ebenso große Bedeutung zumaß.

Diesmal hatte jedoch die Realität Vorrang. Sie machte sich wegen des ungeregelten Lebens ihrer beiden Söhne Sorgen. *Brigata* und Gesellschaften, das ging nun schon allzu lange. Sie mußte uns verheiraten. Bei mir war es noch nicht so dringend, aber bei meinem um vier Jahre älteren Bruder durfte man nicht mehr länger warten. Unsere Schwestern Bianca und Nannina hatte sie mit zwei Männern aus bedeutenden florentinischen Familien verheiratet: Guglielmo de' Pazzi, dem mittelmäßigen Sproß einer rivalisierenden Bankiersfamilie, und Bernardo Rucellai, dem brillanten Abkömmling einer aufgeschlossenen Wollhändlerfamilie. Beide Ehen waren politischer Natur, gewiß, aber bisher waren Familienbündnisse innerhalb der Stadt geschlossen worden. Daß Großvater Cosimo mit den Gewinnen seiner Bankhäuser und den Erzeugnissen seiner Manufakturen und Minen alle Märkte Europas, von Lübeck bis Brügge, von Valencia bis Genf, von London bis Avignon, erobert hatte, genügte nicht mehr. Es war unabdingbar geworden, diese wirtschaftlichen Verbindungen durch familiäre Bande zu stärken.

Aber Lucrezia hatte ihren zukünftigen Schwiegertöchtern nicht wie ihre Altersgenossinnen in den Kirchen der Stadt aufgelauert und nachspioniert.

»Die Florentinerinnen sind zwar schön, geistreich und elegant«, pflegte sie denen zu antworten, die ihr vorwarfen, sich anderswo umzuschauen. »Aber ihre Gesundheit läßt zu wünschen übrig. Mit ihren dekolletierten Kleidern und frenetischen Tänzen holen sie sich oft verheerende Lungenentzündungen. Ganz zu schweigen von denen, die ihr Haar Sommer wie Winter auf dem Dach trocknen lassen, um es aufzuhellen, und dann an der Schwindsucht sterben ...«

Und so war sie im März 1467 einige Monate zu ihrem Bruder Giovanni Tornabuoni nach Rom gefahren, um sich von jenem Mädchen persönlich eine Meinung zu bilden, auf das sie ihr Auge geworfen hatte: Clarissa Orsini. Und um die Höhe der Mitgift auszuhandeln. Die Familie des Fräuleins gehörte zu den edelsten und mächtigsten der Ewigen Stadt und hatte schon Päpste und Königinnen hervorgebracht. Sie gehörte zu den ersten der militärischen und kirchlichen Kreise und besaß riesige Landgüter nördlich von Rom und im Königreich Neapel.

Als unsere Mutter im November desselben Jahres nach Florenz zurückkehrte, war der Vertrag zwischen den beiden Sippen besiegelt. Das offizielle Verlöbnis war im darauffolgenden Monat in Abwesenheit der beiden Betroffenen durch Filippo de' Medici, den Erzbischof von Pisa, vollzogen worden.

Für all diese Verhandlungen hatte Lorenzo sich kaum interessiert. Er war zu sehr in Anspruch genommen von der *brigata*, den Studien, der Poesie, der Politik – und der schönen Lucrezia Donati. Clarissa Orsini, das war die richtige Wahl, davon war er überzeugt. Warum sollte er noch versuchen, mehr über sie zu erfahren? Obwohl er mehrfach von der jungen Römerin eingeladen worden war, hatte er nie den Wunsch verspürt, sie aus größerer Nähe zu sehen. Er hatte es unserer Mutter überlassen, seine Ehe auszuhandeln, zu entscheiden und zu organisieren. Der Schriftwechsel, den sie mit unserem Vater unterhielt, enthielt im übrigen eine ausführliche Beschreibung der Auserwählten. Nichts war ihrem Kennerblick entgangen.

Der »einzige Mann der Familie« hatte in seinen Beobachtungen eine ganz weibliche Klarsicht bewiesen.

»Sie ist von gutem Wuchs und weißer Haut«, schrieb sie. »Ihr Haar ist nicht blond, denn die Römerinnen haben dieses Glück nicht. Es tendiert etwas ins Rötliche und ist voll. Ihr Gesicht ist etwas rundlich, aber nicht ungefällig. Ihr Hals ziemlich elegant, wenn auch etwas schmal. Sie trägt den Kopf nicht erhaben, wie unsere Mädchen, sondern leicht gesenkt. Vielleicht aus Schüchternheit. Ihre Brust konnten wir nicht sehen, denn hier haben die Frauen die Angewohnheit, alles zu verbergen, aber sie scheint wohlproportioniert. Sie hat lange, feine Hände. Ihre Manieren sind genauso sanft, aber nicht so anmutig wie unsere. Dennoch ist sie von großer Bescheidenheit und wird sich rasch unseren Gewohnheiten beugen. Alles in allem denken wir, daß sie ein junges Mädchen weit über dem Durchschnitt ist, auch wenn man sie, was Schönheit und Erziehung angeht, nicht mit den unseren vergleichen kann ...«

Ein unwiderstehlicher Brief. Darin sprach die Mutter, die Schwiegermutter, die Florentinerin, die Frau ... Verfluchte Mama!

Lorenzo hatte der mütterliche Bericht genügt. Er hatte das Wesentliche behalten. Es würde immer noch Zeit genug bleiben, seine Verlobte kennenzulernen. War es Ausdruck seines Vertrauens oder der Gleichgültigkeit?

Das Hochzeitsdatum rückte näher, und das junge Mädchen wurde ungeduldig.

»Du hast dich geweigert, dich zum Weihnachtsfest nach Rom zu begeben, und zu Ostern auch. Dazwischen lag das Turnier, zu dem du die junge Clarissa Orsini nicht nur nicht eingeladen hast, sondern dich einmal mehr mit dieser Lucrezia Donati zur Schau gestellt hast. Das wird langsam zu auffällig. Du gibst Feste ihr zu Ehren – das vor drei Jahren in dem päpstlichen Saal von Santa Maria Novella wurde in Rom lang und breit kommentiert –, du begleitest sie auf alle Bälle, du widmest ihr Sonette, Lieder, du ernennst sie zur Königin des Turniers, du trägst ihre perlenbestickte Seidenschärpe, du läßt ihr Bild auf deine Standarte malen ... Ganz Florenz und nun auch ganz Rom sind auf dem laufenden. Dein mangelnder Eifer gegenüber deiner Verlobten droht zu einem diplomatischen Fauxpas zu werden. Um so mehr, als die Ausgaben für das Turnier die sechstausend Florin ihrer Mitgift weit überschritten haben ...«

Was mich betraf, war ich froh, daß Lorenzo der ältere war, denn so stand mir ein einfacheres Liebesleben zu.

Lorenzo kehrte von der Betrachtung der von Luca della Robbia geschnitzten Decke des *studiolo* auf die Erde zurück.

»Was schlägst du vor, Lucrezia?« wollte er in bedächtigem Ton wissen.

»Daß Giuliano sich ohne zu zögern mit großem Pomp nach Rom begibt, um die Prinzessin nach Florenz zu holen. Wir haben Ende April. Die Hochzeit wird auf den vierten Juni festgesetzt. In etwas mehr als einem Monat. Wir haben keine Zeit mehr zu verlieren.«

Sie wandte sich an mich.

»Du wirst mit deinen beiden Schwägern, Bernardo Rucellai und Guglielmo de' Pazzi, und einem Gefolge von fünfzig Edelmännern aus unseren besten Familien aufbrechen. Wir müssen sowohl die Empfindlichkeit der Römer beschwichtigen, die sich über unsere Leichtfertigkeit wundern, als auch die der Florentiner, die uns vorwerfen, daß wir die glückliche Auserwählte nicht unter ihnen ausgesucht haben.

Die ganze *brigata* beisammen! dachte ich. Die Reise versprach lustig zu werden. Noch vor drei Monaten wäre ich augenblicklich auf mein Pferd gesprungen. Doch jetzt weckte der Gedanke, mich von Florenz zu entfernen, irgendein diffuses Unwohlsein in mir. Als ob ich mich aus einem Frühling losreißen müßte, der gerade erst angebrochen war und den man um keinen Preis versäumen durfte. Welch wirres Gefühl hielt mich hier zurück?

»Und versucht, euch gut zu benehmen. Euer Onkel, Pierfrancesco de' Medici, und Gentile Becchi, euer Lehrer, werden darüber wachen. Was Lorenzo betrifft, so wird er mit mir die Vorbereitungen für seine Hochzeit treffen.«

Simonetta

Zum ersten Mal ging ich offiziell mit meinem angeblichen Gatten aus. Bisher hatte ich den Palast immer am Arm meines Schwiegervaters verlassen. Aber diesmal war Pieros Entscheidung unabänderlich. Wir mußten die Familie Vespucci als junges Ehepaar bei der Hochzeit des Ältesten der Medici vertreten.

»Ich will, daß ihr beide, Marco und du, mein schönes Kind, mir nächstes Jahr einen Erben schenkt«, hatte mir der *pater familias* ohne Umschweife bedeutet.

Ja, aber wie? Allem Anschein nach floh Marco vor mir. Seit der Vorstellung am zweiten Tag nach meiner Verheiratung, der durch unsere gegenseitige Verlegenheit jedes Vergnügen genommen war, hatte er jedes Zusammentreffen unter vier Augen sorgfältig vermieden. Unsere seltenen Begegnungen fanden im Beisein von Piero, Amerigo, Ginevra, Giovanna, Svetlana und anderen Dienstboten statt. Wir trafen uns in der *sala* oder in der *saletta*, wo es ihn nicht an seinem Platz hielt, oder in der Galerie oder auf der Treppe, wo er seinen Schritt beschleunigte, wenn er mich bemerkte. Nie kamen wir in unserem gemeinsamen Schlafzimmer zusammen, nicht einmal im Vorzimmer.

Da ich nicht gerade darauf brannte, mit diesem Unbekannten, dessen Namen ich trug, weil das Schicksal es so beschlossen hatte, nähere Bekanntschaft zu schließen, war ich anfangs angesichts seines distanzierten Benehmens eher erleichtert. Es eilte nicht. Ich war schließlich erst sechzehn und konnte noch ein ganzes Leben mit ihm verbringen. Die Zeit war noch nicht reif, den Rubikon zu überschreiten. Als gute Genueserin konnte ich zwar tauchen, aber noch nicht in diesen Gewässern. Mit der Liebe konnte ich ruhig noch warten.

Inzwischen sprang ich frei im Palazzo und in den Gärten

umher, von allem entzückt, was ich dort entdeckte, und fest entschlossen, das Feld meiner florentinischen Entdeckungen nach und nach zu erweitern. Es kam mir vor, als ob ich schon immer hier gelebt hätte. Jeder kleinste Winkel des Palazzo Vespucci, jedes kleinste Gäßchen, das ich von meinen Fenstern sehen konnte, waren mir vertraut. Ich fühlte mich wohl in meinem neuen Leben und brauchte niemanden, schon gar nicht diesen Spielverderber von Ehemann, um mein Entzücken zu teilen.

Soviel Desinteresse jedoch, soviel Gleichgültigkeit von dem Menschen, dessen Gedanken ich voll und ganz in Anspruch hätte nehmen müssen, begannen mich schließlich doch zu beunruhigen. Und dieser Junge, der mir eine derartige Verachtung entgegenbrachte, bekam mit der Zeit eine Bedeutung, die ich ihm andernfalls niemals gewährt hätte. Was sollte diese Taktik des Ausweichens, diese Kunst des Nichterscheinens? Warum bemühte er sich so hartnäckig, sich rar zu machen? Aus welchem Grund verweigerte er jeglichen persönlichen Umgang mit mir, die ich das Leben so sehr liebte? Er wurde zu einem Rätsel, das ich lösen mußte. Und einer Sorge, die es zu verscheuchen galt.

Ich begann damit, mir in einem Büchlein alle Fehler zu notieren, die ich an ihm fand. Die Liste wurde jeden Tag länger. Der Hals zu lang und mager. Ein Vogelkopf, durchzuckt von einem Tic, als wolle er eine unsichtbare Mähne nach hinten werfen, während sein Haar in Löckchen an seinem Kopf klebte. Die Hände affektiert, fast weiblich in ihrem Ausdruck. Die Augen, die sich jedes Mal übermäßig weiteten und ärgerlich rollten, wenn sie mich erblickten. Die spitze Stimme, wenn er mich grüßte.

Ich schob den Ehering mit der Perle über meinen Ringfinger und riß die dichtbeschriebenen Blätter aus meinem Büchlein. Ein wenig beschämt verbrannte ich sie über der Kerze, bevor ich mich mit ihm zum Palazzo der Medici begab. Ich war entschlossen, an diesem Festtag nur gute Eigenschaften an Marco zu finden.

Die Via Larga war die breiteste Straße von Florenz, aber sie war gewöhnlich sehr viel weniger frequentiert als unser Borgo Ognissanti. Und das, obwohl sie nur einen Steinwurf von der Kirche San Lorenzo entfernt war, die schon fast am Stadtrand lag. Jenseits des Klosters San Marco, das sie am Ende abschloß, führte sie auf das offene Land hinaus.

An diesem Morgen jedoch war selbst die Via Larga zu schmal, um die Menge zu fassen, die sich dort drängte, um die bedeutendsten Persönlichkeiten der Republik zu sehen, die reichsten Vertreter der Zünfte, die durch ihre Eleganz und Schönheit auffallendsten Frauen, die Verwandten und Freunde der Medici und der Orsini, die aus ganz Europa angereisten Gäste, die Gesandten des Papstes, des Königs von Frankreich, des Königs von Neapel, der Fürsten von Mantua, von Modena, Ferrara, Mailand, der Dogen von Venedig. Und vor allem, um die Römerin zu Gesicht zu bekommen.

Der Palazzo hatte nichts Auffälliges. Ein Würfel mit dicken Mauern, dessen hervorstehende, unebene Blöcke des Erdgeschosses zu einheitlichen, regelmäßigen Steinen im zweiten Stockwerk und zu feinem strukturiertem Gestein in der dritten Etage wurden. Obwohl solide gebaut, schien das Bauwerk nach oben hin leichter zu werden, je weiter es sich zu dem riesigen Dachfuß emporschwang. Normalerweise wirkte der Palazzo eher nüchtern, doch an diesem Festtag schmückte sich das Haus der Medici mit verschwenderischem Prunk. An die Fenster, zweibogig aus einer Mittelsäule geschnitten, hatte man Olivenzweige gehängt. Eine laue Brise trug das Ihre zu dem Zauber dieses Junitages bei. Die Straße und die Loggia, die Mauern und das Dach, das von dem warmen goldenen Licht eines Sommers, der glühend heiß zu werden versprach, wie von einem Heiligenschein umgeben war, warfen ihre nach Glyzinien duftende Wärme zurück.

Die Trompeten verkündeten das Nahen der Braut. Marco kletterte auf die hohe Steinbank, die um den Palast herumlief. Ich reichte ihm die Hand, damit er mir hinaufhalf. Unser Ausguck entsprach nicht so ganz dem Protokoll, war aber wirkungsvoll. Ich erkannte das Pferd, auf dem Clarissa saß: das weiße Roß, das der König von Neapel Lorenzo für das Januarturnier zum Geschenk gemacht hatte. Clarissa Orsinis strenges Kleid aus weißem Brokat und rotem Gold harmonierte mit ihrem kupferfarbenen Haar und ihrem sommersprossigen Teint. Ihre Miene wirkte ebenso hochgeschlossen wie ihr Kleid. Aber ich konnte mich gut an ihre Stelle versetzen, ich wußte um die Angst, die man empfindet, wenn man wie eine für den Opfergang geschmückte Jungfrau in den Palast eines unbekannten Gatten einzieht.

Eine Eskorte von einer halben Hundertschaft Reitern, angeführt von Giuliano, dem Jüngeren der Medici, begleitete sie auf dieser letzten Etappe ihrer langen Reise. Die ganze *brigata* war hier vertreten. Warum war Marco, ihr unzertrennlicher Spielgefährte, nicht bei ihnen?

Ich sprang ohne die Hilfe meines Gatten von der Bank und holte ihn später unter dem monumentalen Portal wieder ein. Von dem viereckigen Innenhof aus gesehen, dessen Arkaden mit Medaillons und antiken Inschriften geschmückt waren und auf dessen Boden Statuen ausgestellt waren, erschien mir der Palast wesentlich liebenswürdiger.

»Der *David* von Donatello«, informierte mich die spitze Stimme meines Gatten, dessen Blick eine Zeitlang auf den virilen, in Bronze gehauenen Formen verweilte.

An seinem Arm stieg ich die Freitreppe empor, die zu einem Fest geleitete, wie ich in meinem kurzen Leben noch nie eines gesehen hatte und das von Samstag morgen bis Dienstag abend dauern sollte!

Giuliano

Jeder Gang des Banketts wurde durch einen Trompetenstoß angekündigt. Vier Tage lang servierten unsere Majordomus am späten Vormittag und während des Nachmittags den fünfhundert geladenen Gästen, die an vier strategischen Punkten des Palastes zu Tische saßen, exquisite Speisen. Die Trennung nach Alter und Geschlecht, die bei den Mahlzeiten die Regel war, hob man fröhlich auf, sobald die Tänze aufs neue begannen.

Unter den Säulengängen des Hofes versammelten sich die Älteren um unseren Vater, der auf einer Liege ruhte. Obwohl er immer mehr unter Gliederschmerzen litt, war Piero de' Medici doch geistig gesund und tapferen Mutes. Er drückte meine Hand mit den seinen, die von der fortgeschrittenen Arthritis entstellt waren.

»Ich danke Gott, daß er mich dieses glückliche Ereignis noch erleben läßt«, vertraute er mir an. »Ich werde bestimmt nicht mehr dasein, um deiner Hochzeit beizuwohnen, Giuliano, aber ...«

»Das gleiche hast du letztes Jahr auch zu Lorenzo gesagt ...«

»Unterbrich mich nicht, mein Sohn. Ich weiß, daß ich bald nicht mehr unter euch sein werde. Die Ärzte haben mir nichts verheimlicht, was die Unerbittlichkeit meiner Krankheit betrifft. Und Lorenzo wird ohne Zweifel die Signoria zufallen. Er ist in jeder Hinsicht dazu geeignet. Aber ich möchte gerne, daß du weißt, daß auch du für dieses Amt befähigt wärst, trotz deines jungen Alters. Du besitzt die Eigenschaften, die deinen älteren Bruder ergänzen. Du bist das Maß, die Mäßigung, das Gleichgewicht, da wo er ...«

Er lächelte bleich.

»Ich merke, daß ich ein wenig von mir rede, wenn ich dein Porträt zeichne. Es stimmt, ich erkenne mich mehr und mehr in dir wieder. Oh, gewiß nicht in deiner schönen Gesundheit und deinen edlen Zügen. Dieses Privileg habe ich nie besessen. Aber in den paar guten Eigenschaften, die mir unsere Mitbürger zugestehen. Du kommst nach deinem Vater, wie Lorenzo nach seinem Großvater kommt. Außerdem verfügst du über jene unübertreffliche Schönheit, die keiner von uns jemals besessen hat und die dir sofort das Vertrauen und die Sympathie all derer einbringt, die dir nahekommen. Das ist ein seltenes Glück. Lorenzo, den bewundert man, dich liebt man, Giuliano. Du bist von den Göttern gesegnet. Versuche, dich dessen würdig zu erweisen.«

Mit einer unendlichen Anstrengung richtete er sich auf seinem Lager auf.

»Ich möchte, daß du mir etwas versprichst. Bitte stehe Lorenzo in seinen künftigen Ämtern zur Seite. Er wird dich brauchen, ebenso wie du ihn. Ihr beide, ihr werdet Florenz halten.«

Ich küßte ihn auf die Stirn und ging zu meiner Mutter auf die Terrasse über der Loggia. Dort kümmerte sich Lucrezia Tornabuoni um das Bankett der Frauen.

»Die Geschenke, die mich am meisten berührt haben, mein lieber Giuliano«, sagte sie, »sind nicht das Silber und Gold des Geschirrs, der Bestecke und anderer Gerätschaften, die auf den Kredenzen ausgestellt sind, sondern die fünfhundert Kälber, zweitausend Paar Hühner, Kapaune, Enten, Gänse und Gänschen, die aus der ganzen Toskana herbeigeströmt sind, als du in Rom warst. Das hättest du sehen sollen! Es war ein Wettstreit an Freigebigkeit. Die Leute kamen tief gebückt unter ihren Fischkörben, Getreidesäcken und Weinfässern – ich habe mehr als dreihundert gezählt, darunter der Trebbiano und Vernaccia, die du schon hast kosten können. Ganz zu schweigen von dem vielen Käse, den eingemachten Früchten, Mandeln und Pinienkernen von insgesamt fünftausend Pfund! Wir haben ganze Säle damit gefüllt, während im Hof die Tiere darauf warteten, ihre Tage in der Küche zu beenden ...«

Beinahe wäre es mir übel geworden. Ich hatte mehr als

genug von dem gebratenen, gegrillten, gekochten Fleisch oder der Sülze verspeist.

»Wer soll das alles aufessen?«

»Schon am Freitag hat Lorenzo eine öffentliche Fleischverteilung angeordnet. Achthundert der ärmsten Bürger haben jeweils zehn bis zwanzig Pfund Kalbfleisch bekommen. Auch die Mönche und Nonnen wurden nicht vergessen. Tonnen von Lebensmitteln wurden in die Klöster geschafft. Ah! Ich vergaß ..., seit Beginn des Festes werden eintausendfünfhundert Mahlzeiten am Tag an den Palasttoren ausgegeben, wo auch wahre Ströme von Wein fließen.«

Meine Mutter führte ihre Rechnungsbücher genauso gut wie ihre Poesiehefte. Sie war eine kluge Frau. Auch das kleine Volk mußte seinen Anteil an der Freude bekommen: Kapaune und Spiele. Die Florentiner waren während dieser vier Tage der Prasserei zu einer Vielzahl von Spektakeln geladen: Blumenumzüge in den Straßen, Konzerte und Komödien in den Gärten, Allegorien von Schlachten, mit Eroberungen von Festungen auf den Plätzen. Und überall, allgegenwärtig, sah man die roten Kugeln und weißen Lilien der Medici.

Ich kehrte in den Prunksaal zurück, wo Lorenzo mit unseren Freunden lustig beisammen saß. Zum xten Mal, aber immer mit Eleganz, hob er sein Glas.

»Meine Freunde! Am 4. Juni 1469 nahm ich zur Ehefrau – oder vielmehr wurde mir zur Ehefrau gegeben«, verbesserte er sich halblaut, »Clarissa, Tochter des Fürsten Jacopo Orsini ... Zum Wohl von ... Florenz!«

Lorenzo hatte noch nie etwas gegen seinen Willen getan. Auch diese Verbindung hatte er gewollt. Aber am Ende dieses dritten Tages der Freuden ließen seine von Melancholie umwölkten Worte seine Gefühle gegenüber der Frau erkennen, für die er keine Liebe empfand, und die seine Bande zu der – nun verbotenen – Auserwählten seines Herzens verrieten.

»Heirate niemals, Giuliano ...«

Clarissa saß in der Loggia, die auf die Gärten hinausging,

neben den verheirateten jungen Frauen. Meine Mutter hatte recht: Ihre Schüchternheit, ihre Unbeholfenheit, ihre Steifheit ließen sie fast von dem Bild verschwinden, dessen Zentrum sie hätte sein müssen. Lucrezia Donati-Ardinghelli, die unumstrittene Königin aller Feste, hatte diesmal Wert darauf gelegt, durch ihre allgemein registrierte Abwesenheit zu glänzen. Aber sie, der Stern von Florenz, ahnte nicht im geringsten, daß ein neuer Stern aufgehen würde, der alle in den Schatten stellen würde, die Abwesenden wie die Anwesenden.

Ich hatte die – tausendmal erträumte – Gelegenheit, sie, dieses himmlische Wesen, zu sehen, und diesmal saß sie weder auf einem Pferd noch fern in einer Loge. Ihr Irisduft, der zart von ihrer weißen Haut ausströmte, war wirklich und wahrhaftig in mein Haus eingedrungen. Und ich armer Idiot hatte nicht gewagt, mich ihr zu nähern. Sobald ich sie in ihrem blaßgrünen Seidenkleid von hauchzarter Feinheit erblickte, das ihre schlanken Beine, ihren flachen Bauch, ihre schmale Taille, ihre köstlichen Brüste, ihre gerundeten Schultern ahnen ließ, verspürte ich wieder eine gewaltige Erschütterung, ein Erbeben meines ganzen Seins.

Nachdem ich Clarissa von Rom bis in die Via Larga begleitet hatte und mein Roß gerade an die in Stein eingelassenen Ringe band, da sah ich sie, meine Simonetta, wie sie von der den Palast umgebenden Bank heruntersprang. Marco schien sich nicht für sie zu interessieren. Anstatt zu ihr zu stürzen und ihr meinen Arm anzubieten, was von meiner Seite die grundlegendste aller Höflichkeiten gewesen wäre, nahm ich die Beschaffenheit und Farbe der rohen Mauer an, an die ich mich lehnte. Ich verfluchte mich.

Ich war darüber so beschämt, daß ich drei Tage lang brauchte, um mich davon zu erholen und mich zu entschließen, die Tafel der jungen Frauen in der ihnen vorbehaltenen Loggia aufzusuchen. Bis dahin hatte ich mich damit begnügt, ihren Bewegungen aus der Ferne zu folgen. Manchmal war sie kaum unter all den Gästen zu sehen, dann wieder fiel mein Blick auf die wächserne Blässe ihrer zarten Fesseln, ihre zartgliedrigen Hände oder ihren langen, biegsamen Hals. Ich beneidete die Marmorstufen, die sie mit ihrem leichten Schritt berührte, und die Stühle, auf die sie ihre kaum angedeuteten Rundungen setzte.

Als ich mit wild klopfendem Herzen endlich die berühmte Loggia betrat, hätte ich mich umbringen können. Simonetta war nicht mehr da. Wie durch ein Wunder war sie zu mir nach Hause gekommen, und ich Narr hatte diese Frau mit ihrem liliengleichen Antlitz, ihren von tausend Sonnen funkelnden Augen und ihrem Kristallcollier, das wir ihr zur Hochzeit geschenkt hatten, entwischen lassen.

Simonetta

Berauscht von dem Fest, gesättigt von Speisen und Wein, Musik und Tanz, verließ ich den Palast, um in den Gärten das Geheimnis der florentinischen Nächte zu atmen.

Ich machte ein paar Schritte und war froh, endlich allein zu sein in der grünen Kühle, die sich in der Ferne nach den neuen Gesetzen der Perspektive entfaltete. Ich ging zwischen zwei schnurgerade geschnittenen Buchsbaumhecken durch, hie und da zu Nischen erweitert, in denen sich Marmorskulpturen befanden, dann bog ich in eine von Rosenlorbeer gesäumte Seitenallee ein. Der toskanische Sommer verbreitete seine duftenden Reichtümer im Überfluß, und ich atmete tief das Privileg ein, Florentinerin zu sein.

Plötzlich begannen dicke Regentropfen auf die Pflanzen niederzugehen. Die Zypressen, sonst majestätisch und aufrecht in ihrer Gestalt und gleichgültig gegenüber dem, was sich auf dem Erdboden bewegte, beugten sich verängstigt nieder und wanden sich im Brausen eines aus dem Nichts aufgetauchten heftigen Windes. Gleich darauf ergoß sich ein wahrer Sturzbach über den Park. Auch die Schirmkiefern boten keinen Schutz mehr. In wenigen Sekunden war ich durchnäßt und begann zu laufen, ohne genau zu wissen, wohin.

Ich sah einen Schatten aus einem Pflanzengebäude schlüpfen, gebildet von Sträuchern, deren hohe Zweige sich ineinander verschlangen. Gefolgt von einem zweiten.

»Marco! Was tust du hier?«

Die erste Gestalt verschwand im Regen. Mein Gatte sah verdrossen drein.

»Ich schnappe frische Luft, wie du siehst.«

Ich ergriff seine Hand und zog ihn in das Innere dieser unerwarteten Zuflucht aus Blättern. Wir waren alle beide triefend naß. Marco schien verängstigt. Er rollte seine riesigen Augen in der Dunkelheit, als ob er Hilfe suchte. Ein kleiner Junge, der sich vor dem Gewitter und der Nacht gleichermaßen fürchtete.

In einem Anfall von Zärtlichkeit ließ ich seine Hand los, um die Strähnen aus seiner Stirn zu streichen. Anstatt ihn zu beruhigen, versetzte meine Geste ihn jedoch in Panik. Er wich meinen Fingern mit einer Bewegung des Kopfes aus. Doch ich ließ mich nicht entmutigen. War es der Wein von den toskanischen Hügeln, der mich zu einer plötzlichen Ausgelassenheit anregte? Ich hatte Lust, ihm meine Wärme und Fröhlichkeit mitzuteilen. Ihn zu besänftigen wie eine Mutter, aber ihn auch zu provozieren wie ein Mädchen. Ich wollte einen Ehemann, der mir seit sechs Monaten passiven Widerstand entgegensetzte, bezaubern, ihn liebenswürdig, einfach so zum Spaß, verführen, nur um zu sehen, was geschah. Ausgelassen preßte ich die Lippen auf seinen Hals, den ich erstarren fühlte wie eine jener Marmorsäulen, die im Sturm von der Natur genommen wurden. Dieser Junge hatte wohl von der Wiege an noch nie die Sanftheit weiblicher Hände und Lippen gespürt. Er machte sich mit einer brüsken Bewegung los und floh entsetzt durch das Unwetter.

Verblüfft lief ich unter der Pergola hin und her und wunderte mich über dieses seltsame Verhalten. Lag es an meinen kümmerlichen Verführungskünsten? Dann brach ich in Lachen aus. Ein leichtes, befreiendes Lachen, das ich jäh unterbrach, als ich jemanden mit einer Fackel in der Hand näher kommen sah.

Lorenzo. Ich wich in den Schatten zurück. Zu spät. Er hatte mich erkannt.

»Der Regen scheint aufzuhören. Ich geleite Euch in den Palast zurück.«

Ich liebte die gebrochene Stimme dieses ungekrönten Prinzen. Sie paßte zu seiner komischen Nase, die platt und gebogen, breit und spitz zugleich war. Es war schwierig zu entscheiden, ob dieser wie eine trockene, knorrige Eiche gebaute junge Mann mit den unregelmäßigen Zügen, dem dunklen Teint, dem breiten Kiefer und den schweren Lidern, mit dem dichten Haar, das auf seine eckigen Schultern fiel, furchteinflößend oder wunderbar war.

»Der Tag scheint anbrechen zu wollen«, antwortete ich. »Ich gehe nach Hause.«

Unaufgefordert nahm er seine weiße perlenbestickte Schärpe ab, jene vom Turnier, und bedeckte meine nassen Schultern.

Giuliano

Eine letzte Hoffnung blieb mir noch. Ich stürzte auf den *palco*, eine dreieckige Estrade auf dem kleinen Platz gegenüber der Außenloggia des Palastes. Er war von Teppichen umgeben und von einem Himmel azurblauer, mit Lorbeer- und Rosenkränzen geschmückter Draperien bedeckt. Hier, inmitten von Gelächter und Tanz, war das Herz des Festes.

Außer mir hatte die ganze Florentiner Jugend drei Tage lang gewetteifert, sich für die Dauer eines Rigoletto oder einer Moresca dieser vom Olymp gefallenen Göttin zu nähern. Ihre außerordentliche Schönheit übertraf bei weitem den Ruf, der ihr nach Florenz vorausgeeilt war. Selbst der Anspruchsvollste in dieser Stadt, die doch ungemein schöne Menschen zu sehen gewohnt war, konnte die Augen nicht von dieser Erscheinung lösen. Sie begann den Tanz mit einem Lächeln, das alle schwindlig machte, und verabschiedete sich mit einer Reverenz, die einen endgültig in ihren Bann zog. Aber auch vom *palco* war Simonetta verschwunden. Ich verfluchte mich, daß ich es nicht gewagt hatte, mit ihr den Ball zu eröffnen, geschweige denn, ihn mit ihr zu beschließen.

Ein plötzlicher heftiger Regen scheuchte all jene zu der überdachten Estrade, die er in den Gärten überrascht hatte. Es war ein Durcheinander von Schreien und Rufen. Im Trockenen schüttelten die Mädchen lachend ihre sich kringelnden Haare und ihre leichten, an ihren jugendlichen Formen klebenden Kleider aus.

Der Guß hörte ebenso plötzlich auf, wie er begonnen hatte, und der Himmel hellte sich auf. Man ahnte im Osten schon die Vorboten der Sonne, und dann kam sie, nach einem kleinen Zögern, endlich am Horizont hervor. Hell und warm brach der Tag plötzlich an – der vierte des Festes.

Da erschien Clarissa, mit einem Schleier auf dem Kopf und

einem Gebetbuch in der Hand. Ich erkannte es als das Geschenk Gentile Becchis. Ein wunderbares kleines Buch, geschrieben in Goldbuchstaben auf himmelblauem Pergament, gebunden in Silber und Kristall. Sie verschwand sogleich in Richtung der Kirche San Lorenzo. Für sie hatten die Festlichkeiten ihrer eigenen Hochzeit schon allzu lange gedauert.

»Wer sich grün kleidet, vertraut auf seine Schönheit«, hörte ich jemanden hinter mir sagen.

Es war die Stimme Lorenzos, alsbald übertönt von einem frischen Lachen. Ich drehte mich um und entdeckte Simonetta auf der Schwelle des Palastes, in Begleitung meines Bruders. Er beugte sich zu ihr hinab und zog über ihren bebenden Schultern den kostbaren Schal zurecht, den Lucrezia ihm geschenkt hatte.

Giuliano

Unser Vater hatte recht gehabt. Er hatte das Jahresende nicht erlebt. Der von Andrea del Verrocchio geschnitzte Sarkophag hatte sich über der sterblichen Hülle unseres Vaters geschlossen.

Der Frost ließ unsere Tränen gefrieren. Lange zurückgehalten im Kirchenschiff von San Lorenzo, um den Kummer unserer Mutter während der Totenfeier nicht noch zu vergrößern, konnten wir ihnen, weitab von offiziellen Blicken, nun endlich freien Lauf lassen.

Mit kleinen Eiszapfen auf den Wangen liefen Lorenzo und ich allein am Ufer des Arno entlang. Es war sehr kalt an diesen ersten Dezembertagen. Die seltenen Grasbüschel waren von Rauhreif bedeckt. Und auf dem bleifarbenen Wasser des Flusses schwammen hie und da die ersten Eisschollen.

Mein großer Bruder legte mir einen Arm um die Schultern. Die weiten Samtärmel seines schweren schwarzen Mantels wärmten mir das Herz.

»Ich hoffe, der wenig ruhmreiche Spitzname ›Piero der Gichtige‹ wird ihn nicht überleben. Es ist eine Familienkrankheit, ich weiß das sehr wohl. Schon Cosimo, dann Piero, und wer weiß, vielleicht auch wir, eines Tages ... Ich hätte gerne, daß man unseren Vater als ›Piero der Bibliophile‹ oder ›Piero der Mäzen‹ im Gedächtnis behält ...«

Ich dachte wieder an das Gespräch, das ich bei Lorenzos Hochzeit mit meinem Vater in der Loggia geführt hatte.

»Ich würde ihn lieber ›Piero den Gemäßigten‹ nennen. Er war das Gleichgewicht, das Maß in Person. Außer wenn es sich ums Essen handelte. Da wurde er zu ›Piero dem Gefräßigen‹. Ich habe noch nie einen Kranken gekannt, der so erpicht auf das leibliche Wohl war wie er! Er war verrückt nach den Wildschweinen aus Careggi. Noch letzte Woche ließ er sich seine Rebhühner und sein Perlhuhnragout voller Genuß schmecken ...«

Wir lächelten unter Tränen.

»Im Grunde«, sagte mein Bruder, »hat ihm dieses Gebrechen, das ihn sein Leben lang begleitet und aus ihm einen zurückgezogenen, dem Studium und der Meditation zugewandten Mann gemacht hat, die Möglichkeit gegeben, die Schönheit in ihren intelligentesten Formen zu pflegen.«

»Und von seinem Bett aus mit gesundem Verstand und Mäßigung zu herrschen.«

»Weißt du noch, als er uns beauftragt hat, im Namen der Familie Galeazzo Sforza, den Sohn des Fürsten von Mailand, zu empfangen?«

»Und ein paar Tage später Papst Pius II. auf der Rückreise von dem Konzil zu Mantua?«

»Du warst damals erst sechs Jahre alt, und ich zehn! Es war ein erster Mai, ich kann mich noch genau erinnern. Hunderte von Fackeln brannten entlang der Via Larga. Sand auf dem Pflaster. Dreißig Musikanten bildeten die Spitze des Zuges. Und hinter der Standarte ritten wir beide, noch winzig klein, auf unseren Pferden.«

Seit wir unseren Verstand benutzen konnten, waren wir von unserem Vater und unserem Großvater in den subtilen Spielregeln der Politik und der Finanzen unterwiesen worden, während unsere Mutter uns ihre poetische Ader in Verbindung mit ihrem Sinn für das Konkrete mitgegeben hatte. Ich war in der Philosophie nicht so bewandert wie Lorenzo, aber ich hatte eine ausgeprägte Neigung zur Musik, die ich unter der Anleitung des Domorganisten Antonio Squarcialupis vertiefte. Ich hing sehr an allen unseren Lehrern. Leon Battista Alberti, dessen Abhandlung über Malerei, Bildhauerei und Architektur ich verschlungen hatte und der uns 1466 durch die antiken Ruinen Roms geführt hatte. Gentile Becchi, unser Lehrer, der uns Tacitus und Vergil, Ovid und Horaz im Wortlaut lesen und geläufig in ihrer Sprache schreiben gelehrt hatte. Cristoforo Landino, der uns durch seine Vorträge an der Universität von

Florenz die Welt der Rhetorik eröffnet hatte. Ich war mir dessen vollauf bewußt, daß wir beide, Lorenzo und ich, eine Erziehung ohnegleichen genossen hatten. Wir hatten viel gelernt, viel gesehen, viel gelesen. Aber wir waren begierig, aus eigenem Antrieb all das zu entdecken, was man uns nicht gelehrt hatte.

»Weißt du noch, als wir in der Kapelle vor unseren Gästen die lateinischen Verse rezitieren mußten, die wir mit Lucrezias Hilfe gedichtet hatten?« fragte Lorenzo lächelnd.

»Das hat mir mehr Angst gemacht als die Kämpfe der wilden Tiere auf der Piazza della Signoria!«

»Es gab noch Besseres! Als Friedrich III., der deutsche Kaiser, zu seiner Krönung nach Rom reiste, besuchte er natürlich auch Florenz. Du warst noch nicht auf der Welt, und ich war damals erst vier und hatte eine Heidenangst vor diesem Riesen, den ich willkommen heißen sollte!«

Wir waren wieder zu den Kindern von damals geworden. Aber wir mußten rasch erwachsen werden, denn an diesem Abend wartete eine Prüfung auf uns, die schwer auf unserem künftigen Leben lasten würde.

»Verse schreiben, Leier spielen, über Stunden und Tage frei von jeder Bindung und jedem Amt verfügen, weit weg von Geschäften und Politik, das Leben in vollen Zügen genießen ... Und wenn ich ...«

Die grauen Wasser des Arno, erstarrt an der Oberfläche und wirbelnd in der Tiefe, spiegelten Lorenzos Bestürzung wider. Gegensätzliche Gefühle bewegten ihn tief in der Seele – Ehrgeiz und Gewissenhaftigkeit, Respekt und ein gewisser Hang zur Rebellion. Er war oft fröhlich, nie traurig; vermischte gerne Heiliges und Profanes, Altes und Neues, Ernstes und Groteskes.

»Und wenn ich mich dieser vorgegebenen Rolle als Familienoberhaupt entzöge ..., die den Lorenzo in mir tötet, um nur den Medici leben zu lassen ..., die den jungen Mann, der ich bin, auf ein Symbol, eine polierte Marmorplatte reduziert, die man dann auf den Steinen der Via Larga anbringen wird?«

»Warum willst du wählen? Du kannst doch deine Engel und deine Dämonen miteinander versöhnen. Ich weiß, daß du dazu fähig bist, Lorenzo. Du wirst deinen eigenen Weg gehen können, da bin ich mir sicher, indem du den Grundsteinen folgst, die von Piero und Cosimo gelegt wurden.«

»Vielleicht hast du recht, Giuliano. Wenn Florenz mir die Stadtherrschaft anbietet, werde ich sie annehmen müssen. Unter einer Bedingung. Daß wir zu zweit sind, du und ich, die sich die Verantwortung teilen.«

Wenn mein Vater mich nicht noch vor seinem Tod darum gebeten hätte, hätte ich mich bestimmt geweigert. Aber so hatte ich keine Wahl. Ich hatte versprochen, Lorenzo zur Seite zu stehen, falls dieser für das Amt des *primus inter pares* berufen würde.

»Jetzt sind wir Waisen, Giuliano. Du bist erst sechzehn, und ich gerade zwanzig. Wir brauchen einander noch. Und wir können uns viel helfen. Auf jeden Fall weiß ich, welche Bedeutung deine rassige Schönheit, die für sich selbst ein entscheidendes Argument ist, deine Geistesgüte, deren getreues Abbild sie ist, und deine Großzügigkeit, die ein Segen für die Stadt ist, für mich haben. Ich dagegen bin schweigsam oder aber ungestüm, auffahrend oder aber griesgrämig. Du, du bist immer gleich, heiter, verfügbar. Deine Gelassenheit kommt deiner Eleganz gleich. Florenz trägt dich im Herzen. Mich verehrt man. Dich liebt man, Giuliano. Laß uns zusammenbleiben!«

Meine Tränen begannen wieder zu fließen, während siebenhundert Bürger sich an diesem Abend des vierten Dezember in den Räumen des Klosters Sant'Antonio versammelten, um über Pieros Nachfolge zu entscheiden.

Wieder in der Via Larga angekommen, verlebten wir lange Stunden der Meditation und des Wartens.

Eine Delegation, geführt von dem alten Tommaso Soderini, unserem angeheirateten Onkel, teilte uns schließlich die Entscheidung mit. Die Florentiner boten uns den unsichtbaren Thron ihrer Republik an.

Wir mußten annehmen. Und mit einem Schlag, in einer Nacht, war unsere Jugend vorbei, wir waren erwachsen geworden.

1470

Giuliano

Schnee am Karsamstag! Seit Florentiner Gedenken hatte es das nicht gegeben.

Welch seltsame Macht hatten diese Flocken, die unbekümmert von einem Märzhimmel gefallen waren! Als wir bei Einbruch der Nacht nach dem traditionellen Besuch der Osternachtsmesse den Dom verließen, wo Gold das Schwarz auf dem Altar abgelöst und der Erzbischof das *Gloria in Excelsis* angestimmt hatte, entdeckten wir, oh welche Freude!, den blütenweißen Teppich, der den Domplatz ohne unser Wissen zugedeckt hatte. Während die Tauben über die Dächer des Platzes flogen und die Glocken der Kathedrale in das Geläut aller Kirchen der Stadt einfielen, waren wir alle, Bartolomeo Benci, Bernardo Rucellai, Sigismondo della Stufa, Braccio Martelli, Giovanfrancesco Ventera, ja wir alle auf einmal zehn Jahre jünger. Die *brigata*, zu deren hervorragenden Eigenschaften noch nie die menschliche Reife gezählt hatte, fiel wieder in ihre Kindheit zurück. Schade, daß Lorenzo, der auf dem Weg nach Pisa war, bei diesem weißen Lockruf fehlte. Wie hätte ihm dieses unerwartete verjüngende Bad gefallen!

Wir ließen unsere Schritte knirschen, rieben unsere Hände, seiften unsere Wangen ein, tobten stundenlang wie damals in unserer Jugendzeit. Dann brach eine Schneeballschlacht in den verschneiten Straßen los. Lachend verfolgten wir einander, bis wir außer Atem waren. Ich wand mich, aus vollem Halse lachend, als ich einen Schneeball mitten in den Mund bekam. Ich glaubte, zu ersticken.

Andere Freunde gesellten sich mit Fackeln und Musikinstrumenten zu uns. Die Nachtruhe war bereits in den verlassenen Gassen eingezogen. Als wir vorbeikamen, brachen wir ein Schweigen, das durch die dicke Puderzuckerschicht noch dichter geworden war.

»Wie wäre es, wenn wir Schneebälle an die Fenster unserer schönen Freundinnen werfen würden?« rief eine Stimme inmitten des Geschreis und Gelächters.

Die aus der Kälte entsprungene Idee brachte unser Blut in Wallung. Und schon waren wir alle auf dem Weg zum Palazzo Strozzi, um ihn mit Schneebällen zu bombardieren.

Fackelzug, Trompetenstöße, Flötenserenade. Nach ein paar Takten ging hinter einem, dann zwei und drei Fenstern des noblen Stockwerks Licht an. Als Marietta Strozzi, in einen Schal eingemummt, erschien, übertönte der Applaus die Melodie.

Die wunderhübsche Tochter der verstorbenen Palla Strozzi stellte ihren Leuchter ab, öffnete das Fenster, schob etwas Schnee auf dem Fensterbrett zusammen, häufte ihn auf, formte eine Kugel daraus und warf sie laut lachend auf Bartolomeo Benci, der in Liebe zu ihr verging. Das war das Signal für eine regelrechte Schlacht. Eine gegen alle. Das schöne, aufsässige Mädchen, eine der emanzipiertesten Frauen von Florenz, wich unseren Würfen geschickt aus und gab sie mit Bravour zurück.

Wir alle lagen diesen Schönheiten zu Füßen, wie sie an allen Ecken und Enden unserer gesegneten Stadt auftauchten. Unsere Maler wußten nicht mehr, wo sie den Pinsel ansetzen sollten, um sie auf Holz, Leinwand oder Mauern festzuhalten, ehe sie verblichen.

Als es einem der Angreifer gelang, die Wunderbare ins Gesicht zu treffen, glaubten wir, das Spiel nähme ein böses Ende. Aber dem war nicht so. Marietta, nun mit geröteten Wangen, schüttelte ihr Haar, ließ ihren Schal fallen, wobei unter ihrem Hemd eine Brust zum Vorschein kam, und vergalt Gleiches mit Gleichem. Ich wurde mit voller Wucht mitten auf der Stirn getroffen. Ihre Geschicklichkeit, ihr Schwung und ihre Dreistigkeit betäubten mich ebenso wie der eisige Ball.

»Du bist aus Schnee, oh mein Fräulein, und du spielst mit dem Feuer«, sang die Stimme ihres Anbeters.

Das hätte der erste Vers einer Elegie sein können.

»Unter dem Schnee ein Vulkan«, murmelte einer unserer Mitstreiter. »Nimm diese Brust aufs Korn!«

Die ausgelassenen Zuhörer applaudierten.

Da trat der Mond mit seinem bleichen Profil hinter den Wolken hervor, und etwas Sonderbares geschah. Vor das Gesicht, die weiße Brust der jungen Frau schob sich ein anderes Gesicht, eine andere Brust, noch weißer als der Winter. Ich lehnte mich an eine Mauer, um sie zu betrachten. Sie war rein wie ein Schneeglöckchen. Schimmernd wie eine von innen heraus strahlende Majolika. Seidig wie Schwanengefieder.

Simonetta! Der Gegenstand meiner Gedanken materialisierte sich in diesem Fenster, nahm Gestalt und Körper an. Mich dürstete nach ihr, und ich trank all den Liebreiz, ohne satt zu werden.

Ein eisiger Tropfen rann mir am Hals hinunter und holte mich auf die Erde zurück.

»Stimmt irgendwas nicht?« fragte die Stimme Bartolomeos ganz nahe.

Wieder war ich zum Ziel der stürmischen Marietta geworden. Wie lange dauerte unsere zärtliche Belagerung nun schon an? Das Fräulein streckte immer noch nicht die Waffen. Ich grüßte sie mit der Mütze und entfernte mich.

An diesem Abend war die Erleuchtung über mich gekommen. Es war wie ein blendendes Licht, das mich überflutete. Und das ganz und gar recht hatte. In jeder Hinsicht. Ich war bis über beide Ohren verliebt.

Simonetta

Ich wachte persönlich darüber, daß ein langes, feingewebtes Tischtuch aus Damast den seidenen Tischbehang des Prunksaales bedeckte. Und daß die kunstvoll aus Elfenbein geschnitzten Löffel, Gabeln und Messer mein grünes Lieblingsgeschirr umrahmten. Wir würden hochgestellte Gäste haben, hatte mich mein Schwiegervater verständigt. Zu meiner Rechten hatte ich den Richter Tommaso Solderini – eines der zehn Mitglieder der Mercanzia, des florentinischen Handelsgerichts und angeheirateten Onkel der beiden Erben der Medici – plaziert. Und zu meiner Linken einen fünfundzwanzigjährigen Maler, den niemand bei seinem richtigen Namen Alessandro Filipepi rief, sondern mit einem komischen Spitznamen, der, wie ich meine, eher zu einem Schankwirt denn zu einem Künstler gepaßt hätte: Botticelli.

»Ihr habt doch gar nichts von einer *botticella*, einem Faß, Sandro, und wenn es auch noch so klein wäre«, scherzte Solderini. »Und Ihr scheint mir auch nicht besonders scharf auf seinen Inhalt zu sein, wie edel er auch sein möge ...«

Das ausgeprägte Gesicht Sandros drückte in der Tat eine Empfindsamkeit aus, die im krassen Gegensatz zu der fetten Jovialität in den Tavernen stand.

Der Eintritt dreier weißgekleideter junger Mädchen mit Blumenkränzen enthob den sichtlich eingeschüchterten Künstler einer Antwort. Jedes trug ein weißes Handtuch über der Schulter. Leichten Schrittes gingen sie zu der Kredenz und nahmen die silbernen Schüsseln und Wasserkannen auf. Dann traten sie nacheinander zu jedem Gast und gossen ihm Rosenwasser über die Finger, wobei sie darauf achteten, auch den kleinsten Tropfen in dem daruntergehaltenen Becken aufzufangen. Ihre Geschicklichkeit war bemerkenswert. Die Zeremonie des Wassers, gewissenhaft einstudiert, faszinierte mich.

Ich hatte gelernt, mich diesen Waschungen mit der von den Gebräuchen dieser so vornehmen Stadt geforderten Anmut und Eleganz zu unterziehen. Es waren nicht nur die Bewegungen der Gäste, die man bei dieser Gelegenheit bewunderte, sondern auch die Machart der Ärmel, den Glanz der Ringe und die Blässe der Hände.

Sandro trocknete seine Künstlerfinger an dem Tuch ab, das man ihm reichte.

»Mein Vater, Mariano, hat leider keine Kneipe, sondern eine Gerberei. Ich hätte lieber den Duft der Weine unserer Hügel als den Pestilenzgeruch von Eichentannin, Chromalaun oder Fischöl geatmet. Es war mein Bruder Antonio, dessen Beruf als Gold- und Silberschmied ihm den Beinamen »Battigello« eingebracht hat, und der ihn, in Botticello abgewandelt, an die übrigen Brüder weitergegeben hat.«

Die Myrtencrostini und Geflügelleber als Appetithäppchen und eine Platte mit Kalbswürsten kamen genau richtig.

»Und mit diesem Familiennamen signiert Ihr Eure Werke?« fragte der Magistrat.

»Jene, für die ich persönlich einen Auftrag bekomme«, sagte Sandro düster, ohne aufzublicken.

»Bisher«, schaltete sich Pieros Bruder, der Notar Nastagio Vespucci, ein, »hat unser Sandro, den wir im Borgo Ognissanto, wo seine Familie seit Jahren nur ein paar Schritte von unserem Haus entfernt wohnt, aufwachsen sahen, anonym in einigen großen Werkstätten gearbeitet. Zuerst bei dem Goldschmied Maso Finguerra ...«

»Eine hervorragende Ausbildung«, stimmte Solderini zu. »Brunelleschi, Ghiberti, Donatello und Michelozzi haben dort auch gelernt.«

»Dann«, fuhr der Notar fort, »hat er in Prato, im Atelier unseres bedauernswerten Fra Filippo Lippi, bei der Ausschmückung der Fresken im Domchor mitgewirkt.«

»Dieser verfluchte Lippi!« rief Solderini. »Mehr mit Weiberröcken als mit seinem Mönchsgewand beschäftigt! Gott sei seiner Seele gnädig.«

Beinahe hätte ich eine ganze Wurst heruntergeschluckt.

»Ein Mönch?«

»Hört nicht auf die Florentiner, schönes Kind«, meinte Piero lächelnd. »Schneidender Blick und scharfe Zunge, das sind die Erkennungszeichen all unserer Mitbürger, ohne Ausnahme.«

Genau das war es ja, was mich entzückte. Ihre geistreichen Worte, ihr sanfter Spott, ihr ironischer Ton. Nie war ihre Rede geziert oder schwülstig.

»Tatsächlich«, bestätigte der Notar, »haben wir nicht die Angewohnheit, unsere Worte auf die Waagschale zu legen.«

Dampfende Teigwaren mit Kichererbsen – mein Lieblingsgericht – wurden hereingetragen.

»Ich weiß noch«, fuhr der Richter fort, der ebenso versiert in der florentinischen Unterhaltung war wie die anderen Gäste, »ich weiß noch, daß Cosimo de' Medici, als er Fra Lippi in seinem Palast arbeiten ließ, sich gezwungen sah, den Schlüssel zweimal herumzudrehen, um ihn am Fortlaufen zu hindern. Doch vergebliche Liebesmühe! Der junge Mönch verschwand, indem er an zusammengeknoteten Bettlaken aus dem Fenster kletterte. Was wollt ihr, seufzte Cosimo, dessen Nachsicht für eigenwillige Künstler legendär war, es sind keine Packesel … Das Alter hat unseren Lippi nicht klüger gemacht. Ihr wißt ja, was dann geschah …«

»Ich nicht!« wagte ich, von Neugier verzehrt, vorlaut dazwischenzuwerfen.

Da erzählte mir Amerigo, der bisher geschwiegen hatte, leise eine äußerst spannende unmoralische Geschichte. Sein ruhiges, heiteres Gesicht mit den vollen Wangen und der glatten Stirn stand in krassem Gegensatz zu dem Temperament seiner Worte.

»Es war einmal ein Karmeliterbruder, der Gott liebte, aber den Frauen noch mehr zugetan war. Bedeutete es nicht, dem Schöpfer zu huldigen, wenn man seinen schönsten Geschöpfen Ehre erwies? Eines Tages wurde er von den Schwestern eines Klosters beauftragt, die heilige Margareta zu malen. Filippo verlangte in aller Bescheidenheit ein

Modell. Und die naive Oberin schickte ihm ihre hübscheste Novizin, Lucrezia ...«

»Lucrezia Donati?«

»Die war sozusagen noch nicht geboren. Nein, Lucrezia, die Tochter des Florentiners Francesco Buti. Ich übergehe die Entkleidung der sogenannten Margareta in der Werkstatt des Malers ...«

Amerigo warf einen genießerischen Blick auf die Kapaune in Wacholdersauce und die gesottenen Pfauen, welche die Diener auf den Anrichtetischen neben der großen Tafel zerlegten.

Mich dagegen interessierte vielmehr, wie die Geschichte weiterging.

»Und dann?«

»An dem Tag, als ganz Prato den Gürtel der Jungfrau, jene von der Stadt verehrte Reliquie, anbeten wollte, nutzte Filippo die Gelegenheit, um die göttliche Lucrezia zu entführen. Große Aufregung in beiden Klöstern und Skandal bei den Butis. Einmal mehr gelang es Cosimo, seinen Schützling aus der Affäre zu ziehen. Er erreichte tatsächlich beim Papst die Aufhebung ihrer Gelübde. Und der Exbruder und die Exschwester lebten glücklich und zufrieden und bekamen ...«

»Einen kleinen Bastard namens Filippino«, fiel Marco ihm ins Wort.

Ich war wie benommen von dieser ungewöhnlichen Geschichte. Florenz überraschte mich immer wieder.

»Dieser ewige Liebhaber«, fuhr Amerigo laut fort, »dieser Nonnenräuber und freche Verführer, der, wie man munkelt, letztes Jahr von der Familie einer seiner letzten Eroberungen vergiftet worden ist, soll der Maler der reinsten und jungfräulichsten Madonnen gewesen sein.«

Solderini wandte sich an Botticelli.

»Wenn unser bedauernswerter Filippo Euch seine Liebe zur Schönheit vermitteln konnte, habt Ihr die drei Jahre in seiner Werkstatt nicht vergeudet.«

Ich schaute Sandro an. Jedes Mal, wenn ich ihm mein

Gesicht zuwandte, drehte er den Kopf jäh weg. Es war, als ob seine Augen ständig an meinem Profil hafteten, er meinem direkten Blick aber hartnäckig auswich.

»Er lehrte mich Anmut und Sanftheit sehen«, erwiderte er. »Ich versuche, sein Licht in den Farben, seine klaren Formen, seine Eleganz der Linien wiederzufinden. Aber auch diesen, wie soll ich sagen« – er schaute mich verstohlen an – »diesen Hauch von Unruhe und Träumerei, die den Zauber seiner Figuren betont.«

»Nachdem Lippi nach Spoleto gegangen war, das war vor drei Jahren«, fuhr Nastagio fort, »kam Sandro in die Werkstatt von Andrea del Verrocchio hier in Florenz.«

Von ihm hatte ich schon gehört. Ach ja! Die Signatur der Liebesallegorie auf der Standarte von Lorenzo de' Medici. Auf jeden Fall hatte sein Name bei unserem Ehrengast die von den Vespucci gewünschte Wirkung.

»Verrocchio! Seine vielseitige *bottega*, die allen Disziplinen offensteht, ist zweifellos der fruchtbarste Schmelztiegel der neuen Kunst. Akademie und Forum zugleich. Aus diesem Brodeln werden unsere großen Künstler von morgen hervorgehen, davon bin ich überzeugt. Welches sind Eurer Meinung nach die vielversprechendsten Schüler?«

Piero Vespucci antwortete auf die an Sandro gerichtete Frage.

»Unser hier anwesender Künstler, unbestritten.«

»Ein Junge aus Perugia«, sagte Botticelli, als ob er die Antwort nicht gehört hätte. »Ein gewisser Piero Vannucci, den man ›Perugino‹ nennt. Aber der originellste ist, wie ich finde, ein junger Lehrling aus Vinci, Leonardo Fibonacci. Er war siebzehn, als er letztes Jahr hierherkam. Gerade als ich Verrocchio verlassen wollte, um zu Pollaiuolo zu gehen.«

»Ah, die *bottega* des Rivalen! Noch so eine Werkstatt, die alle Techniken beherrscht und auf dem Stand aller Neuheiten ist«, stimmte der Magistrat zu. »Dort, habe ich mir sagen lassen, trifft man die lebhaftesten Talente und diskutiert die hitzigsten Gedanken.«

»Antonio hat mir zwei große Geheimnisse enthüllt«, sagte Sandro, »das Schattieren und vor allem das Aktmalen.«

Ich errötete heftig, als wäre ich es gewesen, die man entblößt hatte.

»Stimmt es«, erkundigte sich Marco, »daß Antonio Leichen seziert, um die Anatomie kennenzulernen?«

An dieser Stelle war meine Mahlzeit beendet. Ich war nicht imstande, nach einer derartigen Enthüllung auch nur noch eine einzige getrocknete Feige hinunterzuschlucken.

»Das Studium der Muskeln, ihre Form und Lage im Körper ist unheimlich wichtig für einen Bildhauer«, erklärte Sandro.

»Sicher«, nickte Solderini. »Ich kenne die Arbeiten von Antonio und Piero Pollaiuolo gut. Maler und Bildhauer, Goldschmiede und Graveure. Die Medici haben sie, außer mit ihren persönlichen Aufträgen, noch mit einigen offiziellen Bestellungen der Signoria betraut.«

»Und der Mercanzia«, fiel Piero Vespucci ein.

»Genau darum handelt es sich«, sagte Solderini. »Im letzten Jahr hat unser Gericht Piero del Pollaiuolo mit einem sehr wichtigen Werk beauftragt. Die Darstellung der sieben Tugenden, die die Lehnen unserer Stühle im Sitzungssaal schmücken sollen.«

»Ein ausgesprochen passendes Thema«, sagte mein Schwiegervater lächelnd. »Sowohl für euch, die Richter, wie für die Kläger.«

»Das Dumme daran ist nur«, sagte Solderini, »daß die beiden Brüder unter der Arbeit bald zusammenbrechen. Die Künstler sind im Rückstand. Viel zu sehr im Rückstand. Wir haben jetzt Mai, und bis jetzt sind weder *La Carità*, die Barmherzigkeit, noch *La Fede*, der Glaube, noch *La Temperanza*, die Mäßigung, vollendet. Ich habe Piero nicht verheimlicht, daß das Tribunal zusammentreten muß, um darüber zu entscheiden, wie es mit der Bestellung weitergehen soll. Es sind noch vier Tugenden zu malen. Und es gibt viele Maler, die gerne den Auftrag für eine dieser allegorischen Figuren bekommen würden. Jedes Mitglied der Mercanzia wird natürlich versuchen, seinen eigenen Kandidaten vorzuschlagen.«

Er trank einen Schluck Vino Santo.

»Ich für meine Person weiß, wen ich für die Ausführung von *La Fortezza*, die Standhaftigkeit, empfehlen werde.«

Also würde der alte Solderini, der Vertrauensmann der Medici, der Jugend den Vorzug geben und den Schüler gegen den Meister ausspielen. Der Blick, den die beiden älteren Vespucci wechselten, bestätigte mir, daß ihr Favorit das Rennen in der Mercanzia gewinnen würde. Botticelli hatte den Auftrag bereits in der Tasche.

Die Wasserzeremonie setzte dem Bankett ein Ende. Obwohl seit Urzeiten kein Mensch mehr auf die Idee kam, die Finger in die Sauce zu tauchen oder sein Essen in beide Hände zu nehmen, um es zu zerteilen, unterzogen sich alle Anwesenden dieser anmutigen Geste.

Simonetta

Mit wild zerzaustem Haar platzte Ginevra in mein Zimmer.

»Mach das Fenster auf, schnell!«

Ohne meine Reaktion abzuwarten, kletterte sie auf die verzierte Truhe und öffnete selbst die Flügel. Die Turteltäubchen flatterten aufgeregt in ihrem Käfig. Ein toskanischer Refrain, von einer warmen Stimme gesungen, begleitet von den Saitenklängen einer Sambuca, erfüllte den Raum mit Sinnlichkeit.

»Sollen wir auf die Straße hinuntergehen, um ihm zuzuhören?« schlug sie vor.

»Komm bloß nicht auf diese Idee, Ginevra! Dein Vater wäre gewiß nicht damit einverstanden.«

»Er ist in Neapel, er wird nichts erfahren.«

Seit Piero Vespucci von den Medici zum Botschafter von Florenz am Hofe Alfonso von Aragons ernannt worden war, glaubte seine Tochter, sich alles erlauben zu dürfen.

»Er hat dich mir vor seiner Abreise anvertraut, das weißt du ganz genau.«

»Hör auf, die Schwägerin zu spielen, Simonetta. Du bist nur vier Jahre älter als ich, und über das Leben weiß ich schon viel länger Bescheid als du …«

»Sei nicht so dickköpfig, meine Große, ich bitte dich.«

»Ich habe geglaubt, du bist lustiger. Unter meinen beiden großen Schwestern, die Nonnen im Kloster delle Murate sind – das ist vielleicht eine Berufung! –, meinem Bruder, der sich nur interessiert für …, aber lassen wir das, meinem Vetter, der immer die Nase in seine Landkarten steckt, und dir, die du dich für eine der Tugenden hältst, seit Sandro begonnen hat, *La Fortezza* zu malen, bin ich das schwarze Schaf der Familie!«

Ich ging zum Fenster.

»Man kann ihn sehr gut von hier aus hören. Wir haben einen erstklassigen Logenplatz.«

Sie sprang von der Truhe.

»Dann gehe ich eben ohne dich!«

Ich hatte mich noch nicht umgedreht, da war Ginevra schon verschwunden.

Ich lief hinter ihr her, sprang die Marmortreppen hinab, durchquerte den kühlen Hof, schritt durch das Tor, das sie offengelassen hatte, und fand mich in der Gluthitze der Piazza Ognissanti wieder.

Der Straßensänger war mit der Menge verschmolzen. Seine fernen Lieder wurden von dem lärmenden Betrieb übertönt: dem geräuschvollen Kommen und Gehen der Lastkähne und Handwerker, der Karrenräder und Pferdehufe, der Stimme des öffentlichen Ausrufers, der irgendwelche Geburten, Hochzeiten oder Todesfälle verkündete, dem Grunzen der Schweine, die frei inmitten des ganzen Trubels herumliefen, dem eindringlichen Flehen der Bettler, dem Hämmern der Schuster und Hufschmiede, den Rufen der Wechsler, die an ihren Ständen arbeiteten, dem Palaver der Schwätzer vor den Türen.

Mir wurde beinahe schwindelig. Noch nie hatte ich mich zu Fuß mitten unter das Volk von Florenz begeben. Immer war ich durch die Höhe eines Fensters oder meiner Stute Lola, die Mauern eines Gartens oder die Wände eines Pferdewagens von der Außenwelt abgeschirmt.

Hier, auf diesen Steinplatten mit dem sprießenden Unkraut, lebten also die Florentiner. Hier drückten sich ihre Beredsamkeit und Phantasie aus, ihr Humor und ihre zügellose Heiterkeit. Ein Schwall dieser vibrierenden, fast fieberhaften Atmosphäre kam auf mich zu.

Irgendwo hier lief Ginevra durch die Straßen. Und ich rannte hinter diesem kleinen Tollkopf her, versuchte mir einen Weg durch die namenlosen Hindernisse zu bahnen. Erschreckt durch meinen Lauf scheute ein Esel und ergriff die Flucht, verbreitete Panik unter den Barbieren, Trödlern, öffentlichen Schreibern, Metzgern, Notaren, die ihren Berufen im Freien nachgingen. Jemand schrie: »Haltet den Dieb!« Ein Tunichtgut hatte sich wohl die Aufregung zunutze gemacht, um sich ein Huhn oder einen Hasen zu schnappen.

An dem ekelerregenden, durch die Hitze unerträglichen Gestank, der von einer Gerberei aufstieg, erkannte ich, daß ich ins Herz des Borgo Ognissanti eingedrungen war. Ich verlangsamte meine Schritte, tupfte mit einem feinen Batisttüchlein den Schweiß von meinem Ausschnitt. Das Haus der Botticelli konnte nicht weit sein. Sandros Werkstatt war bestimmt hier irgendwo …

Ich besann mich. Ich hatte mich nicht auf die Suche nach dem Maler gemacht, sondern nach Ginevra, die immer noch unauffindbar war. Ich folgte dem Kanal entlang des Borgo, der von einer Reihe niedriger Werkstätten von Spinnmeistern, Wollkremplern, Webern und Färbern gesäumt war. Düster und winzig klein, zwangen diese von Werkzeugen und Material überquellenden Werkstätten die Handwerker, auf der Straße zu arbeiten.

Schließlich gelangte ich auf den in einem Winkel der Festungsmauern gelegenen Prato d'Ognissanti, eine weite Wiese, wo das niedere Volk, wenn es nichts zu tun hatte, spazierenging. Ich zwängte mich durch einen Pferdemarkt und fand mich ohne Deckung mitten auf einem Fußballplatz wieder, wo ich um ein Haar einen Ball an den Kopf bekommen hätte.

Endlich entdeckte ich Ginevra. Sie saß am Fuße eines Podests, auf das gerade ein Possenreißer geklettert war. Ich plazierte mich hinter dem eigensinnigen Lockenköpfchen Ginevras.

Der *cantastorie* begann mit einer Anrufung der Heiligen Dreieinigkeit, damit sie seine Zunge führen möge, dann schmeichelte er der erlauchten Versammlung der Anwesenden, die alles adelte, was sie berührte, von den Florin, die in ihren Taschen klimperten, bis hin zu dem Staub, den sie mit Füßen trat. Es kamen immer mehr Leute. Zahlreiche Handwerker aus dem Borgo hatten ihre Mittagspause genutzt und waren herbeigelaufen. Der Minnesänger verkündete sein Programm, nach Wahl: *Der Trojanische Krieg, Nero, Theodora, Karl der Große, Die Heilige Geschichte, Die Wunder, Die Schönheit der Frauen …*

Nach langen Beratungen, Einwänden, Besprechungen, Widersprüchen, Ausflüchten entschied sich das Publikum schließlich für *Theodora.*

Es wurde still, und im Schatten einer Zeder stimmte der Sänger die märchenhafte Geschichte der Tochter von Byzanz an. Sie war das Kind eines Bärenwärters im Hippodrom, verdiente ihren Lebensunterhalt als Tänzerin und Prostituierte, als sie Justinus bezauberte und schließlich Kaiserin des Orients wurde. Der Musikant wählte für die Begleitung seines Liedes einmal die Laute, dann wieder die Geige und beschleunigte oder verlangsamte seinen Rhythmus je nach Aussage des Liedes.

Mit der Hand auf Ginevras Schulter hörte ich verblüfft von dem wunderbaren Schicksal dieser legendären Frau. Die Zuschauer riefen dazwischen, spotteten, beleidigten, ergriffen glühend Partei, brachten die ganze Palette der Gefühle zum Ausdruck. Ich selbst war, ich gestehe es, von dem Bericht der großen Ereignisse im Leben der schönen Byzantinerin fasziniert, von ihren Launen und ihren Wohltaten, der Menge der an ihren Lippen hängenden Günstlinge und den für die Frauen heilbringenden Gesetzen, die sie anregte …

Plötzlich, genau in der Mitte der Geschichte, hielt der Sänger inne.

»Morgen geht es weiter. Gleicher Ort, gleiche Zeit. Kommt zahlreich, ihr werdet nicht enttäuscht sein!«

Unter Beifall und Protestrufen machte der Gaukler mit dem Hut in der Hand die Runde durch die Versammlung.

Giuliano

Es war Lorenzo, der mich zum ersten Mal in die *bottega* schleppte. Seit er seine Zustimmung zu der Kandidatur Sandro Botticellis für die Ausführung der *Fortezza* gegeben hatte, wobei es auch unser Onkel Tommaso Solderini nicht an Unterstützung fehlen ließ, ging er im Atelier des Malers ein und aus, dem er mit Zuneigung begegnete.

Dieser Ort war abends zur neuen Zufluchtsstätte der Künstler und Poeten geworden.

»Eine Akademie der Faulen, wie die böswilligen Geister sagen«, mein Bruder lächelte . »Alle sind sie in das Schöne verliebt und begierig danach, es darzustellen.«

Lange sprach er zu mir von diesem Kreis, wo man über alles diskutierte. Von diesem Brodeln, wo jeder, nach seiner Natur, sich in die verschiedensten Richtungen orientierte, erfand, erneuerte, neue Wege einleitete.

»Diese ungebildeten Männer, wie man sie noch vor gar nicht allzu langer Zeit nannte, weil sie die Schriften in der Volkssprache lasen und nicht in Latein, sind dabei, uns ausgehend von ihrer Neugier und ihren Werkstattexperimenten eine neue Art des Wissens, eine neue Kultur zu bringen. Dessen bin ich sicher.«

Wir kamen noch vor den anderen in die Via Nuova im Borgo Ognissanti. Filippino Lippi, der Sohn des verstorbenen Fra Filippo, früher bei unserer Familie wegen seiner Fresken und Weibergeschichten wohlbekannt, empfing uns.

»Ich habe ihn nach dem Tod meines Meisters in Spoleto aufgenommen«, teilte Sandro uns mit. »Ich hoffe, daß er hier Gelegenheit haben wird, sein Handwerk mit ebensoviel Gewinn zu erlernen wie ich selbst seinerzeit in der Werkstatt seines Vaters.«

Der Junge mußte ungefähr dreizehn Jahre alt sein. Ihm stand

noch eine lange Lehrzeit bevor, bis er sich mit allen Techniken der Kunst vertraut gemacht haben würde, seine materiellen Bedürfnisse gesichert, selbst als Modell gedient und Routinearbeiten ausgeführt haben würde, wie Bilder für Truhen, Kopfenden von Betten, oder Stuhllehnen nach den Kompositionen des Meisters. Erst dann würde ihn dieser mit der Vollendung eines seiner Werke beauftragen, was die Weihe des Künstlerlehrlings bedeutete.

Filippino schenkte uns Trebbiano ein, während Sandro auf Lorenzos Wunsch das Tuch herunterzog, das die ihrer Vollendung entgegengehende *Fortezza* verhüllte.

»Für den Ton der Haut«, erklärte der Maler, »habe ich mit einem persönlichen Rezept experimentiert. Zunächst trage ich eine stark verdünnte gelbe Tusche auf, die mit Ocker pigmentiert ist. Dann töne ich es ab, indem ich ein mehr oder weniger transparentes Bleiweiß darüber auftrage. Dann, als letzte Schicht, kommt Rosa oder Gemsfarben ...«

Wunderbar! Sandro war es gelungen, Simonettas leuchtenden Teint wiederzugeben. Und das Feuer, das manchmal in ihre elfenbeinfarbenen Wangen stieg, wenn sie tanzte. Ebenso die Wölbung ihrer glatten Stirn, die blonden Flechten ihres Haars, den mandelförmigen Schnitt ihrer Augen. Und das Grübchen in ihrem Kinn, ihr Markenzeichen.

Ich hielt den Maler zurück, als er sein Bild wieder zudecken wollte.

»Nicht sofort, Sandro, laß sie mich noch ein wenig bewundern ...«

Den ganzen Abend lang konnte ich meine Augen nicht von dieser Figur lösen, die der Frau meiner Gedanken so nahe kam.

Die Diskussionen gingen über das hinaus, was mir Lorenzo angedeutet hatte. Aber ich konnte mich nicht daran beteiligen. Ich war von dieser etwas lasziven *Fortezza* gefesselt, die entspannt dasaß, die Hüften nach vorne, die Knie gespreizt, den Kopf gebeugt, ihren Blick in undefinierbare Träumereien verloren. Wo hatte er sie getroffen?

In die Betrachtung dieser strahlenden Schönheit versunken,

begann ich plötzlich, mich unbehaglich zu fühlen, und bemerkte, daß Marco Vespucci, der Ehemann dieses von Botticelli gemalten Wunders an Reinheit und Glut, mich schon seit einer ganzen Weile beobachtete. Von dem Rechtmäßigen in meiner schuldhaften Bewunderung seiner Frau überrascht, wandte ich mich von dem Meisterwerk ab, um für die Wortgefechte Interesse zu zeigen.

Kurz darauf ließ eine flüsternde Stimme mich zusammenfahren.

»Dich müßte Sandro malen, Giuliano. Gerade eben habe ich dein klassisches Profil bewundert, deine überaus stolze Haltung, deine königliche Eleganz, deinen geschmeidigen, athletischen Körper, deine langen, schwarzen, zurückgeworfenen Locken, deine lebhaften Züge, die so eigenartig zu deinen Samtaugen in Kontrast stehen …«

Gereizt drehte ich mich zu Marco um. Wir kannten uns seit unserer Kindheit, und er tat so, als würde er mich gerade zum ersten Mal erblicken. Was wollte er von mir?

»Und diese rassige Nase … Und diese Lippen, immer zum Lachen bereit …«

»Schluß damit!« fuhr ich ihn an.

Der Lärm in der *bottega* verstummte, und alle wandten sich zu mir um. Dann setzte die Unterhaltung vereinzelt wieder ein, und das Treffen ging schließlich zu Ende.

Lorenzo, der meine Abwesenheit bemerkt und meine schallende Stimme gehört haben mußte, stellte mir auf dem Rückweg in die Via Larga keine einzige Frage.

»Florenz«, sagte er, »zählt schon über fünfzig dieser von den neuen Meistern der Perspektive gegründeten Ateliers.«

»Sie streben nach Unabhängigkeit und Würde, unsere jungen Künstler«, bemerkte ich. »Wie ich hören konnte, fordern sie nicht nur Lohn und Ehre, sie streben auch nach der Hochschätzung der Öffentlichkeit und einem Rang, der sie nicht mehr auf die Ebene des Handwerkers, sondern des Intellektuellen stellt. Etwas Derartiges habe ich zum Beispiel in Rom nicht gesehen.«

»Und ich auch nicht in Mailand oder Venedig oder Neapel. Und nicht einmal in Ferrara oder Modena. Das kann man ohne Eitelkeit sagen, Giuliano. Florenz wird das neue Athen werden. Wir haben das Glück, von der aufgeklärtesten Bevölkerung ganz Italiens umgeben zu sein. Unser Staat hat nur die Ausmaße einer Stadt. Aber sein Einfluß ist immens, glaub mir.«

»Hier zumindest tritt der Reichtum in Wettstreit mit der Phantasie.«

»Und außerdem«, fügte Lorenzo lächelnd hinzu, »hat unsere Stadt den anderen unbestreitbar etwas voraus. Sie ist unendlich viel heiterer!«

Simonetta

Das dritte Haus rechts, vor der Via San Paolino, genau neben dem Weber. Hier mußte es sein, wenn die aus Svetlana herausgelockten Informationen stimmten.

Ich ging jetzt bereits seit einer Weile die Via Nuova auf und ab, ohne mich entschließen zu können, die Tür zu der *bottega* aufzustoßen, als ein Lehrling mit einem Paket unter dem Arm herauskam. Er lächelte mir zu, als würde er mich wiedererkennen, und drehte sich mehrmals um, ehe er in der Menge verschwand.

Ich machte noch zwei Schritte in dieser Straße voller Läden, Baustellen, Werkstätten. Ein paar Minuten später war der junge Lehrling schon wieder zurück.

»Sei gegrüßt, Simonetta. Ich bin Filippino. Bist du gekommen, um dir dein Bild anzuschauen?«

Woher kannte er meinen Vornamen? Und von welchem Bild sprach er?

»Nein. Ich möchte ein Porträt meiner Schwester restaurieren lassen … Es hat unter der Reise gelitten.«

Er führte mich in die Werkstatt Botticellis, wo sich in reger Betriebsamkeit ein Schwarm Gehilfen an Truhen, Standarten, heiligen Gerätschaften, Intarsien, Bronzeplatten, Betthimmeln, Stickereien, handkolorierten Büchern, Waffen, Gewändern, Heiligenbildern, Taufbecken, kostbaren Stoffen, farbigen Schnitzereien, Bänken, Lehnen, Wandfriesen, Kästchen und Andachtsbildern zu schaffen machten.

Einige Köpfe hoben sich, aber die Mehrzahl der Lehrlinge setzte ihre Arbeit fort, ohne sich allzusehr um mich, den Eindringling, zu kümmern. Sie trugen alle eine lange, in der Taille gegürtete Tunika, über die einige einen Mantel geworfen hatten, der ihnen bis zur Wade reichte.

In der Mitte des Raumes stand ein großer Tisch, an dessen

vier Seiten Schüler nebeneinander saßen. Und unter einem Nordfenster stand vor einem Pult Sandro, über einen Skizzenkarton gebeugt. Ein paar Schüler standen im Kreis um ihn herum. Es herrschte ein scherzhafter Ton.

»Keine Vibrationen mehr in der *bottega*. Man glaubt zu träumen. Seit wir diesen Riesenstein auf die Grenzmauer gehievt haben, von wo er jeden Augenblick herunterfallen kann, hört man den Weber nebenan nicht mehr.«

»Ganz einfach. Wenn er es sich einfallen läßt, all seine Maschinen auf einmal in Betrieb zu setzen, droht das Ungetüm sein Dach, das Zwischengeschoß und seine Webstühle zu zertrümmern.«

»Hat er nichts gesagt?«

»Natürlich hat er protestiert. Aber ich habe ihm mit seinen eigenen Worten geantwortet: Jeder ist bei sich zu Hause der Herr!«

Alle lachten.

Filippino flüsterte Sandro etwas ins Ohr, woraufhin dieser mich ansah. Betroffen merkte ich, wie sich seine feinen Gesichtszüge mit ihrer durchscheinenden Haut plötzlich veränderten. Diese Sensibilität stand im Gegensatz zu seinem muskulösen Körper. Er gab bestimmt ein gutes Modell ab, dieser Botticelli.

Hastig klappte er seinen Skizzenblock wieder zu und schob ihn in die große Schublade seines Pults, bevor er mir entgegenkam.

Ich war genauso eingeschüchtert wie er. Ich zeigte ihm das kleine Porträt meiner Schwester Battistina, dessen Vergoldungen einer Auffrischung bedurften. Als ich vor dem Meister stand, schämte ich mich plötzlich der Lächerlichkeit meines Vorgehens. Dieses winzigen Vorwands, den ich gefunden hatte, um den verbotenen Ort zu betreten.

Glücklicherweise rettete mich ein burlesker Zwischenfall aus dieser schwierigen Situation.

Ein Lehrling namens Biagio hielt in Begleitung eines reichen Kaufmanns seinen triumphalen Einzug in das Atelier. Er wollte dem Kunden seine Kopie eines Tondos des Meisters übergeben. Biagio schaute zu seinem runden Bild hinauf und bemerkte entsetzt, daß die acht Engelsköpfe, die die Jungfrau umgaben, mit acht Hauben, wie sie die Bürger der Stadt trugen, versehen waren.

In der Nacht, so erklärte Filippino mir leise, hatten Sandro und sein Schüler Jacopo diese Kopfbedeckungen aus Papier mit weißem Wachs auf den Locken der Seraphim befestigt. Biagio glaubte nicht richtig zu sehen. Er protestierte und beteuerte seine Unschuld an der Veränderung des Marienbildes. Aber der Kunde, über den Streich im Bilde, lobte diese kuriose Darstellung Mariens, die einmal nicht inmitten von Engelwesen sondern von betuchten Bürgern thronte, und zahlte ihm die sechs vereinbarten Florin. Verblüfft über diese unerwartete Reaktion begleitete Biagio den Käufer nach draußen. Als er in die *bottega* zurückkam, entdeckte er mit Verwunderung, daß die acht weißen Hauben verschwunden und die Kaufleute von eben wieder zu Engeln geworden waren.

Ich lachte noch über die Geschichte, als ich zum Palazzo Vespucci zurückging.

Giovanna jedoch war weit davon entfernt, meine gute Laune zu teilen. Sie behandelte mich nicht mehr und nicht weniger wie ein Straßenmädchen. Noch nie hatte ich meine Amme so abgrundtief wütend gesehen.

»Du warst wohlgeboren und wohlerzogen, als du hierher kamst. Ein Jahr in Florenz, und schon hast du sechzehn Jahre guter Grundsätze vergessen, die du bei deinen Familien Cattaneo und Appiano gelernt hast. Immer und immer wieder haben wir dir gesagt, daß eine anständige Frau nur zur Frühmesse und Vesper ausgeht. Und auch das nur in Begleitung und verschleiert. Daß sie auf kein Zeichen, keinen Gruß antwortet. Daß sie wenig redet, ohne Gesten und mit leiser Stimme, und nur, wenn sie gefragt wird. Daß sie nicht lacht, sondern sich darauf beschränkt zu lächeln. Daß sie bei Tisch die Speisen kaum berührt. Daß sie nie in ihrem Leben, hörst du – niemals! – in den Straßen spazierengeht! Niemals ein

Geschäft betritt. Daß sie es sich nie einfallen läßt, sich an ihrer Tür oder an ihrem Fenster zu zeigen. Daß sie es nicht gestattet, daß Possenreißer, Schmierenkomödianten oder irgendwelche anderen Wüstlinge vor ihrem Haus herumlungern. Wie soll ich das in deinen Kopf hineinkriegen? Ei-ne-Frau-muß-zu-Hau-se-blei-ben«, versuchte Giovanna mir mit allem Nachdruck begreiflich zu machen. »Den Rosenkranz beten, die Bediensteten überwachen, die Schlüssel verwahren, die Kinder stillen ...«

Ich platzte heraus.

»Welche Kinder?«

»Du tätest besser daran, deinen Mann an dich zu binden, anstatt durch die Straßen zu laufen!«

Ihre Wut steigerte sich. Wenn man sie so anhörte, war ich bereits in Schande gefallen. In ihrer Erregung überschüttete sie mich mit all dem Klatsch, der über diese Stätten der Verdammnis, die Ateliers, und die Schandtaten, die die Künstler dort angeblich begingen, in Umlauf war. Lotterleben, Saufereien, Skandale, Sittlichkeitsverbrechen, Straftaten. Sie würde keine halben Sachen machen, meine wackere Amme. Und mir all die Dinge mit Pauken und Trompeten verkünden, deren Zeuge sie selber gewesen war.

»Frag doch deinen Gatten, was er nachts in dieser oder jener *bottega* zu suchen hat ...«

»Ich war am hellichten Tage dort«, protestierte ich, »und habe nur Begeisterung und Phantasie gefunden.«

Simonetta

Ich erklomm das im Innern des Palastes verborgene Labyrinth der Wendeltreppen, die den Dienstboten vorbehalten waren, und flüchtete mich in Svetlanas kleines Zimmer.

Niedergeschlagen und verärgert schlug ich die Tür hinter mir zu und ließ ein paar Tränen ihren Lauf. Es tat mir weh, meine Giovanna zu enttäuschen, und gleichzeitig war ich empört über ihre Vorhaltungen, die aus einer anderen Zeit und einer anderen Welt zu stammen schienen.

Die schöne Zirkassierin raffte die Karten zusammen, die über den Nomadenteppich auf ihrem Bett verstreut waren, und forderte mich auf, mich zu ihr zu setzen.

»Soll ich dir das Rad des Lebens legen? Meine Großmutter hat ihre Geheimnisse an mich weitergegeben.«

Sie erzählte mir, wie diese ihren Zauber, verstärkt durch ihren kaukasischen Charme, auf Cosimo de' Medici hatte wirken lassen, dem sie einen unehelichen Sohn geschenkt hatte – Carlo, Svetlanas Vater. Er war der Mann mit dem Adlerprofil und dem exotischen Turban, erklärte sie stolz, der zwischen Cosimo und Lorenzo auf dem Fresko *Adorazione dei Magi*, Anbetung der Könige, in der Kapelle des Palazzo de' Medici dargestellt war.

»Die einzige Genugtuung einer Sklavin, wenn sie jung und hübsch ist«, sie lächelte, »besteht darin, ihren Herrn zu verführen. Und von allen Tatarinnen, Russinnen, Maurinnen, Ottomaninnen ihres Hauses, die auf den Märkten von Venedig oder Genua gekauft worden waren, war sie die Königin.«

Sie mischte die Karten lange und reichte mir dann das Päckchen.

»Komm, du bist dran.«

Während ich mich in diese zweiunddreißig Figuren vertiefte, damit ich in ihr Geheimnis eindränge und es in mich aufnähme, holte sie eine Schale Quellwasser und stellte sie auf den Teppich. Um die Atmosphäre zu reinigen und Störungen fernzuhalten, erklärte sie.

Dann erzählte sie mir von ihrer Kindheit in der Via Larga. In Ermangelung einer Mutter, die im Kindbett gestorben war, fand sie dort eine Familie. Eine sehr große Familie, jovial und liebevoll, wo vom Oberhaupt der Sippe bis hin zur jüngsten Dienerin alle mit der gleichen Achtung behandelt wurden. Ein köstliches Detail: Als Cosimo, dann Piero und nun Lorenzo und Giuliano de' Medici bei der Signoria die Anzahl der unter ihrem Dach lebenden Personen angeben mußten, unterschieden sie nicht zwischen ihren Familienangehörigen und den für diverse Aufgaben zuständigen Mitbewohnern, wie Sekretären, Lehrern, Bibliothekaren, Astrologen, Architekten, Ärzten, Chirurgen, Apothekern, Barbieren, Tänzern, Musikern, Sängern, Vorlesern, Webern, Schneidern, Köchen, Tierwärtern und was weiß ich noch. Als wäre es die natürlichste Sache der Welt, trugen sie »fünfzig Münder« auf dem Meldezettel ein. »Einfach, bescheiden, gutmütig ...«, diese Worte kamen immer wieder über Svetlanas orangefarbene Lippen.

Lachend warf sie ihre wilde rote Mähne zurück.

»Als ich klein war, sprang ich auf den Rücken von ›Großvater‹ Cosimo und ›Onkel‹ Piero, die auf allen vieren zwischen all den Kindern des Hauses auf dem Boden herumkrochen.«

Ich hörte ihr zu und mischte die Karten.

»In diesem Sinne führten die Medici nie einen Hof, sondern ein Heim. Alle waren *pares inter pares*, alle wurden gleich behandelt, ohne irgendeine Hierarchie. Einschließlich der Maler, Musiker, Dichter, Architekten, Humanisten, die immer eine offene Tür und einen gedeckten Tisch im Palast vorfanden. Alle Talente unserer Zeit, Künstler, Literaten, Gelehrte aus der ganzen Welt waren uns vertraut.«

»Es ist nicht der einzige Ort, wo man in Florenz diesen Geist verspürt«, bemerkte ich, »auch bei den Vespucci ...«

»Und den Rucellai, den Tornabuoni, den Pazzi und vielen anderen Familien. Aber bei den Medici hat man nie den Eindruck, in einem Museum, einer Schule oder einer Versammlung zu sein. Man fühlt sich wie in einer richtigen Familie. Es wird über Philosophie geredet, aber auch über das Essen und die Wäsche. Ebenso verhalten sie sich in der Öffentlichkeit. Ob Lorenzo oder Giuliano, du hättest ihnen gerade eben in der Via Nuova begegnen können, ohne Leibgarde oder Eskorte. Sie lassen den Älteren den Vortritt, reden mit den Kindern ...«

Die Zirkassierin schob die Karten zurück, die ich ihr geben wollte.

»Nein, misch sie noch ein bißchen.«

Sie streichelte mir über die Wange.

»Giovanna wird sich damit abfinden müssen, daß Florenz nicht Genua ist. Unsere Frauen hier sind schön, mit ihrem Porzellanteint, ihrer schlanken Gestalt, ihrem ovalen Gesicht, ihren dicken blonden Flechten, ihrer stolzen Haltung, und du bist es mehr als alle zusammen. Und sie sind klug, wissen alles über Logik und Rhetorik, lesen Petrarca und Ariost, und auch auf diesem Gebiet stehst du ihnen in nichts nach. Aber in Florenz sind die Frauen darüber hinaus frei. Und in diesem Punkt hast du noch viel zu lernen. Damit wir uns richtig verstehen: Der Mann, das ist bekannt, hat neun Gesichter. Die Frau nur drei. Aber trotzdem. Die beiden ersten, das von Eva und Maria, sind die zu Eis erstarrten Pole der alten Welt. Das dritte ist dasjenige, welches ihr die Zukunft zeichnen wird. Ich werde versuchen, deins zu entdecken ...«

Ich gab Svetlana das Spiel zurück. Sie zog die Herzdame, eine wunderschöne Frau, hervor und legte sie in meine Richtung auf den Teppich, ließ mich mit der linken Hand abheben, schaute rasch die aufgedeckte Figur an, ehe sie das Ganze zusammenraffte und die Karten wie die Tasten eines Klaviers in einer langen Reihe auslegte.

»Zieh dreizehn Karten.«

So wie ich ihr eine Karte nach der anderen mit meiner zitternden linken Hand reichte, legte sie sie wie einen Kranz in Richtung West-Nord-Ost-Süd um die blonde Königin herum.

Dann wurde die sonst so redselige Svetlana plötzlich still. Ein unsichtbarer Schleier fiel zwischen ihr und mir nieder. Sie kapselte sich nach innen ab, als wolle sie sich von jeder äußeren Beanspruchung abschotten, um sich einer zukünftigen, noch nicht in der Gegenwart registrierten Erinnerung besser öffnen zu können, sich zur Führerin einer Realität machen, die bald existent sein würde.

Sie drehte die erste Karte um, dann jede fünfte, bis mein ganzes Spiel aufgedeckt war. Dann schwieg sie einen Augenblick, der mir jedoch endlos schien, und betrachtete eine Figur nach der anderen, verweilte bei einigen und brachte sie in Beziehung zueinander.

Endlich, ganz langsam sprach sie.

»Hier liegt es klar und deutlich vor dir, meine Schöne. Die Liebe ist die große Angelegenheit deines Lebens.«

Diese Ankündigung traf mich wie der Blitz. Und wie in einem Gewitter hörte ich den Rest. Von allem, was sie mir vorhersagte, behielt ich nur Bruchstücke. Ein explosiver Augenblick ... schon bald bevorstehendes Zusammentreffen ... unerhörte Liebe auf den ersten Blick ... kolossale Gefühlsbewegung ... intensive Lust ...

Mit einer Handbewegung flehte ich sie an, aufzuhören. Von was, von wem redete sie da? War wirklich ich gemeint? Ich war von ihren Worten erschüttert. Aber in die Vision des Immateriellen verloren, sah sie mich nicht, noch hörte sie mich.

»Du zumindest«, flüsterte sie schließlich, »du wirst niemals alt sein.«

Die ewige Jugend, die du mir versprochen hast – heute weiß ich, was sie bedeutet. Während die Luft meine Lungen verbrennt und ich mein Leben aushauche ...

Svetlana kam wieder zu sich und schaute lächelnd zu mir empor.

»Eine herrliche Zukunft, Simonetta! Nutze sie gut.«

Giuliano

Der Gartenschmuck, den Lorenzo und ich in unserer Villa in Fiesole für das Weinlesefest hatten errichten lassen, war, ohne daß einer von uns beiden es zugegeben hätte, die ideale Untermalung für ihre grünen Augen. Allerdings hatte unsere Familie mit dem Pflanzenreich einen üppigen Pakt geschlossen, den wir ständig durch Pflege und Anbau aller möglicher Sorten und Arten neu belebten. Diesmal hatten wir uns selbst übertroffen.

Ein letztes Mal ging ich durch die mit Girlanden aus Weinblättern und Trauben geschmückten Säle. Tische und Anrichten waren über und über mit wunderbaren Kompositionen aus Herbstlaub und Herbstblumen bedeckt. Portieren und Vorhänge aus Ranken und Blättern raschelten im Wind. In den Ecken standen wohlriechende Blumenkörbe, und über den Boden verstreute aromatische Kräuter balsamierten die Luft.

Ich überraschte Antonia Gorini, wie sie mit ihren nackten Füßen über die Zweige lief und auf ihrem Weg eine duftende Spur hinterließ. Das Bauernmädchen warf mir einen finsteren Blick zu und entfloh rasch.

Sie hatte recht, böse auf mich zu sein, meine kleine Gefährtin bukolischer Spiele, die im Lauf der Jahreszeiten meine ländliche Geliebte geworden war. Von Kind an war sie bei meinen Läufen durch die taunassen Felder, meinen Pausen an den kühlen Brunnen, meinen Ballspielen im Säulenhof dabeigewesen, meinen Siesten im Schatten der Feigenbäume, meinen Versteckspielen im Heu bis zum Einbruch der Nacht, wo uns dann mit Fackeln bewaffnete Diener aufspürten. Ja, sie war zu Recht böse mit mir, meine fiesolanische Nymphe, meine Antonella, wegen der Kränze, die ich ihr nicht mehr flocht, und der Pastoralen, die ich ihr nicht mehr sang.

Ich ließ sie entfliehen und stieg in den ersten Stock hinauf, um mit der Lektüre von Vergils *Georgica* die paar Stunden totzuschlagen, die mich noch von der Frau trennten, die ich so sehnsüchtig erwartete.

Fern vom Lärm der Stadt folgten Lorenzo und ich immer mit Entzücken den von unseren römischen Vorfahren, wie Plinius, Seneca, Vergil, gezeichneten Wegen zu diesen paradiesischen, der Meditation so günstigen Zufluchtsorten. Ich liebte diese empfindsamen Orte, wo wir inmitten von dunklen Zypressen und in der Heiterkeit eines natürlichen Lebens unsere wahren Bezugspunkte fanden.

Nicht nur wir schätzten die Anmut der geheimen Gärten unserer von Michelozzi erbauten Villa in Fiesole, eine Galoppstunde von Florenz entfernt, dort, wo die Luft klar war, das Wasser lau, die Landschaft eine heitere Ausstrahlung hatte und einen herrlichen Ausblick bot. Alle klugen Bürger, denen es ihr Wohlstand und ihre Bildung ermöglichten, hatten ihre Villen in den toskanischen Bergen erbaut. Eine anmutige Art, an die Antike neu anzuknüpfen, die entlang der etruskischen Hügel Tausende von Häusern mit Zinnendächern hatte erblühen sehen.

Meine Augen lösten sich von den lateinischen Versen und schweiften über den Wandbehang meines Vorzimmers, der die Freuden Bacchus' darstellte. Die Geschichte des Weingottes, die sich beim kleinsten Lufthauch bewegte, diente als Ausgangspunkt meiner sehnsüchtigen Träume.

Endlich verließ ich den Sessel, um die letzten Strahlen der untergehenden Sonne vom Fenster aus zu betrachten. Kein Kunstwerk würde jemals dieser malerischen und wie aus Stein gehauenen Landschaft gleichkommen, wo die Reliefs der aufeinanderfolgenden Hügelketten in der Ferne ihr gewundenes Profil in einer abfallenden Architektur entfalteten. Wo von den aschgrünen Olivenbäumen bis hin zu den dunklen Zypressen, vom Glanz der Wiesen bis zur Intensität der Zedern die ganze Palette der Grüntöne sich bis ins Unendliche ausbreitete. Wo das silberne Glitzern des Arno im Herzen der Talsohle sich mit den goldenen Reflexen der Stadt kreuzte.

Für den Empfang herausgeputzt, stieg ich schließlich in die grün geschmückten Säle hinunter, wo die Gäste langsam eintrafen. Marietta Strozzi, verführerisch wie nie, warf mir in Erinnerung an unsere Schneeballschlacht eine rote Rose zu, die sie aus einem Korb gezogen hatte.

»Auf diesem Fest kannst du bestimmen, mein schöner Giuliano!«

Auf ihr lockendes Lachen wußte ich nur mit einem zerstreuten Lächeln zu antworten.

Ich ging zu der Pflanzenlaube, einem Bauwerk, das extra für diesen Abend in den Gärten errichtet worden war und in welchem alles, von den kleinen Tischen bis hin zu den Ruhebetten, mit Blättern und Blüten bedeckt war.

Eine Blume unter Blumen, behutsam auf eine dieser duftenden Stätten hingebettet, versprühte Lucrezia Donati ihren hinreißenden Charme inmitten eines Schwarms von Anbetern. Niccolò Ardinghelli, ihr Gatte, hatte niemals etwas dagegen gehabt, daß die junge Frau die Königin der Feste der *brigata* und die Muse des Dichterfürsten war. Etwa fünfzehn Jahre lagen zwischen den beiden Eheleuten, und Tausende von Meilen trennten sie während der endlosen Orientreisen des Geschäftsmannes.

Wie von einem dringenden Ruf getrieben, verließ Lorenzo plötzlich die Gruppe der Bewunderer und verschwand in der Menge der geladenen Gäste. Seine Leidenschaft für Lucrezia brannte bereits seit mehreren Jahren. Er war sechzehn Jahre alt gewesen, als er ihr zum ersten Mal begegnet war. Sie war zwei Jahre älter als er und trug bereits einen Ring am Finger. Aber Niccolò Ardinghelli, wie auch später Clarissa Orsini, stellten sich niemals als Hindernis ihrer poetischen Bindung in den Weg. Beide Gatten hatten, was sie verlangten. Und was sie nicht hatten, war – meiner Treu – zu groß für sie.

Für meinen Bruder war es anfangs, das kann ich bezeugen, eine jugendliche Leidenschaft, die gerne die Herzensregungen mit der Begierde des Fleisches vereint hätte. Aber die junge Frau wußte es besser als irgend jemand anders anzustellen, ihn vor Hoffnung sterben zu lassen. Sie wies seine Huldigungen nicht zurück, aber die Gunst, die sie ihm sparsam zuteil werden ließ, setzte sie geschickt ein, um ihn noch mehr zu fesseln. Folter durch Hoffnung.

Denn sie war sehr schön, die junge Patrizierin. Verrocchio, dem Lorenzo den privatesten Auftrag erteilt hatte, den es gibt – die Büste der geliebten Frau –, hatte daraus *La dama col mazzolino* gemacht. Wobei er natürlich dem Gold ihres Haares, dem Perlmutterschimmer ihrer Haut und dem Saphirblau ihrer Augen, womit sie ihre Verehrer betörte, wie es ihr gefiel, nicht Rechnung tragen konnte. Lucrezia liebte es, sich herauszuputzen und auf Festen, insbesondere bei jenen, die man ihr zu Ehren gab, im Mittelpunkt ihrer Hausfreunde und Verehrer zu stehen.

Ihrer Grausamkeit überdrüssig, die ihn oft in oberflächlichere Abenteuer trieb, hatte mein Bruder schließlich jene offiziell zu seiner Dame gemacht, die niemals seine Geliebte sein würde. Obwohl die Stadt sich viel mehr vorstellte, als die Reime enthüllten, die er ihr widmete, wurde Lucrezia für ihn zum Gegenstand reiner Poesie. Die anerkannte Muse, das weibliche Ideal, die Zielscheibe für Cupidos Pfeile. Seine Gedichte waren ihr ganz gewidmet. Zuerst als Stern, der ihm selbst in politischen Dingen die Richtung wies, dann als Diana, mit den gleichen Initialen wie Donati, hatte er sie mit Hilfe von Symbolen in eine literarische Fiktion verwandelt. Der Dichter zollte ihr weiterhin eine absolute Liebe, was den Mann betraf jedoch …

Plötzlich verhärteten sich Lucrezias blaue Augen. Ich folgte ihrem Blick, der an dem einzigen Stern hängengeblieben war, der sie in den Schatten stellen konnte, der einzigen Diana, die wirklich einer Göttin glich.

Kaum hatte Simonetta die Schwelle des Laubpavillons überschritten, als schon alle Anwesenden wußten, daß sie alle sieben Schönheiten in einer einzigen vereint vor sich sahen. Daß sich ihnen das seltenste Juwel offenbarte, das Europa jemals bewundert hatte. Und daß das Frau gewordene Ideal, falls es dies gab, nur ihr köstliches Gesicht und ihre feinen Formen haben konnte.

In ihrem halb durchsichtigen blumenbestickten Seidenkleid war Simonetta die Vollkommenheit in Person. Trotz eines Stichs im Herzen konnte ich meinen Bruder, dem Kunstliebhaber, nicht böse sein, der sie mir für den Abend raubte.

Was Lucrezia betraf, so hielt sie, um nicht mitansehen zu müssen, wie alle Medici sie stehenließen, den zurück, der in Reichweite ihrer schmeichelnden Hand war – mich.

»Du bist der Verführerischste, Giuliano ...«

Ihre blauen Augen waren auf mich gerichtet. Ihr plötzliches Interesse wunderte mich.

»Ich will gar nicht von Lorenzo reden«, fuhr die Grausame fort, »der sich wohl nie in einem Spiegel betrachtet hat, aus Furcht, dort seinen Maulwurfsblick und sein Faunprofil entdecken zu müssen ...«

Sie warf den Kopf zurück und lachte sehr laut.

»Wenn er ›prächtig‹ ist, dann bist du, Giuliano, mit deinem Modellkörper, deinen edlen Bewegungen, deinen distinguierten Zügen, dann bist du ..., dann bist du ... Ich finde nicht einmal das passende Wort. Du bist ein Gott!«

Noch nie hatte sie mir gegenüber soviel Aufmerksamkeit an den Tag gelegt. Das lebhafte Interesse, das sie mir plötzlich bezeugte, entsprach dem Maß ihrer Verachtung für ihren alten Verehrer. Als Lucrezias Geisel, die mich nicht aus ihren Fängen ließ, mußte ich ohnmächtig mit ansehen, wie Simonetta zu dem nahegelegenen Wäldchen ging, wo auf drei Seiten der rechteckigen Lichtung die Tische des Buffets aufgestellt waren. Mein ganzer Trost bestand darin, sie aus der Ferne bewundern zu dürfen.

Trotzdem gelang es mir, ein Geheimnis zu lüften. An diesem Abend begriff ich den Grund für die Begeisterung, die sie mit jedem ihrer Schritte, Bewegungen, Worte, Blicke hervorrief. Ja, ich begriff, was der Grund für die Liebe war, die man ihr überall und bedingungslos entgegenbrachte: Man konnte Simonetta ansehen, daß sie alles herrlich fand, was sie in

Florenz entdeckte – die Farben, die Töne, die Gerüche, den Geist –, und so erneuerte sie deren Frische für all jene, die sie durch sie wahrnahmen. Simonetta schien bezaubert, hier zu sein, voller Freude über das Glück, das sie empfing und austeilte. Schaut, wie schön das Leben ist, schien sie mit ihrer unwiderstehlichen Lebhaftigkeit zu sagen, und niemand, der sie sah, hätte gewagt, dies zu bestreiten. Simonetta war das Leben.

Giuliano

Es war der siebte November. Um nichts in der Welt hätten wir diesen Geburtstag verpaßt. Nicht den Simonettas, obwohl sie, ohne daß wir, Lorenzo und ich, es uns eingestanden, all unsere Gedanken in Beschlag nahm, sondern den Geburts- und Todestag Platons. Ein seit drei Generationen im Kalender der Medici mit goldenen Lettern eingetragenes Datum.

Die *Accademia platonica*, gegründet von Marsilio Ficino auf einem von unserem Großvater Cosimo zur Verfügung gestellten Besitz in der Nähe unserer Villa in Careggi, gedachte des Philosophen jedes Jahr mit einer Feier. Unter der von einer Tag und Nacht brennenden Flamme erhellten Büste des Atheners wurde ein Festmahl gehalten, an dem die bedeutendsten Gelehrten der Stadt teilnahmen, alle mit einem weißen Gewand bekleidet.

An diesem Abend war außer meinem Bruder und mir auch Ficino anwesend, der mit siebenunddreißig Jahren schon ein alter Mann war, dessen intellektuelle Größe jedoch seinen schmächtigen, kränklichen Körper, seinen infamen Buckel und die schmalen Lippen ebenso in den Hintergrund treten ließ wie seine vielen eingebildeten Krankheiten. Er, der aus einer Arztfamilie stammte, war Cosimos Arzt gewesen und hatte sich durch seine Übersetzungen und Kommentare der Schriften Platons hervorgetan, die ihm den Schutz unserer Familie eingebracht hatten.

Um ihn herum saßen der Gelehrte Cristoforo Landino, der Historiker Bernardo Rucellai, der Wissenschaftler Leon Battista Alberti, der Dichter Luigi Pulci, der Architekt Michelozzo Michelozzi und ein paar gebildete Kaufleute, darunter Alamanno Rinuccini, Giovanni Cavalcanti, Donato und Piero Acciaiuoli. Und ein neues Gesicht in unserem Kreis, Angelo Poliziano.

Er hatte jedoch gar nichts von einem Engel, dieser blutjunge Humanist, mit seinem fettigen Haar, seinem Prälatenkinn, seinen zusammengekniffenen Äuglein und seinen gierigen, bläulichen, vorstehenden Lippen. Er war erst sechzehn, ein Jahr jünger als ich, aber sein Ruf eilte ihm, wohin er kam, bereits überall voraus.

Seine lateinische Übersetzung der beiden ersten Bücher der Ilias, die Lorenzo gewidmet waren, hatte einen starken Eindruck gemacht. Als sein Vater, ein berühmter toskanischer Advokat, ermordet wurde, hatte unser Vater die Verantwortung für ihn übernommen und ihm gestattet, bei Ficino in Philosophie, bei Landino in Latein, bei Argyropulos und Callistos in Griechisch weiter Unterricht zu nehmen. Er war außergewöhnlich begabt und versprach durch seine Kenntnisse der antiken Literatur und sein dichterisches Talent seine Meister noch zu übertreffen, die nun in sein Studierzimmer gelaufen kamen, um den Kursen in griechischer und lateinischer Redekunst beizuwohnen, die das Wunderkind gab. So häßlich er auch sein mochte, sobald er über Ovid und seine poetische Transkription der griechischen Legenden sprach, nahm sein scharfer Geist das Interesse der Gelehrten gefangen, die darüber seine Plumpheit vergaßen.

Ich fühlte mich von der qualvollen Neugier dieser Neoplatoniker ungemein angezogen. In ihren Disputen an diesem Abend waren sie weit davon entfernt, das Heidentum dem Christentum entgegenzusetzen, sondern suchten leidenschaftlich nach einer Wahrheit, welche die Ansprüche der Vernunft und des Glaubens miteinander versöhnte. Sie versuchten eine harmonische Synthese der Philosophien und Glaubenslehren zu erzielen, wobei sich die Sorge um das Jenseits und der Genuß der Gegenwart vermischten.

Solcherlei Fragen gehörten für den Florentiner schon zu seinem Alltag. Er interessierte sich für die Erde wie für den Himmel, sorgte sich um die Vergänglichkeit des Lebens ebenso wie um die Ewigkeit, um die Schönheit des Sichtbaren wie des Unsichtbaren. Er verehrte Jupiter, Apollo und Mars auf die gleiche Weise wie den Vater, den Sohn und den Heiligen Geist. Betrachtete Platon als Vorläufer Christi und bewunderte Diana und Venus in der Gestalt der Heiligen Jungfrau.

Hierselbst, unter der umkränzten Büste des alten Platon und vor einem Tempel mit Säulen aus Kaldaunen, einem Boden aus Parmesan und Kapitellen aus gebratenen Kapaunen träumten wir von freier, lärmender Liebe, während wir über die Seele und Gott diskutierten.

Was mich betraf, so hatte ich meine feste Religion. Ich betete die göttliche Simonetta an, die für mich alle Göttinnen des Olymp und alle Heiligen des Paradieses in sich vereinte. Was mich nicht daran gehindert hätte, sie wie die irdischste aller Nahrungen zu verschlingen, wenn diese Gnade mir gewährt worden wäre.

1471

Giuliano

Ganz Florenz war auf den Straßen und Plätzen unterwegs, um die Herzöge von Mailand aus der Nähe zu sehen.

Zwölf Jahre war Galeazzo Maria Sforza nicht mehr in unserer Stadt gewesen. Bei seinem letzten Besuch waren wir noch Kinder gewesen. Aber ich erinnere mich noch genau an den prachtvollen Empfang, den unsere Eltern ihm bei dieser Gelegenheit bereitet hatten, und an ihre Sorge, Lorenzo und mich als die zukünftigen Verantwortlichen der toskanischen Stadt in den Vordergrund zu stellen.

Inzwischen hatten wir die Geschicke der Stadt in die Hand genommen, und wir durften die Mailänder nicht enttäuschen. Die Allianz mit der lombardischen Hauptstadt mußte gefestigt werden, wenn wir weiterhin die Rolle des Züngleins an der Waage der italienischen Diplomatie spielen wollten.

Es war Fastenzeit, Anfang März. Die Einwände der frommen Clarissa verfehlten ihre Wirkung nicht. Sie hatte gerade Lorenzos erste Tochter, die kleine Lucrezia, zur Welt gebracht – man könnte meinen, in Florenz gäbe es keine anderen Mädchennamen. Zeit der Einkehr, des Fastens und der Abstinenz! hatte sie gereizt angeordnet. All das war unvereinbar mit den Festivitäten, die mit dem Empfang der fürstlichen Gäste verbunden waren.

Aber Lorenzos Geschicklichkeit wußte die religiösen Traditionen mit den Regeln der Gastfreundschaft in einer Stadt in Einklang zu bringen, die es gewohnt war, kirchliche und weltliche Fürsten zu empfangen. Um die vergrämten Gemüter zu besänftigen, hatte er drei sakrale Aufführungen angeordnet. *Die Verkündigung* in der Kirche San Felice, *Die Himmelfahrt* in Santa Maria del Carmine und *Pfingsten* in Santo Spirito. Und um die begeisterten Anhänger von Festen, Bällen, Banketten und sonstigen Lustbarkeiten zufriedenzustellen, hatte er das dritte Gebot zum Teufel geschickt.

Diesmal kam Galeazzo nicht allein. Seine Gattin Bona von Savoyen begleitete ihn. Und mit ihr ein Hofstaat von etwa tausend Personen! Die Florentiner machten sich einen Spaß daraus, in dem endlosen Zug durch die blumengeschmückte Stadt Räte, Minister, Ritter, Infanteristen, Soldaten, Pagen, Intendanten, Majordomus und Stallknechte, Pferde und Hunde, Sperber und Falken, Musiker und Hofnarren zu zählen, die alle mit Gold und Silber geschmückt waren, so daß die braven Leute Tiere kaum noch von Christenmenschen unterscheiden konnten.

Was uns betraf, so hatten wir ein paar Logisprobleme zu lösen. Für den Herzog und die Herzogin ließen wir im Palast die von Verrocchio ausgemalten Räume herrichten. Für die Würdenträger und das Personal stellten wir Unterkünfte in anderen Häusern der Via Larga und der umliegenden Straßen zur Verfügung. Und für die bewaffnete Eskorte beschlagnahmten wir Kasernen außerhalb der Stadtmauern.

Nach einer Zwischenstation im Palazzo Vecchio, wo die Signoria ihr Willkommen entbot, und nach einem Gebet in der Kirche Santissima Annunziata erreichte der riesige Zug die Via Larga.

Bona, ihre Töchter und die Damen ihres Gefolges stiegen aus ihren mit Goldbrokat ausgeschlagenen Sänften. Eine blendende Erscheinung von Juwelen und Gemmen, Samt und Seide – von kostbaren Stoffen ohne Ende. Die versammelten Florentinerinnen spendeten lächelnd Beifall. Als könnte man sie mit diesen toskanischen Erzeugnissen verblüffen, die sie alle Tage sahen und seit Jahrhunderten trugen.

Die Absicht der Sforza war offensichtlich. Ihre Luxusparade war eine politische Geste mit dem Ziel, sich in den Augen der Medici und der anderen Fürsten Italiens als die Heerführer jenes Staates zu zeigen, der der mächtigste der ganzen Halbinsel sein wollte. Man bemerkte hieran jedoch auch, daß sie nicht wußten, über welche Reichtümer wir, die Florentiner, verfügten.

Galeazzo hatte kaum den Fuß auf den Boden gesetzt, als er

im Innenhof vor zwei Statuen innehielt, von der die eine Judith, die andere David darstellte.

»Sie sind das Werk des Sohnes eines Wollkämmers, bekannt unter dem Namen Donatello«, erläuterte ich.

Wir führten den Herzog durch die Säle des Palastes zu den Räumen, die für ihn bestimmt waren. Ein von Kunstwerken gesäumter Weg. Jahrhunderte griechischer und römischer Geschichte boten sich in dem behauenen Stein dar, und eine von Herkules, Aphrodite, Amor und Dionysos, Narziß und den Grazien bevölkerte Welt außerhalb der Zeit entfaltete sich auf Vasen, Schalen, Kelchen und Krügen. Ein Anblick reinster Schönheit.

Unser Gast war noch nicht am Ende der Überraschungen angelangt. Die Sammlung der antiken Kameen, Medaillen, Münzen und Schmuckstücke, die Cosimo begonnen und Lorenzo Stück für Stück erweitert hatte, ließ ihn verstummen. Die schlichte Art, wertvollste Kunstgegenstände auszustellen, unterschied sich so sehr von der mailändischen Art, das Kräfteverhältnis zu begreifen.

Am Ende des breiten Flures, der die Haupttreppe verlängerte, erreichten wir die Palastkapelle, die auch als Sitzungssaal benutzt wurde. Dort entdeckte Galeazzo Sforza ein ganz anderes Wandgemälde, von Benozzo Gozzoli als Fresko ausgeführt: *L'Adorazione dei Magi*. Niemand anders als die Familie der Medici tummelte sich hier im Licht eines strahlenden Wintermorgens in einer Landschaft, wie sie toskanischer nicht sein konnte. Das Werk bedeckte die Wände des Oratoriums bis zum Altar, wo es – Geschenk des Himmels – eine von Filippo Lippi signierte Geburt Christi erwartete.

Der Herzog von Mailand wies liebevoll auf Großvater Cosimo, der mit einer roten Mütze und in blauem Gewand auf einem Maultier ritt. Neben ihm, im Profil, auf einem weißen Pferd identifizierte er unseren Vater Piero, seinen alten Freund, in Grün und Goldbraun. Er erkannte Lorenzo und mich, wie er uns bei seinem ersten Besuch kennengelernt hatte: ich als lockiger Knabe, in Blau, auf meinem Reittier mit einem angeketteten Geparden, und mein Bruder als König Caspar, mit Krone und in Gold gekleidet, wie er von der Höhe seines weißen Rosses herab mit der ruhigen Sicherheit eines jungen Herrschers in ein blühendes Tal schaute.

Unser Gast schien die Botschaft zu verstehen, die der begabte Illustrator der mittelalterlichen Sage übermitteln wollte. Die lange Irrfahrt, die diese weisen Könige von den Hochebenen des Morgenlandes zu den florentinischen Hügeln geführt hatte, war die gleiche, die eine fleißige Dynastie von Kauf- und Bankleuten zu den höchsten Würden der florentinischen Signoria zurückgelegt hatte.

»Schaut«, er lächelte. »Ich gehöre auch zum Zug!«

Tatsächlich hatte er sich in einem Würdenträger zu Pferd in der Eskorte Caspar-Lorenzos wiedererkannt.

Eine harte Lektion in Bescheidenheit für den Herzog. Während er zu seinen Räumen ging, mußte er sich wohl fragen, ob es nicht verrückt gewesen war, zweihunderttausend Golddukaten für seine prunkvolle Parade durch die Straßen von Florenz auszugeben. Schlimmer noch, es war geschmacklos.

Er ließ sich jedoch in keiner Weise irgendeine Verstimmung anmerken. Bei dem nachfolgenden Festmahl zeigte er sich angetan von der Gesellschaft unseres Kreises von Künstlern, Gelehrten und Poeten. Er interessierte sich für die Kunstwerke, die in Auftrag gegeben werden sollten, um unsere Wohnhäuser zu verschönern, und die Theateraufführungen, die in den Florentiner Kirchen stattfinden würden. Er entdeckte, daß seine Gastgeber seit vier Generationen mit ihrem persönlichen Vermögen Monumente hatten bauen lassen, die bereits einen Platz in der Kunstgeschichte unseres Jahrhunderts einnahmen.

Galeazzo war ein Mann, der unsere Rolle vollkommen richtig einzuschätzen wußte. Die Bande, die unsere beiden Familien vereinten, fanden sich dadurch enger geknüpft.

Simonetta

Die Kirche Santo Spirito schimmerte in einer Myriade von Kerzen. Das Pfingstgeheimnis, das hier gespielt werden würde, bildete den Abschluß der drei Theateraufführungen zu Ehren von Galeazzo Maria Sforza, der unserer Stadt einen offiziellen Besuch abstattete. Der Ort konnte nicht besser gewählt sein. Das Thema der sakralen Vorstellung dieses Abends stand bereits seit einigen Jahrzehnten mit feurigen Lettern in die prachtvollen Scheiben der Fensterrosette geschrieben, die den Heiligen Geist darstellte.

Viele Menschen bevölkerten die drei ein lateinisches Kreuz bildenden Kirchenschiffe, die unser großer Brunelleschi geschaffen hatte. Wenn ich die architektonischen Schmuckstücke dieser Stadt bewunderte, entdeckte ich mehr und mehr, daß ich stolz darauf war, eine Florentinerin zu sein, wenn auch erst seit kurzem und durch Adoption.

Lorenzo forderte Marco und mich auf, in den für seine Freunde reservierten Reihen Platz zu nehmen. Im Laufe der Empfänge hatte ich die schöne Häßlichkeit des älteren Medici liebgewonnen.

Ich folgte seinem durchdringenden Blick, der die korinthischen Säulen emporkletterte, die Bögen entlanglief und an den Gewölben hängenblieb, unter denen auf Gerüsten beeindruckende Theatermaschinerien installiert worden waren. Ich bewunderte diesen von Heiligen bevölkerten Himmel, wo sich die Figuren auf ihren Pfeilern oder in ihren Nischen bewegten, wie Gestirne, die aufgingen und wieder erloschen. Aber Lorenzos Gesicht beunruhigte mich. Er schien besorgt.

Wenn er schwieg, sah seine zu hohe Stirn energie- und gedankengeladen aus, und seine buschigen Augenbrauen verstärkten noch das dunkle Blitzen seiner Augen. Wenn er sprach, sprühte seine Rede vor Intelligenz, seine knochigen

Züge strahlten Kraft aus, und er bezauberte seine Zuhörer durch die ausdrucksstarke Eleganz seiner langen Hände.

Lorenzo wußte den Titel »Der Prächtige« mit Würde zu tragen, den ihm Florenz fasziniert verliehen hatte. Denn darin konnte man unserer Stadt nichts vormachen, deren kritischen Geist und brillanten Humor ich jeden Tag mehr schätzen lernte. Aber die intellektuelle Gewandtheit ging ihr über alles. Und lebhaft, neugierig, scharfsinnig, wie Lorenzo war, hatte er davon im Übermaß. Diese Stadt, die keiner anderen glich, die den Stolz besaß, eine Welt ganz für sich allein nachzuahmen, zu erfinden, zu schaffen, spiegelte sich in diesem außergewöhnlichen Mann, der voller Leidenschaft für das Neue, Seltene und Schöne war.

Die Üppigkeit der Farben, diese spektakuläre Inszenierung, mit ihren prunkvollen Kostümen, die technischen Glanzleistungen, all das war auf seine Anordnung hin geschehen. Ebenso wie am Abend zuvor, als in der Kirche San Felice *Die Verkündigung* aufgeführt worden war. Brunelleschi hatte dort eine himmlische Sphäre aufgebaut, um die, oh Wunder, Unmengen leibhaftiger Engel flogen und aus welcher der Erzengel Gabriel, in ein Federkostüm gekleidet, mit einer mandelförmigen Gondel zu der staunenden Menge herabgeschwebt war.

Lorenzo war für mich der typische Florentiner. Er faszinierte mich genauso wie die Stadt, die sich in ihm widerspiegelte. Er war ihr Wunderkind. Und ihr Zauberer, der aus allem und jedem das Beste herausholen und ein Fest machen konnte.

Die große Orgel schwieg, und paradiesische Gesänge erfüllten die Basilika. Lorenzo erforschte ihre Wirkung auf meinem Gesicht. Er bedachte mich mit großer Aufmerksamkeit. Feinsinnig, sensibel, geistreich, gelang es ihm jedes Mal, mir das Gefühl zu geben, genauso brillant, lebhaft und geistreich zu sein wie er und seine Freunde.

Plötzlich wurde es vollkommen dunkel im Paradies. Feuerzungen zuckten über die Arkaden, durchquerten den Raum wie Blitze, um ihren Platz über den Köpfen der zwölf zu

Tische sitzenden Apostel einzunehmen. Aber der heilige Geist war an diesem Abend nicht mit den Bühnenarbeitern.

Ein Flammenstrahl entwich ihrer Wachsamkeit, entfloh, tanzte alleine, durchstreifte den Schatten seiner unplanmäßigen Flugbahn und landete auf einem der Behänge über den Holzgerüsten. Vor Aufregung goß einer der Apostel auch noch ein Fläschchen heiliges Öl darüber.

Binnen weniger Sekunden war die Kirche Santo Spirito eine Beute der Flammen.

Die Menge stürzte zu dem hinteren Portal, das, sobald es geöffnet war, einen Windstoß hereinließ, der den Brand nur noch mehr anfachte. Flüche und Gebete, Flehen und Gotteslästerungen übertönten die Hilfeschreie. Inmitten der umgeworfenen Bänke, zertrampelten Blumen und umgestürzten Kerzen wurde ich von der Welle der Panik mitgerissen.

In diesem Chaos griff eine Hand nach meinem Handgelenk und zog mich durch die Schreie der Menschen und das Pfeifen des Feuers nach links zur Sakristei. Während der Mann mir den Weg durch die Rufe und Explosionen bahnte, hustete und heulte ich unaufhörlich. Der Rauch nahm mir den Atem und die Sicht.

Göttliches und verfluchtes Gefühl, das ich heute wieder verspüre. Während die Luft meine Lungen verbrennt, und ich mein Leben aushauche …

Als ich die Nachtluft einatmete und die Augen wieder aufschlug, verschlang ein verheerender Feuerwirbel die Kirche. Auf dem taghell erleuchteten Platz mischten sich Verbrannte und Gerettete in Verzweiflung und Schmerz.

Die männliche Hand, die mich aus der Hölle gerettet hatte, lockerte sanft ihren Griff.

Und erst da sah ich ihn.

Ich sah seine hohe Gestalt, seine breiten Schultern, seine stolze Haltung, sein gutes, sehr gutes Aussehen. Ich sah seine schwarzen Augen und seine dunklen Locken, den dunklen Teint und seine markanten Züge. Ich sah seinen großzügigen, fein gezeichneten Mund, der sich in den Mundwinkeln hob –

seine frech vorstehende Unterlippe. Ich sah diese einzige Unregelmäßigkeit inmitten all dieser Vollkommenheit und brach, von widersprüchlichen Gefühlen überwältigt, in Tränen aus und warf mich an seine Brust.

Ich hatte diesen jungen Mann wiedererkannt, und doch hatte ich ihn noch nie gesehen. Er war mir so vertraut wie mein Vater, meine Mutter, meine Schwester. Und ich mir selbst. Es war, als hätte ich ihn schon vor meiner Geburt gekannt, als wäre er die Ergänzung zu meiner Seele. Ich erlebte ein Wiedersehen mit mir selbst nach einer langen, sehr langen Trennung. Seine Wärme, seine Haut, sein Blick, seine Gesten, alles an ihm traf auf einen Widerhall in mir, und alles in mir fand eine Entsprechung bei ihm. Ein einzigartiges Gefühl: Jede Distanz zwischen uns war verschwunden, um Platz zu machen für ein plötzliches Verständnis, eine plötzliche Vertrautheit.

Die schrille Stimme einer alten Frau riß mich aus meiner Glückseligkeit.

»Eine Strafe des Himmels! Das kommt davon, wenn man die Fastenzeit bricht! Verflucht seien die Medici!«

In diesem Augenblick wußte ich, wer dieser Unbekannte war.

»Monsignore ...«

Brüsk machte ich mich von ihm frei, und zum allerersten Mal, obwohl ich ihm, genau wie seinem Bruder Lorenzo, schon etliche Male begegnet sein mußte, sah ich Giuliano de' Medici wirklich.

Und ergriff die Flucht.

Der anbrechende Tag blickte auf eine ungeheure Feuersbrunst herab: Mein Herz stand in Flammen. Die Basilika war abgebrannt.

Simonetta

Eine Truhe zu öffnen und wieder zu schließen war ein Unterfangen, das eine kolossale Anstrengung erforderte. Den schweren Deckel heben, niederknien, um den Inhalt zu inspizieren, die obenliegenden Dinge beiseite räumen, um an die darunterliegenden zu kommen, den Deckel wieder zuschlagen, ohne sich die Hand dabei einzuklemmen ... Mir fiel auf, daß mir dieses Geschäft in letzter Zeit mit Leichtigkeit von der Hand ging. Und öfter, als es notwendig war.

Meine mit blaßgrünem Brokat ausgeschlagenen Aussteuertruhen beschäftigten mich ganze Stunden lang. Ich ergötzte mich daran, mit den Augen die gold- und silberdurchwirkten Stoffe zu liebkosen, den Damast, die Brochés, die glänzenden Satins, die hauchdünnen Sommervoiles, den schweren Wintersamt. Aber seltsamerweise war es nicht mein Blick, der die prächtige Seide meiner florentinischen Kleider betrachtete, es war seiner. Mit den Fingerspitzen fuhr ich die Muster und Inschriften nach, die auf die Stoffe gedruckt, gemalt oder gestickt waren. Aber auch hier waren es nicht meine Finger, die diese scharlachroten, rosenroten oder amarantfarbenen Reliefs ertasteten, sondern seine.

Sonderbare Verdoppelung. Seit dem Schock dieser Begegnung, seit der Nacht des Brandes, war er ich, und ich war er. Ich war schon achtzehn Jahre alt und seit zwei Jahren verheiratet, doch diese Empfindung war mir bis dahin völlig unbekannt.

Ich holte ein Kleid heraus und schlüpfte in die fein gearbeiteten Ärmel. Der eine stellte einen aus den Wolken hervorkommenden, blumenstreuenden Arm dar, der andere eine ganze Reihe von Sträußen. Und einmal mehr gefiel ich mir darin, mir die Wirkung auf diesen aus den Flammen aufgetauchten jungen Mann vorzustellen. Ich machte einige geschmeidige Bewegungen mit dem Handgelenk. Und wieder spürte ich den Griff seiner Hand um mein Handgelenk.

Es wurde zu einer Besessenheit. Seit er mir in der Kirche Santo Spirito inmitten der Feuersbrunst erschienen war, von irgendwoher herabgestiegen und geführt vom Heiligen Geist, konnte ich mich nicht mehr in meinem kleinen, silbergerahmten Spiegel betrachten, ohne daß er sich zwischen die polierte Stahlscheibe und mich schob. Obwohl sich seitdem keine Gelegenheit ergeben hatte, ihn wiederzusehen, putzte ich mich Tag für Tag nur für ihn heraus.

Ich beugte mich über die Truhe, um ein anderes Kleid anzuprobieren.

»Sie ist groß genug, um seinen Liebhaber darin zu verstecken!«

Svetlanas Lachen hinter meinem Rücken wirkte auf mich wie eine eisige Dusche. Sollte sie meine geheimsten Gedanken gelesen haben? Ich wartete, bis die Röte wieder aus meinen Wangen gewichen war, ehe ich mich umdrehte und mir eine würdige, fast schon feindselige Haltung gab. Ich erinnerte mich der aufwühlenden Weissagungen ihrer Karten und zog mit einer zu brüsken Geste das Kleid mit den zwei verschiedenen Ärmeln aus.

»Es stand dir so gut! Wie ich feststelle, bist du auf dem besten Weg, eine richtige Florentinerin zu werden, Simonetta«, beglückwünschte sie mich. »Obwohl du noch einiges zu lernen hast.«

Mir kam es jedoch so vor, als ob ich mit meinen jüngsten Kleiderverrücktheiten, meiner Lust, mich nach meinem Geschmack zu kleiden, meiner Vorliebe für das Neue, meiner Begeisterung für Veränderung und Abwechslung und meiner Sorge, mit einem persönlichen Detail den Kreationen meiner kunstfertigen Lieferanten mein eigenes Siegel aufzudrücken, bereits über das Schickliche hinausging. Giovannas vorwurfsvoller Blick erinnerte mich jeden Tag mehr daran.

»Es ist eine Sache«, fuhr der hübsche Rotschopf fort, »in Raffinement und Phantasie in der Wahl der Kleidung zu wetteifern. Hier ist es keinen Zensoren, seien sie Gesetzgeber, Obrigkeiten, Prediger, griesgrämige Moralisten oder eifersüchtige Ehemänner, gelungen, den Schmuck der Schönen zu reglementieren. Luxusgesetze, Geldstrafen, Exkommunizierungen, Schimpfreden haben in hundert Jahren nichts daran geändert. Wenn es sich die Frauen in den Kopf setzen, sich zu schmücken, dann sind sie unregierbar. Aber noch etwas anderes ist es, mit der Kunst, sich virtuos zu kleiden, zu spielen. Auch auf diesem Gebiet ist die List der Florentinerinnen grenzenlos.«

Ihre schwarzen Augen funkelten verschmitzt.

»Grundlegendes Prinzip ist folgendes: seine Trümpfe, so weit es geht, zu zeigen und seine Unvollkommenheiten möglichst zu verstecken. Du, du hast nichts zu verbergen. An dir ist alles bewundernswert.«

Mit der lustigen Begabung einer Komödiantin begann die schöne Zirkassierin die Attitüden der schönen Damen nachzuahmen.

»Einen Handschuh überstreifen und ausziehen ... Karten spielen ... oder Schach ... sich die Finger vor ... und nach einem Festmahl abspülen ..., das alles sind einstudierte Gesten, um die Hände zur Geltung zu bringen, wenn sie so anmutig sind wie deine. Um die Aufmerksamkeit geschickt und ohne Übertreibung auf deine langen, wohlgeformten Beine zu lenken, sind Jagd- oder Angelpartien sehr geeignet. Es findet sich immer ein kleiner Graben, über den man springen muß. Und hopp! Auch in einem Salon ist das zu machen, beim Treppensteigen – oder beim Tanzen. Alles eine Frage des Maßes und des Geschicks.«

Ich wußte nicht, ob ich ihr weiter zuhören oder ihr den Mund verbieten sollte.

»Die Kunst des Dekolletees jedoch erfordert größtes Fingerspitzengefühl. Daran bleiben die strengen Blicke der Zensoren hängen. Und die lüsternen der »Kunstliebhaber«. Aufgepaßt: ein paar Millimeter zuviel genügen, und die feine Erotik einer Frau verwandelt sich in die aufreizende der Kurtisanen. Andeuten, ohne allzuviel zu enthüllen ...«

Das reichte. Svetlana stellte meine Sorge bloß, meine Verwirrung, meinen inneren Aufruhr.

Ich flüchtete mich in den mandelcremeduftenden Schoß Giovannas.

»Hilf mir, ein Kleid für das Fest zu *Calendimaggio* auszusuchen«, bat ich sie. »Es findet morgen statt, und dieses Jahr habe ich die Absicht, daran teilzunehmen.«

Widerwillig folgte meine Amme mir auf mein Zimmer. Die große Garderobe war nicht ihre Stärke. Sie durchstöberte alle Truhen auf der Suche nach einer schicklichen Robe.

»Probiere das einmal.«

Sie präsentierte mir ein weites, bis zum Hals geschlossenes Überkleid mit großen Falten. Ein düsteres, unauffälliges Gewand, wie es sich für eine anständige junge Frau schickte.

»Darin werde ich ersticken! Es wird sehr warm.«

»Nicht der Putz macht eine schöne Frau, denk dran, meine Kleine. Sondern die Frau verschönt den Putz.«

Sie kramte in ihrer Tasche herum, zögerte einen Augenblick und öffnete dann die Faust. Ein durchsichtiger Stein an einer Kette erglänzte auf ihrer Handfläche in seinem brennenden Gold.

»Das ist ein Topas«, sagte sie und legte ihn mir um den Hals. »Nimm ihn niemals ab. Er hat die Macht, Eros' Flammen zu löschen. Er wird deine Tugend in dieser verlorenen Stadt schützen.«

Simonetta

Florenz hatte wieder etwas zu feiern.

»Alle verliebten jungen Leute«, erklärte mir die kleine Ginevra, »sind heute ganz früh aufgestanden, um blühende, mit Bändern und kandierten Nüssen geschmückte Zweige an die Tür ihrer Angebeteten zu hängen. Ich habe einen am Tor gefunden. Er kann nur für mich sein. Schließlich bist du schon verheiratet.«

»Was, du hast einen Verehrer?«

Meine kleine Schwägerin zuckte die Achseln.

»Mehr als einen, was glaubst du denn! Ich bin schon fünfzehn! Die jungen Mädchen, so wie ich, tragen heute ihr schönstes Frühlingskleid und tanzen auf den Plätzen.«

Sie musterte mich mißbilligend.

»Du wirst doch wohl nicht so aus dem Haus gehen wollen! Das sieht ja aus, als ginge ich mit meiner Anstandsdame spazieren. Zieh dieses abscheuliche Kleid aus!«

Darauf hatte ich nur gewartet. Die kleine Teufelin half mir, ein bodenlanges, pastellfarbenes Musselinhemd überzuziehen, dessen Ärmel an mehreren Stellen gerafft waren. Dann schnürte sie mir eine Korsage aus smaragdgrünem Samt bis unter die Brüste. Darüber kam ein vorne offenes, ärmelloses Brokatüberkleid mit goldenen Borten. Flüchtig verteilte ich auf beide Wangen und den Brustansatz genau über dem Topas ein paar Tropfen Irisessenz.

Es war der erste Mai, und die Stadt feierte *Calendimaggio*, einen Brauch, der auf die römischen Calendae zurückging. Welch fröhliche Stadt an den Ufern des Arno! Mindestens hundert Tage waren in ihrem Kalender rot angestrichen, so daß die sonst so intensive und produktive Arbeit insgesamt ein gutes Vierteljahr ruhte. So etwas hatte ich noch nirgends gesehen. Heidnische Feste, wie Karneval und Calendimaggio, aus der Antike übernommen, fügten sich zu den christlichen Bräuchen, den großen liturgischen Feierlichkeiten zu Weihnachten, Ostern oder Pfingsten. Aber auch der Valentinstag, das Johannisfest, zu Ehren des Schutzpatrons der Stadt, die Heiligen der verschiedenen Kirchen, deren es über hundert gab, die heiligen Beschützer jeder Zunft und noch viele mehr, sie alle wurden gefeiert.

Seit meiner Ankunft wußte ich oft nicht, zu welchem Fest ich gehen sollte! Ganz abgesehen von den Hochzeiten, Taufen und Beerdigungen der Medici, von Fürstenbesuchen, von Feierlichkeiten anläßlich der Friedensverträge, zu deren Ehren Turniere, Bankette, Kavalkaden, Bälle, Schauspiele, Umzüge, Konzerte und Maskenbälle über mehrere Tage hinweg veranstaltet wurden. Das war, so hatte Lorenzo mir gesagt, der poetische Aspekt in einem prosaischen Leben.

Alle Welt war an diesem ersten Mai unterwegs. Nirgendwo anders hatte ich so ein fröhliches Gewimmel erlebt. Das Fest schweißte alle Florentiner zusammen, welcher Herkunft oder welchen Standes sie auch sein mochten. Seine Urheber waren die Medici, die selber aus diesem erfinderischen und fleißigen Volk stammten.

Ich sah auf dem von blauen, silberbesternten Stoffen bedeckten Domplatz eine fromme Prozession vorbeiziehen, die suggestive Votivbilder aus buntem Wachs zum Baptisterium trug.

Vor dem goldglänzenden Palast der Signoria sah ich unter den auf dem Balkon wehenden Fahnen Wagen mit prächtigen Nachbauten von Schlössern vorüberfahren, welche die Florenz unterworfenen Städte symbolisierten.

Auf den Plätzen der Stadt sah ich Scharen von jungen Männern und blumenbekränzten Frauen, die unter eigens errichteten Seidendächern beim Klang von Pfeifen und Tamburinen schmausten. Um dann, sobald das Bankett beendet war, singend und tanzend in Begleitung von Lauten- und Gitarrenspielern durch die Straßen zu ziehen.

Ich sah, wie die Älteren ihnen von ihren mit reichen Teppichen geschmückten Fenstern aus zuwinkten, als sie vorüberzogen.

Ich sah in den hundert Gärten und fünfundzwanzig Loggien, die diese lachende Stadt erblühen ließen, Bäuerinnen und Patrizierinnen in ihrem schönsten Putz mit Zweigen in der Hand in denselben Volten und Gaillarden nebeneinander tanzen.

Ich sah die ganze Florentiner Jugend das Fest der Liebe feiern. Ich trank, ich aß, ich sang, ich tanzte, ich lachte mit ihnen.

Ich sah den Frühling, ich sah die Freude. Aber Giuliano sah ich nicht.

Giuliano

In Careggi stand mein Lieblingshaus. Die Heiterkeit, die hier herrschte, schien von einer anderen Welt. Dort verlebte ich seit meiner Kindheit jedes Mal paradiesische Tage, wenn sich die höllische Hitze über die Stadt legte.

Ich kletterte auf einen der Türme, um nach Lorenzo Ausschau zu halten. Dieses strenge gotische Herrenhaus, das Großvater Cosimo von Michelozzo Michelozzi völlig neu zu einem bequemen und geräumigen Wohnhaus hatte umbauen lassen, beherrschte das Tal des Mugello und die umliegenden bewaldeten Hügel. Ich wurde es nicht müde, dieses hügelige, von silbrigen Wasserläufen und abschüssigen, von Zypressen gesäumten Pfaden durchfurchte Panorama zu betrachten. Das bläuliche Licht der Dämmerung verlieh der Landschaft einen Hauch unvergleichlicher Eleganz.

Meine Reise in die Lombardei hatte länger gedauert als vorgesehen. Lorenzo hatte mich beauftragt, unser Bündnis mit Mailand an Ort und Stelle auszuhandeln. Widerwillig war ich ein paar Tage nach dem tragischen Brand in Santo Spirito von Florenz aus aufgebrochen und zunächst auf dem Landweg nach Ligurien gereist.

In Genua war ich – einziger Trost – von der Familie Cattaneo, den Eltern Simonettas, empfangen worden. Da sie wußten, daß ich ein naher Freund der Vespucci war, hatten sie mir tausend Fragen über ihre Tochter gestellt, ihre Gesundheit, ihre Ehe, Marco, ihre Schwiegereltern, ihr Leben in Florenz. Von ihr zu reden und reden zu hören, hatte mich mit Glück erfüllt. Ich hatte sie mir so nahe gefühlt, so gegenwärtig unter uns. Sie hatten aus ihrem Gedächtnis das kleine Mädchen auferstehen lassen, das mit wehenden blonden Löckchen über die Felsen sprang und barfuß durch das nasse Moos lief. Und ich hatte, allein durch meine Worte, die Göttin aus den Fluten emporsteigen lassen, zu der sie für uns alle in Florenz geworden war. Die Begeisterung, die ich in die Heraufbeschwörung ihrer Schönheit legte, konnte ihnen nicht suspekt erscheinen, da sie sie teilten.

Gaspare, ihr Vater, und Cattochia, ihre Mutter, hatten darauf bestanden, mich in ihren Turm nach Porto Venere mitzunehmen, dem kleinen Hafen mit dem vielsagenden Namen, wo im Brausen der Wogen, die um die Klippen peitschten, das herrliche Geschöpf zur Welt gekommen war. Venus hätte keinen geeigneteren Ort wählen können, um das Licht der Welt zu erblicken.

Ich hatte sie voller Bedauern verlassen. Galeazzo Sforza erwartete mich in Mailand, wo ich bis Ende Mai geblieben war. Turniere, Bälle, Kavalkaden, Besuche der herzöglichen Besitztümer, lange politische und philosophische Diskussionen füllten den Tag aus. Ich war von meinem Gastgeber mehr wie ein Sohn denn ein Gesandter empfangen worden. Und das Sankt-Georgs-Fest hatte Gelegenheit zu vielfältigen Vergnügungen geboten.

Danach hatte ich mich wieder auf den Weg nach Pisa und Florenz gemacht, wo ich Anfang Juni angekommen war.

Seit dem ersten August weilte ich nun in Careggi. Eines Abends sah ich tief unten im Tal des Mugello meinen Bruder in einer Staubwolke auf Morello herangaloppieren.

Ich stürzte die Turmtreppe und den überdachten Aufgang entlang der Fassade hinunter, der in den Mittelhof führte. Links kam ich zu einer grünen, von Zypressen gesäumten Esplanade, die sich auf die hohe, efeubedeckte Befestigungsmauer stützte und weit über die Nadelwälder hinausblickte.

Ich sah den Pulk herannahen, dann hörte ich ihn, von den Pinien verborgen, immer näher kommen.

Lorenzo kehrte aus Rom zurück, wo er mit allen Staatsoberhäuptern der Halbinsel am 25. August der Krönung des neuen Papstes, Sixtus IV., beigewohnt hatte, der Paul II., dem Freund unseres Vaters Piero und der Florentiner, nachgefolgt war.

Wir beide wechselten uns in unseren Aufgaben ständig ab. Wenn einer Florenz wegen einer Botschaftermission verlassen mußte, machte der andere es sich zur Pflicht, dort zu bleiben, um über die inneren Angelegenheiten zu wachen.

Ich erreichte unseren wundervollen, von einer Loggia überragten Hof mit dem Säulengang in dem Augenblick, als mein geliebter Bruder hereinritt. Er sprang vom Pferd und landete in meinen Armen. Unsere Trennungen brachten uns nur noch näher zusammen, falls dies überhaupt möglich war.

Gemeinsam führten wir Morello durch die mit Kiesmosaiken gepflasterte, von Blumenbeeten und Zitronenbäumen gesäumte Allee zu den Ställen. Lorenzo bestand darauf, ihn wie gewöhnlich selbst zu füttern und seinen Hufschmied, seine Pferdehändler, Knechte und Stallburschen zu begrüßen. Außerdem wollte er ihnen Augusto und Agrippa vorstellen, die beiden Rösser, die ihm der Papst zum Geschenk gemacht hatte und die Fals'amico, Car'amico, Abruzzese, Branca, Baiardo, Francioso, Sardo, Gentile, Allegracore, Folgore, Lucciola, Bufalo, Gatto, Orso, Corbo, Ermellino Gesellschaft leisten würden, die alle zu den schönsten Pferden Italiens zählten.

»Was ich vor allem aus Rom mitgebracht habe«, erklärte Lorenzo zufrieden, »ist die Gewißheit, daß wir dank unserer römischen Filiale der Banco de' Medici die Schatzmeister des Heiligen Stuhles bleiben. Und daß wir die Konzession für die Ausbeutung der päpstlichen Alaunminen in Tolfa behalten, was uns das europäische Monopol für den Verkauf dieses für das Färben von Stoffen unentbehrlichen Materials sichert. Jedenfalls scheint die Ungehörigkeit, die wir uns erlaubten, als wir beim Besuch der Sforza die Fastenzeit brachen, und über die der alte Pontifex verstimmt war, vergessen.«

Wir schlenderten durch unseren botanischen Park und genossen die Frische dieses späten Abends. Wir hatten seine Artenvielfalt vergrößert, vom blassen Olivenbaum, dornigen Myrthen, Steineichen, Ebenholzgewächsen, Pappeln, über Jasmin aus Asien, Anemonen aus dem Mittleren Osten, Hyazinthen aus Afrika, Euphorbien aus Sizilien und Narzissen aus dem Orient bis hin zu Pfeffer und Basilikum. Da man um unsere Vorliebe für seltene Pflanzen wußte, hatten die Reisenden die Gewohnheit angenommen, uns aus exotischen Gegenden kostbare Kästchen mit Blumenzwiebeln, Wurzeln und Samen mitzubringen, um unseren Garten zu bereichern, dessen Ruf sich über die Toskana hinaus ausgebreitet hatte.

Ich pflückte eine Iris, und bekam einen Hauch von IHR mitten ins Gesicht. Dieser Duft kam dem, der der Haut meiner Geliebten entströmte und den ich in der Nacht des Brandes eingeatmet hatte, so nahe, daß ich beinahe die Sinne verlor. Eine plötzliche Begierde raubte mir den Atem. Ich verspürte eine unbezwingbare Lust, sie wiederzusehen, sie mir nahe zu fühlen, ihr schmales Handgelenk zu fassen, ihre süße Blondheit einzuatmen. Diese Frau wollte ich mehr als alles andere auf der Welt.

Vor Lorenzo ließ ich mir nichts anmerken. Nicht ohne Humor erzählte er mir, wie Sixtus IV., bis dahin Francesco della Rovere, Abkömmling einer illustren, aber verarmten ligurischen Familie und einfacher Mönch der niederen Weihen, der dank eines höchst enthaltsamen Lebens zur Papstwürde gelangt war, nicht lange der Faszination der Schätze des Vatikans hatte widerstehen können. Kaum war er gewählt worden, eilte er in Begleitung aller Kardinäle zum Castel Sant'Angelo, wo den Gerüchten nach der von Paul II. angehäufte Schatz versteckt war. Er hatte alle Winkel des Schlosses untersucht, alle Verstecke durchforscht, alle Türen aufgebrochen.

»Und dann: Sesam öffne dich! Eine blendende Vision. Auf einem Tisch standen vierundfünfzig Schalen mit Perlen, genug, um den gesamten Boden zu bedecken, Kästchen voller Edelsteine, Vasen voller Kameen, Gold in unzählbarer Menge.«

»Da konnte er, der nur seine karge franziskanische Zelle gekannt hat, sich wohl nicht mehr beruhigen!«

»Er hat feierlich versprochen, den Willen seines Vorgängers zu respektieren, und vor dem Ewigen geschworen, diesen

Schatz nur dafür zu verwenden, die Feinde des Glaubens zu bekämpfen«, sagte Lorenzo lachend.

»Wie sieht er aus, unser neuer Papst?«

»Er ist ein kleiner Mann, grobschlächtig und ohne Zähne, mit einem dicken Kopf, einer kleinen, platten Nase und drohendem Gesichtsausdruck.«

»Ausgesprochen vielversprechend!«

Wir kamen an dem *Putto al delfino* vorüber, der herrlichen Skulptur, die Verrocchio für unseren Vater gemacht hatte, und kehrten in die weite Empfangshalle der Villa zurück.

Und erst da enthüllte Lorenzo mir den geheimen Zweck seiner Reise nach Rom. Und für mich geriet die Welt ins Wanken.

»Du weißt genau wie ich, Giuliano, daß die Medici schon lange davon träumen, ein Mitglied der Familie im römischen Purpur zu sehen. Das wäre die beste Art, einen möglichen Gegner auszustechen und die Macht unserer Familie zu vergrößern. Ich habe eingewilligt, eine Orsini zu heiraten. Ich denke, für dich ist nun der Moment gekommen, dich um die Kardinalswürde zu bewerben.«

Mein Blick klammerte sich an den über den Türen gemalten Pfauen, Fasanen, Sängern und nackten Badenden fest.

… Ein glühender Schmerz an der linken Seite … Taumelnde Schritte … Die Bodenplatten weichen zurück … Die Kuppel taucht in Dunkelheit … Die Kälte der Klinge, wieder und wieder …

… War das die Stimme Lorenzos, meines einzigen Bruders, meines Komplizen seit ewigen Zeiten, dieses ruhige, feste, unerbittliche Timbre eines Staatsmannes?

»Die nächste Kardinalsernennung findet im Dezember statt«, fuhr er fort. »Und die Sympathie, die mir Sixtus IV. bezeugte, scheint mir ein ausgezeichnetes Omen zu sein.«

1472

Giuliano

Als Lorenzo mich in sein *studiolo* rufen ließ, fürchtete ich das Schlimmste. Ein derartig feierliches Vorgehen war zwischen uns nicht üblich. Würde das Gespenst der *cappa magna* und des roten Hutes Form und Farbe annehmen?

Sein Studierzimmer war der hinterste Raum, der kleinste auf dem vornehmen Stockwerk, das ich behutsamen Schrittes durcheilte, während mir die verrücktesten und widersprüchlichsten Gedanken durch den Kopf gingen. Den großen Plan der Ernennung eines Medici-Kardinals rundweg ablehnen. Ihn vereiteln, indem ich heimlich die Erstbeste heiratete, Antonia Gorini zum Beispiel, das Bauernmädchen aus Fiesole. Oder auch, pro forma, die schöne Marietta Strozzi, deren Unabhängigkeit gewiß nicht unter einer derartigen Verbindung zu leiden haben würde. Einen Skandal provozieren, indem ich, warum nicht, Lucrezia Donati entführte, die faszinierende Gattin Ardinghellis und Muse Lorenzos …

Alles, außer dem Purpur, der für mich Trauer um Simonetta bedeutete.

Lorenzo strahlte. Das Feuer, das im Kamin knisterte, und die Kupferlampen auf seinem Schreibtisch tauchten die Regale mit den kolorierten Handschriften und gedruckten Büchern und die Vitrinen voller funkelnder Schätze in ein warmes Licht.

»Ich wollte dir gern meine letzten Erwerbungen zeigen.«

Auf dem Tisch befanden sich ein wertvoller Stein und eine kostbare Schale.

»Die Farnese-Tasse«, erklärte mein Bruder, nahm sie in die Hand und drehte sie hin und her.

Vorsichtig stellte er sie wieder hin.

»Und schau dir diesen wunderbaren Amethyst an«, sagte er und reichte mir den violetten Stein. »Er stellt den Raub des

Palladion dar. Zwei äußerst seltene Stücke, die aus dem berühmten Schatz des verstorbenen Papstes stammen. Sixtus IV. läßt sich zur Zeit nicht allzu lange bitten, um ihn an die Meistbietenden zu verschachern.«

Ich atmete auf. Das Unwiderrufliche war, soweit es mich betraf, noch nicht vollzogen.

Ich bewunderte die beiden neuen Stücke, die eine unschätzbare Kunstsammlung bereichern würden. Wir brauchten nicht ganze Kontinente zu durchqueren und über Ozeane zu segeln, um all die Kunstschätze zu betrachten. Wir konnten um die Welt reisen, ohne den Palast zu verlassen. Wandteppiche aus Flandern, Porzellan aus China, griechische und römische Statuen und vieles mehr. Die ganze Welt begann, ebenso bewundernd auf die Via Larga zu schauen wie auf den französischen Königshof.

Nicht mehr ganz so schweren Herzens verließ ich das *studiolo.* Im Augenblick war die Gefahr gebannt. Und wer weiß, vielleicht würde es mir ohne allzu viel Aufsehen und mit etwas Glück gelingen, bei der Kurie in Vergessenheit zu geraten. Ich glaubte an meinen Stern, seit ich dessen Funkeln bemerkt hatte.

Um der größeren Gewißheit willen kletterte ich in die oberen Stockwerke hinauf, um die Sterne aus größerer Nähe befragen zu können. Als guter Florentiner war ich zwar, was den Glauben an Wunder oder Übernatürliches betraf, aufgeklärt und skeptisch, hatte aber nichtsdestotrotz einen Hang zu den von den götzenverehrenden Römern geerbten Überresten des Heidentums. Jede wohlhabende toskanische Familie beschäftigte, obwohl sie tief gläubig war, ihren Magier, Geisterbeschwörer, Heiler, Wahrsager oder Seher. Wir standen dem in nichts nach. Unser Hausastrologe, der das Horoskop aller Medici-Kinder erstellt hatte, war niemand anders als der hervorragende Marsilio Ficino. Akademiker, Arzt, Platoniker und – Kabbalist. Selbst Cosimo, der sehr gläubig gewesen war, hatte ihn immer in schweren Stunden zu Rate gezogen und viel auf seine Prophezeiungen gegeben.

Vir sapiens dominabitur astris, wiederholte ich mir im stillen, um mir Mut zu machen, ehe ich an seine Tür klopfte. Der Weise, sagte das Sprichwort, wußte über die Sterne zu triumphieren, auch wenn diese ihm ungünstig gesonnen waren. Für einen klugen Mann gab es also immer ein Mittel, im Himmel zu lesen und mit den Füßen auf der Erde zu bleiben.

Ficino wunderte sich nicht über meinen Besuch. Er stellte mir keine Frage, konzentrierte sich lange über meinem Horoskop, das er bei meiner Geburt erstellt hatte, erforschte bis in den letzten Winkel das siebte Haus, das die Welt der Freunde und der Feinde beherbergte, dann das zehnte, in dem die sozialen Beziehungen untergebracht waren, untersuchte das fünfte, das Dach der Kinder, verweilte beim zwölften, dem der Prüfungen, hielt beim achten inne, dem Haus des Todes, machte ein finsteres Gesicht, verließ es, kehrte wieder dorthin zurück, um bestimmte Zeichen nachzuprüfen. Das unheilvolle Trigon?

Endlich sprach er. Dieser kränkliche, plumpe Mann ohne Alter und ohne Charme erstrahlte von einem starken inneren Licht, sobald er zu reden begann. Seine Weissagungen, die ich bereits mehrfach gehört hatte, ohne ihre wahre Bedeutung erfaßt zu haben, bekamen diesmal einen neuen Sinn. Sie fanden unerwarteten Widerhall in mir.

Aus seinem Mund abermals zu hören, daß ich eine von Venus beherrschte Waage sei, traf mich wie ein Blitz. Die Sterne sagten die Wahrheit. Eine Göttin, die Göttin der Schönheit und der Liebe, hatte von meinem Leben Besitz ergriffen. Die Leidenschaft, die ich für Simonetta empfand, stand wirklich und wahrhaftig in meinem Horoskop geschrieben, seit ich vor fast zwanzig Jahren an einem Septemberabend das Licht der Welt erblickt hatte. Nichts und niemand konnte mich von ihr abbringen. Weder die Staatsraison noch andere Verpflichtungen. Allein meiner Liebe würde ich – wenn überhaupt – Rechenschaft ablegen.

Die Liebe, die die Sonne und die anderen Sterne bewegt – der letzte Vers der *Divina Commedia* kam mir in den Sinn und erfüllte mich mit grenzenloser Hoffnung. Auch Dante Alighieri kannte, verrückt nach Beatrice, die schöpferische Kraft dieses Gefühls, das die Sonne und die Sterne bewegen konnte.

Mochte Ficino mir auch vom Papsttum erzählen, indem er die geheimnisvollen Namen eines hypothetischen Leo X. und eines genauso ungewissen Clemens VII. aussprach, zweier Medici, die, wie er sagte, bald den Papstthron besteigen würden ... Mochte er mich vor einem schicksalhaften Datum warnen, einem furchtbaren 26. April, an dem das Schicksal mich treffen würde, zweimal, wie er betonte, zweimal ... Mochte er mich mahnen, daß derjenige, der von der Hoffnung lebte, Gefahr lief, an der Verzweiflung zugrunde zu gehen ... Ich hörte auf nichts anderes mehr als auf meine verrückte Hoffnung.

Unsere Stunde würde kommen, meine Venus! Auch wenn in unserem Palast des Glücks der größte Raum mit Sicherheit der Wartesaal sein würde. Bei diesem Gedanken mußte ich lächeln. Ich hatte das Leben noch vor mir, und Simonetta verdiente es, daß ich mein ganzes Leben auf sie wartete.

Simonetta

Ich verbrachte immer mehr Zeit mit meiner morgendlichen Toilette. Das Badezimmer neben meinem Schlafraum war für mich zu dem marmornen Schmuckkästchen meiner intimsten Gedanken geworden, und meine duftende Badewanne zu dem weichesten Nest, um von ihm zu träumen.

Seit unserer Begegnung war kein Tag vergangen, an dem ich nicht an den jungen Mann mit der eisernen Hand und den Samtaugen gedacht hatte, der mich aus den Flammen von Santo Spirito gerettet und meine Sinne entflammt hatte.

Wie gewöhnlich hatte Svetlana ein dünnes Leintuch in die Marmorwanne gelegt, um meiner zarten Haut den direkten Kontakt mit dem Stein zu ersparen, und sie dann mit Brunnenwasser gefüllt, das auf dem Kachelofen zusammen mit wohlriechenden Kräutern erhitzt worden war.

Der halb schwebende Zustand meines von den aromatischen Düften erschlafften Körpers kam dem meiner Seele nahe. Benebelt, verwirrt, ständig in höheren Sphären schwebend, hatte ich weder zur Vergangenheit noch zur Zukunft einen Bezug und verlor den Boden unter den Füßen. Meine Gegenwart entfloh mir. Ich hatte keine Gewalt mehr über mich, erkannte mich nicht wieder. Ich war geistesabwesend, wie meine Umgebung bemerkte. Mein Schwerpunkt hatte sich verschoben, seit ich mich von ihm gelöst hatte. Als ob ich einen Teil von mir an diesem in Schutt und Asche gelegten Ort zurückgelassen hätte.

Heute habe ich keine Lust zu entfliehen. Und doch gehe ich. Während die Luft meine Lungen verbrennt und ich mein Leben aushauche …

Das Wasser in der Wanne wurde schließlich lau, und Svetlana kam und goß eine Schüssel kochendes Wasser hinein. Wieder ließ ich mich bis zu den Ohren in die wollüstige

Wärme gleiten, schloß die Lider und lichtete den Anker zu neuen Träumereien.

Eine Kleinigkeit jedoch störte mich. Unaufhörlich kam ich darauf zurück. Diesem Jungen mit dem Gesicht eines Erzengels und dem Körper eines Athleten, der kein Geringerer als Giuliano de' Medici war und der mehr als jeder andere in dieser Stadt auffiel, weil er nicht nur angenehm anzusehen war, sondern auch von allen bewundert wurde, diesem jungen Mann war ich – konnte es möglich sein? – drei Jahre lang ständig irgendwo begegnet, ohne ihn zu bemerken.

War ich blind, oder litt ich an Gedächtnisschwund? Ich mochte noch so sehr jeden Winkel meines Erinnerungsvermögens durchstöbern, im Geiste alle Paläste durchforsten, wo ich ihm hätte begegnen können, sein Bild auf alle Florentiner Feste setzen, wo er gewesen sein mußte, aber es war mir unmöglich, die geringste Spur von ihm zu finden. Wo hatte ich nur meine Augen gehabt?

Und nun, Ironie des Schicksals, da meine Blicke ihn überall suchten und ich ihn in meinen Träumen rief, sah ich ihn nicht mehr. Kaum gefunden, schon verschwunden.

Schließlich mußte ich die aufweichende Annehmlichkeit des Bades verlassen. Svetlana rieb mir den Rücken und die Glieder kräftig mit Iriswasser ab.

Die Florentinerinnen kennen die geheimen Vorzüge dieser malvenfarbenen, zarten und wirkungsvollen Blüten, die die toskanischen Hügel bedecken, sehr gut. Sie bewahren ihre Zwiebeln, geschält und getrocknet, jahrelang auf, bis ihnen ein feiner Duft entströmt.

Wie sie hatte auch ich damit mein Bett parfümiert, meine Aussteuer, meine Taschentücher, meine Handschuhe, meine Fächer und sogar meine Rosenkränze. Ein paar Blätter in meinem Bad würden mich, laut meiner Zirkassierin, von bösen Geistern reinigen, und ein paar Blüten auf meinen Fenstern vor den draußen lauernden Gefahren schützen. So »irisiert«, konnte mir nichts passieren.

»Und du bestehst wirklich darauf, meine Schöne, deinen

tugendhaften Topas wieder umzuhängen? Die Florentinerinnen haben ihn schon lange abgelegt. Trag lieber das hier!«

Sie legte eine goldene Kette um meinen Hals, an der ein winziger kugelförmiger Behälter hing, in dem sich eine wohlriechende Substanz befand, die nach Iris duftete. Dann nahm sie meine beiden Hände und tränkte sie in einer Mixtur aus weißem Zucker und erwärmtem Zitronensaft. Das war meine Tagesbehandlung für weiße Hände. Die Abendbehandlung bestand darin, eine mit Apfel und Bittermandel vermischte Senfpaste auf die Handrücken aufzutragen, weswegen ich mit gamsledernen Handschuhen schlafen mußte. Am nächsten Morgen wurden die Hände in mit dem irdenen Krug geschöpftem Wasser, dem Benzoeöl zugesetzt wurde, abgespült.

Bereitwillig unterzog ich mich diesen vielfältigen, gründlichen Bemühungen der Körper- und Gesichtspflege, die nur hier üblich waren, wo die Frauen im Ruf standen, den zartesten Teint der Welt zu besitzen. Meine junge rothaarige Dienerin war stolz auf die Resultate, die sie an meiner Person erzielt hatte. Meine jüngste Fügsamkeit auf diesem Gebiet verlieh ihr immer größere Macht. Mit wachsendem Vergnügen enthüllte sie mir alle Schönheitsgeheimnisse der Töchter des Arno. Ich ließ sie gewähren. Wußte sie, warum, für wen ich sie ihre wundersamen Rezepte an mir ausprobieren ließ?

Plötzlich bekam ich Lust, wenigstens von ihm zu reden, wenn ich ihn schon nicht sehen konnte. Ohne mir etwas anmerken zu lassen, brachte ich Svetlana dazu, mir wieder von ihrer Kindheit im Palast in der Via Larga zu erzählen.

»Nicht alle Frauen sind solche Perfektionistinnen, wie du behauptest«, bemerkte ich. »Ich habe nicht den Eindruck, daß die Mutter der beiden Medici, zum Beispiel, sich ständig um ihre persönliche Pflege kümmert.«

Svetlana brach in ein wohltönendes Lachen aus.

»Lucrezia Tornabuoni gehört zu einer anderen Generation. Ihre Schönheit beruht auf ihrer Noblesse und ihrer Bildung. Sie ist eine Literatin und Poetin. Sie wird von ihresgleichen als reife, niemals als schöne Frau gefeiert!

»Lorenzo mit seinem eigenartigen Äußeren sieht ihr ziemlich ähnlich, während Giuliano ...«

»Wie Tag und die Nacht, die beiden Medici-Brüder, aber stattliche Erscheinungen. In Sachen Verführung steht der Ältere dem Jüngeren nicht nach. Zwei große Jäger vor dem Herrn. Glühende Verehrer schöner, unbarmherziger Damen und unverbesserliche Liebhaber weniger grausamer Fräuleins.«

»Lorenzos Herzensdame kennt man ja, aber die Giulianos ...«

»Der Platz ist noch frei!« Sie lächelte verschmitzt.

Sie zog die Vorhänge vor einer Nische, in der ein Spiegel hing, beiseite und forderte mich auf, mich davor zu setzen.

»Sie sind alle verrückt nach ihm«, fuhr sie fort und wischte mit einem Taschentuch einen winzigen Mückenfleck von der polierten Stahlplatte. »Aber außer einer Jugendfreundin in Fiesole, einer gewissen Antonia Gorini, ist von ihm keine Liebesgeschichte bekannt, die länger als acht Tage gedauert hätte ...«

Aus dem Augenwinkel schaute sie mich prüfend an.

»Man verzeiht ihm alles, was willst du ... Er ist so schön ... Und so liebenswert. Und so begabt. Ein glücklicher Charakter, großzügig und fröhlich, vielleicht etwas leichtfertig und faul, aber ohne jede Bosheit.«

»Das ist wahr«, stimmte ich ihr zu. »In Florenz scheint ihn jeder im Herzen zu tragen.«

»Man kann sagen, daß er von den Göttern gesegnet ist. Von seiner Umgebung hat er immer nur Lächeln und Freundlichkeit erfahren, und von seinem Volk Dankbarkeit und Zärtlichkeit.«

Svetlana stellte ein ganzes Arsenal von Pudern, Schönheitsmitteln und Schminke auf dem Tischchen bereit, genug um den Teint einer Maurin zu bleichen. Zwar zählte die Kunst der Körperpflege mit ihren Kunstgriffen für einen noch weißeren und glatteren Teint als eine Lilie ebenso viele Gegner wie fanatische Anhänger. Aber weder die Heftigkeit der Prediger noch der Sarkasmus der Poeten hatte die Damen jemals von ihrem Streben nach Schönheit abhalten können.

»Die größten Meister in der Malerei, nach Giotto«, lachte Svetlana, »sind die Frauen von Florenz. Sie kennen alle Geheimnisse. Selbst wenn sie häßlich sind wie Küchenschaben, bringen sie es fertig, sich in Libellen zu verwandeln.«

Auch ich huldigte dem Kult der blütenweißen Haut, indem ich täglich ein mit weißem Wachs und Kampfer vermischtes süßes Mandelöl auftrug. Sonst nichts. Aber für diesen Fastnachtstag schloß ich die Augen und überließ Svetlanas Phantasie sozusagen ein weißes Blatt. Vorausgesetzt, sie redete weiter über Giuliano, doch dazu brauchte ich sie gar nicht zu ermuntern. Auch sie war seinem Zauber erlegen.

»Weißt du, wie er in Florenz genannt wird?«

Ich gab vor, es nicht zu wissen.

»Monsignore, nehme ich an ...«

»Der Prinz der Jugend. Allzeit bereit, sei es, hinter einer neuen Schönheit herzulaufen oder zu einer Angelpartie oder einem Jagdausflug aufzubrechen. Die Herzen, die er gebrochen hat, sind schon Legende.«

So war das also. Der Prinz mit dem großen Herzen. Und ich, die ich mir eingebildet hatte, das seine gefangengenommen zu haben, als ich in seinen Armen strandete, mußte nun gewahr werden, daß scheinbar viele Menschen in seinem Herzen Platz hatten.

Svetlana setzte ihre Lobrede fort.

»Er zeichnet sich aus in allem, was er liebt, und er liebt alles vom Leben. Ritterspiele und Turniere, Sport und Tanz, Unternehmungen mit der *brigata* und die Gesellschaft der hübschesten Frauen ...«

Sie trat zurück, um die Wirkung ihrer Schminke und ihrer Worte auf meinem Gesicht zu überprüfen.

»Genauso begabt ist er in Dingen der Kraft und Geschicklichkeit wie des Geistes und des Mitgefühls, ebenso versiert in den Waffen wie in den Künsten. Hast du ihn schon Geige oder Laute spielen gehört? Er ist ein Virtuose. Schwärmt viel mehr für die Musik als sein Bruder. Noch dazu hat er eine schöne Stimme. Er singt, wie er atmet. Zu Pferd, bei Tisch ...«

Warum nicht im Bett? Das genügte. Ich wollte nichts mehr hören.

»Kein Wunder, daß er das Idol der Florentiner ist. Und der Florentinerinnen«, fiel ich ihr ins Wort.

Ich schlug die Augen auf und schaute in ein bis an die Zähne geschminktes Gesicht. Kein Zug war der maßlosen Hand Svetlanas entgangen. Mit einer weißen Paste hatte sie Stirn, Wangen und Brüste bedeckt, die Lippen blutrot angemalt, die Brauen nachgezogen, als sollten sie als Bogen für Amors Pfeile dienen. Ich sah aus wie eine jener Mysteriengestalten, über alle Maßen geschminkt.

Sie sah mir meine Verwirrung an.

»Komm, mach nicht so eine Trauermiene! Im Karneval ist Lachen die Hauptsache!«

Aber das mußte ich mir verkneifen, wenn ich diese Maske nicht verderben wollte.

Giuliano

»Chi non è innamorato	»Wer nicht verliebt ist
Esca da questo ballo.«	Verlasse diesen Ball.«

So begann das Karnevalslied, das ich zu Lorenzos Versen vertont hatte. Verliebt waren wir alle beide, da gab es keinen Zweifel. Und ich hatte den starken Verdacht, daß es sich um ein und dieselbe Dame handelte. Ebenso gewiß war, daß wir alle beide keine Lust hatten, den Ball zu verlassen.

Dieses Jahr übertraf unser Karneval in Prunk und Phantasie den von Venedig. Die zügellose Vorstellungskraft der Künstler, der Wunsch, Aufmerksamkeit zu erregen und aus dem Rahmen zu fallen, die hemmungslose Lust am Feiern ließen die ungewöhnlichsten Kreationen entstehen. Obwohl ich das Programm der Belustigungen kannte, da ich daran mitgewirkt hatte, erstaunten mich die Ausführungen genauso wie die Zuschauer, die sie zum ersten Mal sahen.

Inmitten einer Schar von Maskierten, die zu Fuß und zu Pferd auftraten, sah man zunächst einen riesigen Wagen mit einer allegorischen Figur auftauchen, die vier grünliche, mit Brillen versehene Gesichter hatte. Die Eifersucht. War ich es, den sie herausforderte?

»Chi non è innamorato
Esca da questo ballo.«

Jeder hatte an diesem Abend das Recht, verliebt zu sein. Ohne irgendeine Einschränkung! Schande den Eifersüchtigen, Giuliano!

Dann zogen zur allgemeinen Erheiterung die vier Temperamente vorbei: das Phlegmatische, das Cholerische, das Melancholische und das Sanguinische. Danach, in überraschender Darstellung, auf vier Rädern, die vier Elemente, die vier Winde, die vier Jahreszeiten, die vier Lebensalter.

Jede Zunft präsentierte ihren eigenen Wagen mit phantastischen Aufbauten und unerhörten Darstellungen. Bravo- und Bravissimorufe wurden immer lauter, und die Musik vervielfachte ihre Anstrengungen. Ganz Florenz tanzte, kostümiert und geschminkt. Das Fastnachtsfieber stieg, je weiter der Umzug durch die engen Straßen vorankam.

Unter dem Zeichen des Gottes Amor sah ich eng umschlungen Bacchus und Ariadne, Paris und Helena, Antonius und Kleopatra vorüberziehen. Die Wollust gehörte zum Fest. In der Menge fanden sich die Liebespaare.

»Chi non è innamorato

Esca da questo ballo.«

Dann folgte ein groteskes Trio. Die Vorsicht, zusammengekettet mit der Hoffnung und der Furcht. War es dieses Symbol der Untätigkeit, das mir die Kühnheit und Unbesonnenheit der Verzweiflung verlieh? Ein Engel kam vorbei, nach Iris duftend. Mit Schwanenflügeln und alabasterweißem Gesicht. Und dieser unnachahmlich geneigte Kopf, dieses Grübchen im Kinn und diese Augen von einem tieferen Grün als die Fluten des Arno …

Eine Kraft hob mich hoch und trieb mich zu ihm hin. Ohne zu überlegen schlug ich den kürzesten Weg von einem Wesen zum anderen ein, den Weg der Begierde. Unter der sicheren Deckung meines Wolfspelzes fand ich ein Löwenherz. Ich ergriff den Engel im Flug und zog ihn an mich. Nichts anderes war mehr von Bedeutung. Unter seiner himmlischen Tunika spürte ich ihn zittern wie in der Nacht des Brandes. Die Sinnlichkeit seiner so zerbrechlichen, so warmen, so geschmeidigen, so süßen Gestalt hatte nichts Körperloses. Ich segnete den Konfettiregen, der uns einen Augenblick lang überflutete, und den Schwall von Luftschlangen, der uns aneinanderband.

Aber die Hingabe war nur von kurzer Dauer. Ich spürte, wie der Engel erbebte. Er entzog sich mir und versuchte, meine Maske zu durchdringen, gerade in dem Augenblick, als die drei Parzen an uns vorbeizogen, düstere Schwestern, die den Faden des menschlichen Lebens spannen und durchschnitten.

Worauf wartete ich, lieber Engel, um dich mit enthülltem Gesicht zu lieben? Ich nahm meine Maske ab. Aber deine Augen blickten wie gelähmt auf den folgenden Wagen – den des Todes. Entsetzt wichest du zurück. Särge, die sich knarrend öffneten, trennten uns. Und wieder einmal verschwandest du in der Menge.

Den Rest der Nacht irrte ich herum, erstarrt von der Kälte deiner Abwesenheit. Ohne jedoch den Ball verlassen zu können.

»Chi non è innamorato
Esca da questo ballo.«

Simonetta

Jetzt war ich an der Reihe, für das berühmte Fresko zu posieren. Alle Vespucci hatten nacheinander vor dem Skizzenblock eines dreiundzwanzigjährigen Malers gestanden, von dem in der Florentiner Gesellschaft großes Aufhebens gemacht wurde, Domenico Ghirlandaio.

Dieses Mal hatte Giovanna nichts dagegen einzuwenden gehabt, denn es handelte sich darum, unseren Clan kniend unter den schützenden Armen der heiligen *mater familiae* darzustellen. Und das Werk mit dem Titel *La madonna della misericordia e la famiglia Vespucci* sollte über den Altar unserer Privatkapelle kommen, die gerade in der Kirche d'Ognissanti vollendet worden war.

Als ich die *bottega* an der Ecke der Via de' Tavolini betrat, atmete ich über den scharfen Farbgeruch, der mir in die Nase drang, den gleichen Atem der Freiheit ein, den ich bei Sandro Botticelli gespürt hatte.

Giovanna würde das nie verstehen können. Das gehörte zu den Geheimnissen, die ich ihr nicht mehr anvertraute. Wie ich ihr auch nichts von den dionysischen Tänzen auf der Straße in der Nacht zum Fastnachtsdienstag erzählt hatte. Und von diesem Mann im Wolfskostüm, der mich inmitten eines bunten Luftschlangen- und Konfettiwirbels umarmt hatte. Als ich mich von ihm löste, glaubte ich diese leichte Wölbung der Unterlippe zu erkennen, die mich in Santo Spirito so bewegt hatte. Aber vielleicht war es ja einfach eine optische Täuschung oder, schlimmer, ein Wunschtraum meines gestörten Geistes?

Der Raum hier war groß und hatte eine hohe Decke. Ein paar Lehrlinge lungerten um eine lange Planke auf Holzböcken herum und dösten in Erwartung der Befehle ihres Meisters. Es war Pausenzeit. Sobald sie ihn von seinem Podest hinten im Raum heruntersteigen hörten, richteten sie sich auf und reckten sich.

Domenico kam mir entgegen. Der Mantel, den er über die Schulter geworfen trug, war genauso rot wie die Mütze auf seinem dichten, in der Mitte gescheitelten Haar. Seine großzügigen Lippen und träumerischen Augen flößten augenblicklich Vertrauen und Sympathie ein. Er empfing mich herzlich.

»Die schöne Simonetta endlich bei uns! Noch göttlicher, als die Gerüchte besagten! Du wirst mein Fresko erleuchten. Hier sind Davide und Benedetto, meine beiden Brüder und wertvollsten Mitarbeiter.«

Er zeigte mir einen bunten Karton, der an einer Wand lehnte, auf dem ich alle Familienmitglieder der Vespucci unter dem weiten Umhang der Jungfrau erkennen konnte. Im Schutz ihres rechten Arms knieten die Männer: Großvater Amerigo, den ich nicht gekannt hatte, mein Schwiegervater Piero, seine Brüder Nastagio, der Notar, und Giorgio Antonio, der Stiftsherr, mein Gemahl Marco und sein Vetter Amerigo. Unter ihrem linken Arm die Frauen: Marcos verstorbene Mutter, seine beiden Schwestern, die Nonnen, die kleine Ginevra und eine weiße, noch zu malende Gestalt, die zuletzt in die Familie gekommene, ich.

Domenico bat mich, die Pose einzunehmen, und ich kniete mich nieder, im Profil, die eine Hand auf dem Herzen, die andere raffte meinen altrosa Mantel über meinem smaragdgrünen Kleid zusammen. Die Zeit verging, ohne daß ich mir dessen bewußt wurde.

Unbeweglich, stumm, ohne auch nur einen Blick oder ein Wort des Einverständnisses mit ihm wechseln zu können, hörte ich Domenico zu, wie er von seiner geliebten Stadt erzählte. Selten hatte ich einen Menschen getroffen, der so begeistert und bewegend die Schönheiten dieser zinnenbewehrten Stadt heraufzubeschwören wußte, ihre außergewöhnliche Eleganz, kraftvoll und freundlich zugleich, ihre aus ockerfarbenem Stein gehauenen Paläste, ihre in das lichte Blau emporstrebenden Türme, ihre Kirchen, die er als Schatzkästchen mit kostbaren Schmuckstücken bezeichnete, ihre blühenden Gärten, überladenen Brücken und vielbesuchten Straßen, ihre fürstlichen Umzüge und prachtvollen Bälle, ihr üppiges Leben, der er seine Gaben als Chronist und Illustrator geweiht hatte.

»Auch wenn ich Jerusalem darstellen soll«, gestand er mir, »ist es immer Florenz, das aus meinen Pinseln fließt. Und meine biblischen Figuren sind meinen berühmtesten Mitbürgern zum Verwechseln ähnlich.«

In meiner unbequemen Stellung gefangen, konnte ich ihm nicht sagen, wie sehr ich diese Liebe zu Florenz und zu den Florentinern teilte.

»Ich habe den Ehrgeiz«, sagte er, »alle Festungsmauern meiner Stadt mit Fresken zu bedecken.«

In dieser so lebendigen, so faszinierenden, dem Neuen so aufgeschlossenen Hauptstadt, wo die Frauen soviel Anmut und die Männer soviel Begabung besaßen, fehlte es gewiß nicht an Anregungen.

»Jedes Mal, wenn ein Kunde meine *bottega* verläßt, kann er sicher sein, daß sein Porträt in meinem Skizzenheft liegt.«

Giuliano

Wie lange irrte ich schon durch den Borgo Ognissanti? Als ich von der Reise zurückkam, war meine erste Regung gewesen, die Luft dieses belebten Viertels am Ufer des Arno im Nordwesten von Florenz zu atmen, die auch sie hinter den eleganten Fenstern des Palazzo Vespucci atmete.

Dabei hatte ich diesmal selber darauf bestanden, fortzugehen. Ich hatte beschlossen, nach Venedig zu reisen. Um jeden Preis. Auf der Stelle. Aus einer Art Laune heraus, die mir überhaupt nicht ähnlich sah. Der offizielle Zweck dieser Reise, die keinen Aufschub duldete, war, unsere Bindungen zu der *Serenissima* zu stärken. Der mailändische Botschafter in Florenz war deswegen verstimmt, und Lorenzo hatte mir sogar geraten, meinen Plan zu verschieben. Entgegen meiner Gewohnheit war ich jedoch stur geblieben. Ich hatte meinen Standpunkt vehement verteidigt. Als einziger hatte ich dieser Mission eine kapitale Dringlichkeit zugeschrieben, die tatsächlich nur wenig mit der Festigung des Bündnisses zu tun hatte.

Die Wahrheit lag woanders. Ich wollte diese ausweglose Liebe mit einem klaren Schnitt beenden. Dieser Liaison, die keine war, ein Ende bereiten. Simonetta war verheiratet. Zwar nicht glücklich, denn ihren Mann würde sie aufgrund seiner Neigungen niemals besitzen können, aber nichtsdestoweniger war sie verheiratet. Doch auch hierin lag nicht der wahre Grund. Kein Mensch in Florenz hätte ihre Scheinehe als ernsthaftes Hindernis für eine beiderseitige Leidenschaft betrachtet. Ich durfte meine Augen nicht mehr länger vor der grausamen Wahrheit verschließen. Die göttliche Simonetta hatte mich von sich aus noch keines Blickes gewürdigt. Die beiden Male, als wir uns begegnet waren, hatte ich nur Erschrecken in ihren Augen lesen können. Inmitten der Flammen und unter dem Konfettiregen. Die ganze Liebe, die ich ihr entgegenbrachte, wurde ganz offensichtlich als Beleidigung aufgefaßt. Und das ganze Glück, das ich ihr zu schenken bereit war, als Angriff empfunden. Was konnte ich von einer Frau erhoffen, die ich unendlich liebte und die mich hochmütig ignorierte?

Also war ich Ende April in Gesellschaft Gentile Becchis, unseres alten Mentors, nach Venedig aufgebrochen. In den Palästen der Lagunenstadt hatte ich versucht, mich von meiner verrückten Besessenheit abzulenken. Indem eine Frau die andere ablöste, hatte ich mir eingebildet, diese hartnäckige Liebe los zu sein, endlich frei von jeglicher gefühlsmäßigen Bindung zu sein. Ich hatte an die heilenden Kräfte der Trennung geglaubt, an die fortschreitende Loslösung dank galanter Abenteuer. Es gibt nichts Besseres, hatte ich mir gesagt, um einer besitzergreifenden Leidenschaft Einhalt zu gebieten.

Es handelte sich dabei, dessen war ich mir vollkommen bewußt, um eine regelrechte Flucht. Mit einem Wort, ich hatte meiner Angst nachgegeben. Angst vor ihr, die zu schön, zu vergöttert, zu olympisch war. Und vor allem Angst vor mir, dem armen Erdenmenschen, der nie ihre siderischen Höhen erreichen würde. Ich hatte Angst, mich mit Leib und Seele auszuliefern, ohne die geringste Garantie zu haben, daß meine Gefühle erwidert wurden. Angst, die Verletzung nicht ertragen zu können, die ihre Ablehnung verursachen würde. Angst vor meinen unkontrollierten Gefühlen, die sich mit der Gewalt eines Speers unvermeidlich gegen mich wenden würden.

Mein Panzer, sorgfältig aus meinen versammelten Schrecknissen aufgebaut, hatte keinen Monat gehalten. In einer Vollmondnacht am Canale Grande war er unter der Wirkung einer anderen, unergründlicheren Furcht zerbrochen, der Furcht, Simonetta für immer verloren zu haben. Wenn es stimmte, daß Liebe sich an der Größe des Verlustes mißt, dann mußte meine Liebe grenzenlos sein. Ich empfand das zwingende Bedürfnis, sie auf der Stelle wiederzusehen, sie wieder zu berühren, endlich mit ihr zu reden. Es war von lebenswichtiger Bedeutung.

Anfang Juni hatte ich mich nach Beendigung meiner Mission auf den Rückweg gemacht. Über Padua, Vicenza, Verona und Mantua, wo mich die Familie Gonzaga, die ausgezeichnete Verbindungen mit unserer Familie unterhielt, einige Tage aufgehalten hatte. Ihre ausgesuchte Herzlichkeit war mir unerträglich gewesen. Es war ungerecht, ich weiß, aber ich hatte nur einen Gedanken im Kopf: zurückzukehren, ehe es zu spät war.

Das war für mich die einzige Dringlichkeit. Daß die toskanische Stadt Volterra seit meiner Abreise in voller Rebellion war, daß sie versucht hatte, nach der Entdeckung einer neuen Alaunmine unser Monopol auf die Förderung und Vermarktung dieses Minerals zu zerschlagen, daß die von Lorenzo beschlossene Unterdrückung äußerst schlimm gewesen war, dem galt im Augenblick nicht meine erste Sorge. Ich gebe es voller Scham zu, daß es mir wenig bedeutete, ein Vorrecht zu verlieren, das unsere Familie seit 1466 innehatte. Wenn mir nur meine Simonetta wiedergegeben wurde!

An der Schwelle des Palazzo Vespucci traf ich die bezaubernde Svetlana. Die Sommersprossen auf ihrem verschmitzten Gesichtchen waren noch zahlreicher geworden. Wir hatten unsere knapp zwanzig Jahre gemein, von denen wir uns fünfzehn im Palast in der Via Larga herumgezankt hatten, und unseren illustren Großvater Cosimo. Daß ihre Großmutter eine Sklavin gewesen war und meine eine Patrizierin, änderte nichts an unserer liebevollen Kameradschaft. Wenn nicht vom Rang, so waren wir doch vom Blut her verwandt. Ich hatte Lust, mich ihr anzuvertrauen. Ein wohlgesonnenes Wesen zu bitten, diesen Knoten der Angst zu lösen, der mich erstickte. Sie kam meiner Bitte zuvor.

»Sie ist nicht in Florenz«, verkündete sie mir schalkhaft, noch ehe ich meine Frage formulieren konnte.

Ihre schwarzen Augen funkelten.

»Sie sind alle in ihre Villa nach Peretola gefahren, um es ein bißchen kühler zu haben.«

Anstatt enttäuscht zu sein, faßte ich bei dieser Nachricht neuen Mut. Mein Herz begann heftig zu klopfen. Wenn Simonettas Vertraute so spontan mit mir sprach, war sie vielleicht doch nicht so unempfänglich für mich, wie ich gedacht hatte.

»Einstweilen, Giuliano«, sagte sie beim Hineingehen, »solltest du in Ognissanti um die Gnade der *Madonna della misericordia* beten.«

Das kühle Halbdunkel in der Basilika gab mir meine innere Ruhe zurück. Als ich an der zweiten Kapelle links des Schiffes vorbeikam, wurde mein Blick von dem neuen Fresko angezogen, das die Lünette über dem Altar bedeckte. Unter einem riesigen grünen, von Engeln gehaltenen Mantel bot eine himmelblaue Madonna einem Dutzend in Anbetung verharrender Gläubiger Schutz. Die ganze Familie Vespucci! Ich fiel auf die Knie. Simonetta bot meinem verzauberten Blick das reinste aller Profile, ihr blondes, mit Perlen geflochtenes Haar und die glatte, feingliedrige Schönheit ihrer gefalteten Hände dar.

Botticelli und nun Ghirlandaio. Die Hymne auf die weibliche Schönheit fand ihre Fortsetzung, von Maler zu Maler, durch dieses erhabene Modell. Die Vollkommenheit ihres unvergleichlichen Antlitzes wurde zu ihrem Maß für das Schöne. Ich war sichtlich nicht der einzige in Florenz, der ihr verfallen war. Die Sänger gerieten in ihren Versen über den weiblichen Liebreiz in Schwärmerei, wenn sie den Simonettas priesen.

Ein Mann kniete neben mir nieder, aber ich schenkte ihm keinerlei Beachtung, so versunken war ich in die Betrachtung dieses Wunders.

»*Grazia, snellezza, leggiadria, vaghezza, venustà, morbidezza.* Anmut, Schlankheit, Zauber, Verführung, Liebreiz, Sanftheit. Unsere Sprache mag ein noch so außergewöhnlich reiches Vokabular besitzen, um die Faszination auszudrücken, die der Rhythmus der reinen Formen, ein köstliches Gesicht, die zarte Blässe einer Haut, die leichte Gewandtheit der Gliedmaßen hervorrufen, doch kein Wort vermag die unaussprechliche Schönheit dieser jungen Frau zu beschreiben ...«

Angelo Poliziano fuhr mit der Zunge über seine immer noch ins Violette spielende, vorstehende Unterlippe. Die grobe Häßlichkeit dieses jungen Humanisten war uns vertraut, seit wir ihn zu unserem Gefährten gemacht hatten. Dieser arme Teufel, den die Ermordung seines Vaters, eines Anwalts, ins Elend gestürzt hatte, und den wir mit seinen abgewetzten Kleidern und zerschlissenen Schuhen in der Akademie von Careggi hatten ankommen sehen, hatte uns durch seine ungewöhnlichen Fähigkeiten verblüfft. Nachdem unser Vater Piero es ihm ermöglicht hatte, bei den erlauchtesten florentinischen Lehrern seine Studien fortzuführen, nahmen Lorenzo und ich ihn unter unseren Schutz. Unsere Freundschaft war ihm bereits sicher. Mit achtzehn Jahren war Poliziano, der sich durch seine immense Gelehrsamkeit und scharfsinnige Intelligenz auszeichnete, ein vortrefflicher Kenner der klassischen Bildung und ein ausgezeichneter Dichter, der die griechische, lateinische und italienische Verskunst bewundernswert beherrschte.

»Wie Marsilio Ficino schon bestätigte«, fuhr er fort, »kann man sagen, daß das Gute und das Schöne irgendwie miteinander verschmelzen.«

»Schon Platon sagte ...«

Angelo beharrte auf dem Ideal der Schönheit, das unsere Zeitgenossen wieder anstrebten. Auf dem metaphysischen Wert der menschlichen Herrlichkeit als Abglanz der göttlichen Herrlichkeit. Auf der ästhetischen Forderung, die die Seele auf eine Stufe absoluter Spannung brachte. Sonderbar, wie allein die Tatsache, über die Schönheit zu reden, die Plumpheit dieses jungen Mannes abstrakter machte ...

»Simonetta Vespucci ..., man kann nicht umhin, sie zu lieben. Sie ist der höchste Gipfel der Schöpfung.«

Das war auch meine Meinung.

1 4 7 3

Giuliano

Selbst wenn ich sie wirklich hätte vergessen wollen, Florenz hätte es mir untersagt. Die Stadt, die dieses lebende Kunstwerk mit dem goldenen Ocker ihrer *pietra serena* und dem strengen Grün ihrer Zypressen umrahmte, besaß weder genug Mauern noch genug Leinwand, noch genug Maler, um ihre Schönheit festzuhalten. Kaum hatte sie ihren Fuß an die Ufer des Arno gesetzt, wollten unsere besten Künstler ihr Bild zur Göttin erheben.

»Willst du sie wiedersehen, *la stella di Genova*?«

Obwohl ich nie ein Wort zu Poliziano gesagt hatte, wußte er über die unwiderstehliche Anziehungskraft Bescheid, die dieser »Stern von Genua«, der meine Stadt und mein Leben erhellte, auf mich ausübte.

Wir freundeten uns immer mehr miteinander an, seitdem Lorenzo dieses Wunderkind anstelle von Luigi Pulci, mit dem er einige Differenzen gehabt hatte, zu unserem Privatsekretär gemacht hatte. Die Treue des ehemals hungerleidenden Studenten, der nun ein offizielles Amt bekleidete, gegenüber der Familie der Medici sei, so bekräftigte er mit grenzenloser Dankbarkeit, genauso groß wie das Glück, von ihnen adoptiert worden zu sein. Poliziano ging seinen Aufgaben in seinem *studio* in der Nähe des Doms nach, verbrachte jedoch die meiste Zeit in unserer reichbestückten Bibliothek in der Via Larga. In diesem Fundus von mehr als achthundert Bänden, die zwei große Bücherliebhaber, unser Großvater und unser Vater, zusammengetragen hatten und die wir weiterhin bestückten, indem wir unsere Boten zum Aufspüren seltener Werke in die ganze Welt ausschickten, fand er sein Glück.

Der junge Gelehrte sagte nichts mehr über meine Angebetete, sondern schleppte mich zur Kirche Santa Maria Novella. Seit dem Fastnachtstag kreisten meine Gedanken um eine mögliche Begegnung mit ihr, die ich mir auf tausenderlei verschiedene Arten ausmalte. Jeden Tag ersann ich eine neue Szene, um sie anzusprechen, neue Dialoge, um sie zu fesseln. Aber heute fühlte ich mich überrumpelt, und all meine Libretti gerieten durcheinander. Mein Herz war in Aufruhr, und in meinem Kopf ging es drunter und drüber.

Auf dem Weg zu ihr trafen wir Piero, den jüngeren der Gebrüder Pollaiuolo. Er war zehn Jahre älter als ich und hatte sich durch die Darstellung der Tugenden hervorgetan, die von dem Handelsgericht, der Mercanzia, in Auftrag gegeben worden war, bevor Botticelli deren Fortführung durch die berühmte *Fortezza* mit dem lieblichen Antlitz übernommen hatte.

Er bat uns auf ein Glas Trebbiano in seine *bottega*. Ich mochte Piero ebenso wie Antonio, den Älteren, und ich schätzte ihre vielfältigen Gaben als Goldschmiede, Bronzegießer, Medaillenpräger, Maler und Bildhauer, die so vielen unserer Aufträge Ehre gemacht hatten, und die Lebendigkeit und Vielseitigkeit ihres Ateliers, das so viele Meisterwerke hervorgebracht und so viele junge Talente geformt hatte. Aber wie konnte ich dem Meister sagen, daß sich seine Einladung wie eine dunkle Wolke zwischen meinen Stern und mich schob?

Der für gewöhnlich so zurückhaltende Poliziano folgte ihm auf dem Fuße, und ich sah mich gezwungen, ihnen nachzugehen.

Ich sollte es nicht bereuen. Kaum hatte ich die Schwelle überschritten, wurde ich schon von ihrem Licht geblendet. Das war kein Stern mehr, das war eine ganze Milchstraße. Perlmuttfarbene Haut, von der Büste bis zu den Haaren, deren heller Glanz durch eine einfache Reihe Perlen und Smaragde hervorgehoben wurde. Ihr liebliches Antlitz hob sich gestochen scharf vor einem blauem Untergrund ab. Ihre von einem Tropfen beperlte Stirn wölbte sich unschuldig, und ihre schmale Braue hob sich zu einem Bogen aus tausend Fragen. Mit lebhaftem, belustigtem Blick nahm sie die Welt direkt in sich auf.

Ihre Nasenflügel zitterten ungeduldig und genüßlich, und ihre Oberlippe schickte sich zu einer geistreichen Erwiderung an. Das Kinn schließlich reckte sich keck hervor.

»*Ritratto di gentildonna*«, sagte Piero, der Schöpfer, nur.

Er brauchte nicht zu sagen, wer ihn zu diesem ergreifenden Porträt einer edlen Dame angeregt hatte.

Ich lächelte der Königin der Schönen zu. Nachdem ich zunächst alle Einzelheiten erforscht hatte, umfaßte ich das Ganze mit einem verliebten Blick. Ein Wunder an Eleganz und Ausgewogenheit. Die nach hinten aufgebaute Frisur, als Gegengewicht zu der Rundung ihrer Brust, betonte die königliche Haltung des Halses. Ich hatte nur einen Wunsch: ihn sich unter dem Atem meiner Lippen wie Schilf im Wind neigen zu sehen.

Antonio trat zu dem Porträt, verbarg mit einer Hand die kostbare Kette, neigte den Kopf und kniff ein Auge zu. Simonettas Profil vergeistigte sich bis zur Abstraktion.

»Nein, nein«, protestierte Piero. »Der Schmuck muß bleiben.«

»Du hast recht. All dies opalschimmernde Weiß braucht einen Kontrapunkt, eine Verbindung zur Wirklichkeit ...«

»Einen Bezug zum Irdischen«, kommentierte Poliziano. »Weißt du, Piero, daß es dir gelungen ist, das Strahlen der Seele zu malen? In einem Körper«, fügte er hinzu, »der besser als jeder andere die Herrlichkeit und Anmut vollkommenster Schönheit widerspiegelt ...«

Von ihrem Widerschein geblendet, hätte ich beinahe vergessen, daß ich noch eine weitere Verabredung mit ihr hatte. Wir verabschiedeten uns von den Brüdern Pollaiuolo.

»Das Außergewöhnliche an der jungen Gemahlin Vespuccis ist«, meinte Poliziano, »daß sie alle verrückt gemacht hat. Ihre Art ist so natürlich faszinierend, daß ein Wort, eine Geste von ihr genügt, daß alle sich einbilden, von ihr wiedergeliebt zu werden. Und das Unglaublichste ist, daß so viele Männer sie ohne jegliche Eifersucht gleichzeitig anbeten und so viele Frauen sie neidlos bewundern.«

Auf der Schwelle zu Santa Maria Novella machte Poliziano sich aus dem Staub und ließ mich allein von vorne bis hinten durch die drei ein ägyptisches Kreuz bildenden Schiffe der Dominikanerkirche laufen. Ich ging um jeden Pfeiler herum, erforschte nacheinander alle Seitenkapellen, die der Bardi, Strozzi, Gondi, Gaddi. Doch Simonetta entdeckte ich nicht.

Ich zögerte ein wenig vor dem Chor, der noch eine Baustelle war. Mein Blick erklomm die Holzgerüste für die gerade in Arbeit befindlichen Wandmalereien. Ohne jeden Zweifel war dies ein Werk Ghirlandaios, unseres größten Freskenmalers. Ich verweilte bei der Skizze der Szene der Geburt des heiligen Johannes des Täufers.

Und da sah ich sie. Erst zur Hälfte gemalt, in der rechten Ecke des Zimmers der heiligen Elisabeth im Kindbett, die die Züge meiner Mutter Lucrezia trug. Sie kam herein wie ein Wirbelwind, auf dem Kopf balancierte sie ein monumentales Tablett voller Trauben und Granatäpfel, ein leichter geblümter Schal flatterte hinter ihr her, und in der Hand trug sie zwei Flaschen. Mit ihrem beflügelten Schritt schickte sie sich an, das Fresko von einem Ende zum anderen zu durchqueren, noch bevor die edle Dame, die vor ihr ging, das Bett der Wöchnerin erreichen konnte.

All das war erst ein Entwurf. Aber der Plan war offensichtlich: Diese Figur trat in der dargestellten biblischen Szene in die Gruppe der Frauen der guten Florentiner Gesellschaft ein. Ungewöhnlich und prophetisch schien sie Kreativität und Erneuerung einzuhauchen und verkörperte die Verheißung einer neuen, begeisterten und großzügigen Zeit. Jenes *Le temps qui revient*, das Lorenzo so teuer war. Alle anderen Figuren wirkten in diesem Jahrhundert fest verankert, trugen aktuelle Kleidung und gingen ihren gewohnten Beschäftigungen nach. Durch ihr mythologisches Gewand und ihren lebhaften Überschwang nahm diese Gestalt jedoch eine ganz andere Dimension an.

Das war nicht nur Simonetta Vespucci, die mir in dieser vorerst nur angedeuteten Allegorie der *L'Abbondanza,* des Überflusses, erschien, es war alles, was sie in Florenz symbolisierte: das Eintreten einer echten Renaissance.

Neu belebt durch ihr zweifaches Erscheinen beschloß ich, in vollen Zügen von den saftigen Früchten des Frühlings zu kosten, die sie mir anbot.

Simonetta

Mein Haar war blond, ohne daß ich viel dazugetan hätte. Die Feen, die sich, angeregt von den germanischen Wurzeln meiner Mutter Cattochia, über meine Wiege gebeugt hatten, hatten wohl goldbraunen Puder über mein Haar gestäubt. Eine Gnade, von der ich nie Aufhebens gemacht hatte, bis zu meiner Ankunft in Florenz, das die Kunst des Blondierens bis zum Götzendienst pflegte. Da erst wurde ich mir meines unschätzbaren Glücks bewußt: Gold auf meinem Kopf zu haben.

Es war Samstag, der Tag der Haarpflege. Svetlana hatte mir das Haar mit Regenwasser und Kamillensud gespült, als Ginevra in mein Zimmer kam. Noch über die Schüssel gebeugt, bemerkte ich schon ihre verschwörerische Miene. Sie trug ein Leinenhandtuch um den Kopf gewickelt, eine große Schale in der rechten Hand und zwei riesige Strohhüte unter dem linken Arm.

»Simonetta«, befahl sie mir kategorisch, »du mußt mit mir aufs Dach kommen!«

Ich wrang meine langen Strähnen aus, schüttelte sie heftig von rechts nach links und von oben nach unten und richtete mich mit einer lebhaften Bewegung auf, wobei ich meine kleine Schwägerin naßspritzte.

Ich mußte lachen.

»Aufs Dach? Was für eine Idee!«

Sie ergriff mich bei der Hand und zog mich ohne weitere Erklärungen über ein Labyrinth von Treppen in den höchsten und hellsten Teil des Palastes. Eine Nische im Dach, die windgeschützt war. Klar und deutlich hatte die Aprilsonne all ihre winterliche Schüchternheit verloren.

»Ich habe beschlossen, mein Haar zu bleichen«, enthüllte mir das braunhaarige Mädchen und entblößte ihren Kopf. »Ich habe mir ein Mittel aus Zitrone und Rosenhonig aufgetragen, das ich auf kleiner Flamme über dem Brennkolben destilliert habe.«

Eine gelbliche Paste verklebte ihre dunklen Löckchen.

»Mach nicht so ein angewidertes Gesicht! Alle Florentinerinnen kennen das Rezept!«

Aus der Schale nahm sie einen mit ihrer Mixtur getränkten Schwamm und fuhr damit sorgfältig über ihren Kopf, den sie dann mit einem breiten Strohhut krönte, dessen Deckel sie abgeschnitten hatte.

»So kann ich mir die Haare bleichen, ohne daß meine Haut dunkel wird«, erklärte sie und reichte mir die zweite Strohkrempe.

Ich machte ihr Spiel mit. Zwar brauchte ich keine Farbe, um mein Haar zu blondieren, hatte aber auch nichts zu verlieren, wenn ich meine Locken den Strahlen der Frühlingssonne aussetzte.

»Das wurde aber auch Zeit«. Sie nickte. »Man kann nicht gerade sagen, daß du dir in letzter Zeit viel Mühe gegeben hast, um deinem Gemahl zu gefallen.«

Ich zuckte zusammen. War meine zärtliche Neigung für Giuliano denn so offensichtlich? Obwohl das Feuer nicht mehr ganz so stark brannte, da ich ihn seit mehreren Monaten nicht mehr gesehen hatte.

Was meine Ehe betraf, so gab es leider nur Negatives zu berichten. Mein rechtmäßiger Ehemann verweigerte mir alle Formen der Liebe, der Zuneigung, des Glücks, ja selbst des elementarsten Zusammenlebens zweier Ehegatten. Feindselig, ausweichend, bitter, mit fettigem Haar und glasigen Augen, verbrachte Marco seine Zeit damit, nach außen hin die Illusion einer Männlichkeit und eines Einfallsreichtums aufrechtzuerhalten, was privat erst noch zu beweisen war.

Mir konnte er schwerlich etwas vormachen. Er hatte bereits auf alles verzichtet, bevor er überhaupt irgend etwas versucht hatte. Ein Virtuose des Scheiterns, ein Spielverderber bei allen Unternehmungen, so war der Junge, den ich geheiratet hatte. Ich hatte lange gebraucht, um es mir einzugestehen, aber ich mußte mich in das Offensichtliche schicken: Marco mochte keine Frauen. Und die seine, Spiegel seiner Grenzen und Zurückweisungen, noch weniger als jede andere.

Niemand ließ sich darüber hinwegtäuschen, auch wenn er sich manchmal bei offiziellen Festen an meiner Seite zeigte.

»Was macht Euer Gatte denn heute abend?« fragten mich die anderen Frauen mehr oder minder wohlmeinend, wenn ihnen seine Abwesenheit auffiel.

Ich hätte ihnen gerne geantwortet, daß der zweite Sproß der Vespucci seine Nächte leider damit verbrachte, sich an Alkohol und Spielen zu berauschen, und die Tage, seine Ausschweifungen und Verluste auszuschlafen.

»Wenn ich schlafe, trinke ich wenigstens nicht«, pflegte er zu sagen. »Und wenn ich trinke, denke ich nicht.«

Zwischen einem spielenden Trinker und einem berauschten Schläfer, wo war da Platz für mich? Je mehr ich in dieser Stadt Fuß faßte, die ich so sehr liebte – und die es mir so gut vergalt–, desto mehr richtete er sich zugrunde. Er war wohl der einzige in Florenz, den meine Lebensfreude in die Flucht schlug. Litt ich darunter? Am Anfang vielleicht. Dann begriff ich, daß ich Besseres zu tun hatte, als ihn und mich zu bemitleiden.

Als ich nach ein paar Stunden des Sonnenbadens in mein Zimmer zurückkehrte, stellte ich befriedigt fest, daß sich blaßgoldene Fäden natürlich mit den goldbraunen meines Haars verwoben.

Svetlana konnte nur Beifall spenden. Sie ergriff einen der Elfenbeinkämme, die in dem Büschel Roßhaar steckten, das neben dem Spiegel hing. Er war auf beiden Seiten unterschiedlich gezahnt, aber mit meinen dichten Locken konnte ich nur den weitesten Abstand ertragen.

»Trotzdem bietet die Ehe einige Vorteile«, beschied die hübsche Zirkassierin, während sie die schwere Masse meines Haars in beiden Händen hielt.

Immer nutzte sie die Augenblicke, in denen ich ihrer Gnade ausgeliefert war, um mir irgendeine schockierende Wahrheit an den Kopf zu werfen.

»Hast du dich schon einmal gefragt, warum die Dichter nur verheiratete Frauen besingen? Dantes Beatrice, Petrarcas Laura, Boccaccios Fiammetta ... Alles unbescholtene Ehefrauen, zu denen sie in Liebe entbrannt waren. Sie lieben es, den Gedanken der ungestillten Begierde zu liebkosen. Das entflammt ihre Phantasie und erhebt ihre Gefühle. Während wir, wir arme junge Mädchen, keine verbotene Leidenschaft wecken dürfen!«

Mit Hilfe einer Nadel teilte sie ein paar Strähnen meines Haars, um einige in Bögen und Windungen aufzustecken, andere zu Schnecken, Schlangen, züngelnden Flammen aufzurollen, aufzudrehen, zu flechten, zu verknoten, und den Rest dann frei im Wind flattern zu lassen.

»Ihr habt wirklich Glück«, fuhr sie fort. »Denn wenn euch auch die fleischliche Leidenschaft außerhalb der Ehe verboten ist, so hindert euch doch nichts daran, die vergeistigte Liebe anzunehmen. Diese ist in ihrer Eigenschaft ausweglos und wird von der Moral nicht mißbilligt. Die gebildete, emanzipierte Florentinerin der guten Gesellschaft wird für genügend gewappnet gehalten, um den Gefühlsregungen gegenüber unempfindlich zu bleiben, die sie weckt. Sie kann sich also galanten Spielereien widmen, am hellichten Tag den Hof machen lassen, ohne etwas Böses dabei zu denken oder gegen die Ehre zu handeln. Mit einem Wort, sie kann sich verlieben, ohne sich nehmen zu lassen ...«

Eigenartig, wie man im Land der eifrigsten Freigeister und grausamsten Spötter, die es je auf Erden gab, diese Art der Liebe schätzte und diese Kategorie von Frauen achtete.

Svetlana fand Vergnügen daran, mein Haar in die ausgeklügeltsten toskanischen Frisuren zu legen. Es war die reinste Architektenarbeit, jeden Tag aufs neue, der sie sich mit Begabung und Begeisterung widmete.

Sie öffnete ein Bernsteinkästchen, das all die Dinge enthielt, mit denen sie ihr Werk krönen konnte. Durchwirkte Hauben, Perlennetze, silberne und goldene Bänder, Schleier und Spitzen, geflochtene Haarteile, Sternenpuder, Fäden und Fransen aus Gold, kostbare Steine und vor allem Seidenblumen und -blätter in Hülle und Fülle, angesichts deren der Garten Eden vor Neid erblassen konnte. Um ihren Kopf mit Blumen zu bekränzen, konnten die Florentinerinnen – und ich ganz besonders – ihn darüber leicht verlieren.

»Du zum Beispiel«, fuhr sie fort, »wärst wunderbar geeignet für eine höfische Liebe. Du bist keusch, rein und unschuldig, das kann man von deinem Gesicht ablesen. Du bist von hervorragender Geburt und wirst in den besten Kreisen gefeiert. Unangreifbar durch die Tatsache, daß du verheiratet bist, und so schön, daß du alle anderen in den Schatten stellst. Abgesehen von diesem Kretin, entschuldige bitte, dessen Namen du trägst, liegt ganz Florenz dir zu Füßen. Angefangen bei den *primi inter pares*, den Medici, und ganz zu schweigen von den anderen ...«

Sie lächelte mir zärtlich zu und drückte einen schallenden Kuß auf meine Stirn.

»Wie schön du bist, wenn du errötest! Was hindert dich daran, dich bewundern zu lassen, meine Simonetta? Man wird nie zuviel geliebt, glaub mir. Es genügt, wenn du deinen Anbetern die kühle Mißachtung zeigst, die sich gehört. Das ist aufregend – und ungefährlich. Du solltest darüber nachdenken ...«

Das war für mich eine wahre Enthüllung. Mit dieser den Gelehrten so teuren platonischen Liebe, die so oft in den Gesprächen des Palastes auftauchte, bot sich meiner inneren Gefühlswelt ein neuer Horizont dar. Ich für meinen Teil muß gestehen, daß ich es, trotz meiner unerbittlichen Maske, nicht verabscheuungswürdig gefunden hätte, wenn Giuliano mir den vornehmen Ausdruck seiner hoffnungslosen Liebe gewidmet hätte.

Giuliano

Das Fest Johannes des Täufers, des Patrons der Stadt, war das beliebteste von Florenz.

In der Tradition der heidnischen Sonnwendfeste verband es Heiliges und Profanes, als sei es das Natürlichste auf der Welt, was ganz dem Wesen der Florentiner entsprach. In unserer Stadt, die hundert Klöster zählte, wo jede Zunft ihre eigene Kirche hatte, wo unsere Handwerker sich des Abends beim Ave Maria niederknieten und Marienlieder anstimmten, wo die Türen unserer Häuser alle mit Heiligenbildern geschmückt waren, lebten auch die meisten Ungläubigen und Freidenker. Immer wieder traf man auf unsere unverbesserliche Gegensätzlichkeit! Nach außen hin fuhren wir fort, die Religion zu ehren, aber ein Schauder der Häresie ging durch die Schöngeister, die sich darin gefielen, Christus mit Platon, das Ewige mit dem Zeitlichen zu versöhnen.

Die Festlichkeiten würden über mehrere Tage gehen. Denn dieses Mal kam zu diesen zwei Anlässen noch ein weiterer dazu. Mit den traditionellen Zeremonien fielen die Willkommensfeiern für Eleonora von Aragon zusammen, die Tochter des Königs von Neapel, die bei uns eine Zwischenstation einlegte, bevor sie Ercole d'Este, den Herzog von Ferrara und Modena, heiraten würde.

Als die Prinzessin, eskortiert von zwei Brüdern des Herzogs und einem Gefolge von Adligen und Höflingen, zu Pferd die Porta Romana durchschritt und den Ponte Vecchio überquerte, um zum Palazzo della Signoria zu gelangen, ahnte sie nicht, was sie erwartete.

Unter dem festlichen Geläut aller Glocken der Stadt und dem Beifall der sich am Straßenrand drängenden Zuschauer zog der königliche Troß unter einer Unmenge von Standarten der Bruderschaften, Pfarreien und Gemeinden dahin. Zwischen die Häuser hatte man bemalte Tücher gespannt und aus den Fenstern, die voll von Menschen waren, hingen die prächtigsten Teppiche. Die Handwerker, stolz auf ihre golddrapierten Läden, zeigten ihre besten Arbeiten: Bilder, Skulpturen, Schmuck, Intarsienmöbel, kostbare Stoffe. Eine Ausstellung der herrlichsten Waren unter freiem Himmel.

Von der Tribüne des Palazzo della Signoria, wo sie die Huldigung der Priore entgegennahm, konnte diese Königstochter ein unerhörtes Schauspiel genießen. Etwa hundert wie Gold schimmernde Türme, Darstellungen der Florenz unterworfenen Städte, überquerten auf Wagen den in ihren Farben beflaggten Platz. In ihnen befanden sich Mechanismen, die phantastische Figuren bewegten.

Danach sah die von der Pracht geblendete Infantin die feierliche Prozession zum Domplatz vorüberziehen, der völlig von einem liliengeschmückten blauen Himmel bedeckt war. Hinter Trompeten und Pfeifen, umgeben von Kindern in Engelsgewändern, von Erwachsenen, die als Heilige verkleidet waren, und von Possenreißern jeden Alters, trug der Klerus die heiligen Reliquien der Kathedrale zum Baptisterium: ein Dorn aus der Dornenkrone, ein Nagel vom Kreuz und den einbalsamierten Daumen des heiligen Johannes. Es folgten Bürger und Bauern, die Notabeln und Kaufleute, die Wechsler und Handwerker, beladen mit Gaben, blumengeschmückten Kerzen und Olivenzweigen für den Schutzpatron der Stadt.

Aber das Unerwartetste für die neapolitanische Prinzessin war der *palio*, die toskanische Belustigung par excellence. Am späten Abend, nach dem Festmahl, gaben drei Glockenschläge vom großen Turm des Palazzo della Signoria das Zeichen zum Start. Von der Porta di Prato bis zur Porta alla Croce, über die Via della Vigna, den Mercato Vecchio und den Corso rasten vierundzwanzig reiterlose Berberpferde in einer Staubwolke durch die Stadt. Welch eine Panik unter den Zuschauern, wenn eines von ihnen sich in die Menge stürzte! Aber es richtete mehr Angst als Schaden an. Das widerspenstige Tier wurde auf die Rennstrecke zurückgeführt und setzte seinen zügellosen Galopp fort. Dem Sieger überreichte Eleonora eigenhändig den *palio*, eine Standarte aus purpurrotem Brokat mit goldenen Fransen, die geschmückt war mit den Wappen der Stadt.

Danach begab sie sich in den Palast an der Via Larga, von wo aus sie von der Loggia den zauberhaften Anblick eines Feuerwerks genießen konnte.

An diesem Tag und an den darauffolgenden bemühte ich mich, all die vielfarbigen Bilder, die Florenz bot, mit den verzückten Augen der neapolitanischen Prinzessin zu sehen. Denn meine eigenen waren anderweitig beschäftigt: Sie versuchten unter unseren Gästen die Frau zu finden, neben der alle anderen verblassen würden. Und die erst am letzten Abend erschien.

SIMONETTA

Der ganze Zauber des Kleides lag in den Ärmeln. Seine Farben – Opalweiß und Altgold – wirkten durch ihre Feinheit. Der Stoff, ein faltenreicher Musselin, war hauchzart und der viereckige Ausschnitt, mit derselben goldbraunen Borte eingefaßt, die den Umriß der Brüste betonte, raffiniert. Aber die ganze Eleganz meiner Robe lag zwischen Schulter und Handgelenk. Eine virtuose Schöpfung in Schnitt und Machart. Die bauschigen, durch ein schmales Goldarmband gerafften Ärmel waren bis zum Ellbogen geschürzt und ließen den Seidenvoile des Hemdes sehen.

Svetlana legte mir eine prächtige goldene Kette um den Hals, die in einem Anhänger in Form einer rubinbesetzten Mondsichel endete, und steckte eine prachtvolle rote Mantille mit goldenen Motiven in meinem Haar fest, die sie mir über eine Schulter drapierte.

Ich drehte und wendete mich in all meiner Pracht vor meinem Spiegel, um mich von der Taille bis zum Hals zu begutachten, bevor ich mich, ohne Marco, zu dem letzten Ball begab, der zu Ehren Eleonora von Aragons, der schönen Prinzessin aus Neapel, gegeben wurde.

Diesmal fand das Fest nicht in den von Kerzen verräucherten Sälen statt, sondern unter freiem Himmel auf dem zarten Grün der Wiesen am Ufer des Arno, in den duftenden Gärten des Palazzo Lenzi, der ganz nahe dem unseren lag.

Das linde Lüftchen des *ponentino* liebkoste die schimmernden Ausschnitte; und die Sonne, die jenseits von Pignone langsam unterging, ließ das Gold der Haare, die rosenfarbenen Wangen und die Schönheit der jungen Frauen noch mehr leuchten, die sich an diesem Abend in ihren leichten Sommerkleidern selbst übertroffen hatten.

Eleonora, ganz in Schwarz und Samt und Seide gekleidet,

dazu mit Perlen geschmückt, kam aus der Stadt der Sirenen und war die Tochter eines Königs. Aber die Königin dieser Nacht war eine florentinische Nymphe, Albiera degli Albizi, die ihre Verlobung mit einem engen Freund der Medici feierte, Sigismondo della Stufa.

Mit vor Glück glänzenden Augen tanzte sie inmitten ihrer Schwestern Maria, Danora, Bartolomea, Lisabetta und Giovanna. Ein Blütenkranz krönte ihr offenes Haar, das der Wind über ihre Schultern breitete. Und ihr Kleid mit der hohen Taille aus krapprotem Taft bauschte sich wie eine Blütenkrone um die Pracht ihrer sechzehn Jahre.

Sie tanzte mit Braccio Martelli und Gian Francesco Ventura, mit Bernardo Rucellai und Guglielmo de' Pazzi, mit den drei Brüdern Pulci und den beiden Brüdern Medici. Als ob die ganze *brigata* ein Stück dieser Glückseligkeit kosten wollte, die sie verkörperte, bevor sie der liebenswerteste und geschätzteste von ihnen als Sieger davontrug.

Im Gegensatz zu den langsamen, gemessenen, zurückhaltenden Tanzschritten, die in den getäfelten, von Kerzen erleuchteten Sälen üblich waren, ging es am Ufer des Arno wesentlich ausgelassener und lustiger zu. Die jungen Männer umschlangen ihre Partnerinnen in stürmischen Gaillarden und lösten sich erst von ihnen, wenn sie ihnen einen Kuß auf den Hals oder, welch unerhörte Kühnheit, auf den Ansatz der Brüste gedrückt hatten.

Mit purpurroten Wangen flehte die schöne Albiera atemlos um Gnade. Aber da zogen sie ihre Bewunderer schon in eine neue Moreske. Sie hatte es nicht nötig, das Lehrbuch über das Tanzen zu studieren, das man sich in den Florentiner Salons aus den Händen riß, sie war zum Tanzen geboren.

Als sie gerade in Giulianos und ich in Lorenzos Armen in einer nicht enden wollenden Volte herumwirbelten, trafen sich unsere Blicke, und wie vom Blitz getroffen erstarrten wir beide an Ort und Stelle. Und dann, wie unter dem Sog einer Explosion, zog es uns unwiderstehlich und unkontrollierbar zueinander hin.

Es gab nichts mehr außer uns. Völlig isoliert inmitten der Tänzer, schauten Giuliano und ich uns tief in die Augen und vergaßen augenblicklich das Fest, das um uns herum in vollem Gange war.

Es war, als ob zwischen dir und mir eine Tür aufgegangen wäre und wir beide zu Hause angekommen wären.

Deine erste Berührung, als du deinen Arm um meine Taille legtest, durchfuhr mich wie ein Blitz. Schweigend gingen wir über das kühle Gras am Rande des Wassers. Ich fühlte die vollkommene Übereinstimmung zwischen uns, das Wohlsein zweier Wesen, die seit sehr langer Zeit, ohne es zu wissen, aufeinander gewartet haben. Wir waren ungezwungen, verschworen, vertraut wie ein Paar, das sich schon ewig kannte. So etwas hatte ich noch nie erlebt. Jedes Lächeln, jede Geste, jedes Wort schien aus einer gemeinsamen Quelle zu fließen. Du warst für mich gemacht. Das war offensichtlich. Wie wenn man einen Ort, ein Haus, ein Kleidungsstück sieht und sich sagt: Dieser Ort, dieses Haus, dieses Kleid, das bin ich.

Mein Blick glitt über die Ärmel deines Rocks aus amarantfarbenem Samt. Bis zum Ellbogen geschürzt, ließen sie dein leinenes Hemd sehen. Genauso wie bei mir. Ein Augenzwinkern des Zufalls? Ich lächelte gerührt über dieses Erkennungszeichen, so belanglos es auch sein mochte.

Im Vorbeigehen griffst du nach einem Emaillekelch mit Himbeeren in Wein. Und eine nach der anderen stecktest du sie mir mit deinen Fingern in den Mund. Schon stellte sich eine vollkommen natürliche Intimität zwischen uns ein. Du hattest mich erobert, als hättest du mir schon seit mehreren Generationen den Hof gemacht.

Giuliano

Selbst der Mond wollte nichts von dem Schauspiel versäumen. Zwei Sterne erleuchteten den Ball unter den Mauern im Park der Lenzi: Eleonora und Albiera. Alle jungen Männer ohne Ausnahme wurden von ihrem außergewöhnlichen Funkeln angezogen.

Bis in dieser Nacht der Morgenstern aufging. Sein Glanz war so stark, daß alle geblendet wurden und nur noch ihn sahen. Die beiden anderen Gestirne verblaßten darüber und verschwanden, ohne daß dem jemand Beachtung schenkte. Denn Simonetta zu sehen bedeutete, sich augenblicklich zu verlieben …

Ein glühender Schmerz an der linken Seite … Die Kälte der Klinge, wieder und wieder … der Aufprall meiner Knie auf dem Marmor …

Ich lag ihr zu Füßen. Und Lorenzo, die *brigata* und ganz Florenz mit mir.

Für alles empfänglich und edelmütig, so war sie in ihrer Unschuld unser aller Muse geworden und hatte alle Schönheiten in den Schatten gestellt, deren es viele gab – Lucrezia, Marietta, Albiera … Verzaubert nahm sie die Gefühle, Gedanken, Schätze auf, die Florenz ihr darbot. Und Florenz, von ihr bezwungen, bewunderte sich selbst in ihr.

Plötzlich legte sich der Lärm, und die Luft wurde dünner. Ich wußte, sie war da.

Sobald sie erschien, hauchzart in ihrem opalweißen und altgoldenen Voile, drängten sich alle um sie. Umschwärmt, gefeiert, hofiert, blieb sie einen Gutteil des Abends für mich unerreichbar. Ich verfolgte aus der Ferne jeden ihrer Schritte, kostete, ohne jemals satt zu werden, ihre zarte, mit Lebhaftigkeit durchsetzte Anmut, ihren strahlenden, von Sehnsucht gefärbten Zauber. Immer dieser Kontrast zwischen ihrer nachdenklichen Miene und ihrem lustigen Grübchen im Kinn. Es wirkte wie ein Ausrufezeichen hinter einer Liebeserklärung.

Ich folgte ihr wie ein Schatten, bis ich in ihren Augen menschliche Gestalt annahm. Endlich!

Und das Wunder geschah, Simonetta!

Ich spürte, wie unser beider Atem gleichzeitig stockte. Deine Anziehungskraft auf mich war genauso unwiderstehlich wie meine auf dich. Unser beider Staunen vor dem Unausweichlichen. Eine unerhoffte Gegenseitigkeit, die uns wie ein Strahlenschein umgab.

Die Zeit existierte nicht mehr. Wie erfuhren einen Augenblick der Ewigkeit, der all das aufwog, was wir erlebt hatten und noch erleben würden. Wieder waren wir uns nahe, wie an dem Abend des Brandes. Aber dieses Mal, dessen war ich mir gewiß, standen wir beide in Flammen.

Ich weiß nicht mehr, was wir sagten. Aber deine grazile, bebende Taille unter meinem Arm, dein frischer Mund, deine schelmische Zunge, deine lustvollen Zähne an meinen von den Himbeeren geröteten Fingern sagten uns viel mehr über dich und mich als ein langes Geständnis.

Von den Lauten und Geigen gerufen, tanzten wir mit eng ineinander verschlungenen Fingern. Dein zarter Wimpernschlag an meinem Hals, mein Atem in den wolkenweichen Strähnen auf deiner Stirn, dein Busen, frei, an meiner Brust.

Wir tanzten, zum ersten Mal, in die Sonnwendnacht, mit der ganzen Glut unserer knapp zwanzig Jahre.

Giuliano

Man hatte ihr wieder das krapprote Taftkleid angezogen und den Kranz aufgesetzt. Während die Glocken von San Pier Maggiore das Totengeläut anstimmten, floßen Ströme von Tränen über der schwarzen Bahre, auf der, schön wie in der Johannisnacht, Albiera degli Albizi ruhte.

Der Ball war verhängnisvoll für sie gewesen. Sie hatte dort ihre letzte Volte getanzt. Am Tag nach dem Fest hatte ein Fieber sie ans Bett gefesselt und ein paar Tage später dahingerafft.

Die Totengebete vermischten sich mit den Tränen Sigismondo della Stufas, ihres Verlobten, und ihrer Schwestern, ihrer Eltern, unserer *brigata* und all derer, die in Florenz ihre Frische geliebt hatten. Gramgebeugt bedeckten die Florentiner die wachsbleiche Sechzehnjährige mit Blumen und verwünschten diese skandalöse Hochzeit der Schönheit mit dem Tod.

Von ihrem Liebreiz ergriffen, widmete Poliziano ihr außer der Grabinschrift vier äußerst bewegende Gedichte in lateinischer Sprache. *Exit Albiera.*

Ich legte meinen Arm um die Schulter des untröstlichen Verlobten. Aber – und dafür muß ich heute sehr teuer bezahlen – obwohl ich sehr wohl die kalte Erstarrung spürte, die meinen alten Freund befallen hatte, konnte ich den Schmerz und den Verlust, der uns alle getroffen hatte, nicht richtig mitfühlen.

Seit der Johannisnacht war Simonetta in meinem Herzen so brennend gegenwärtig, daß sogar die schrecklichste Wirklichkeit, ich schäme mich, es zu gestehen, nur zweitrangig war. Meine Leidenschaft wärmte meine Seele, selbst im Angesicht dieses armen leblosen Mädchens. Sie wurde zu einem Ort der inneren Erneuerung, einer vor Unwettern geschützten Insel, einem Rosengarten inmitten der Wüste.

Sobald ich sie hinter ihrem Schleier, zwischen unseren in Tränen aufgelösten Freunden sah, machte mein Herz vor Freude einen Sprung. Selbst die dunkle Farbe der Trauer, in die sich Purpur und Gold mischten, ließ Simonetta als Verkörperung des Lebens im Augenblick der Schöpfung erscheinen. Eine erwachende Venus. In ihrer Gegenwart wurde eine unvorhersehbare, erschreckende Lebenskraft in mir frei. Eine außergewöhnliche, erlösende Macht, die mich transzendierte und die Wirklichkeit verklärte. In dieser düsteren Kirche, in der die Totengesänge gesungen wurden, erschien die Welt mir strahlend hell.

Giuliano

Sollten wir meinen zwanzigsten Geburtstag in Fiesole, Careggi oder Cafaggiolo feiern? Wir brauchten nur zu wählen.

Ich entschied mich für Cafaggiolo, eine alte Festung aus dem vierzehnten Jahrhundert am Rande eines dichten Nadelwaldes über dem Mugello. Im Jahr meiner Geburt war das Haus völlig restauriert worden. Um die Burgfeste den Ansprüchen des Komforts einer Villa anzupassen, hatte der unumgängliche Michelozzo Michelozzi den zinnenbewehrten Rundgang mit einem Dach versehen und die alten Schießscharten durch lichte Fenster ersetzt.

Nun würde ich, zusammen mit den Meinen, zwanzig Jahre feiern, zwanzig Jahre, in denen ich zu jeder Jahreszeit Ausritte am Fluß entlang gemacht hatte, an seinen Ufern Feste gefeiert hatte und in ihm gebadet hatte, bei Weinlesen und Hetzjagden, Schlittenfahrten und Schneeballschlachten dabei war, Lieder gehört und philosophische Gefechte mitausgetragen hatte, bei Angelpartien und ausgelassenen Bällen mit von der Partie war.

Zwanzig glückliche Jahre - doch an diesem Abend waren sie überschattet von Nostalgie. Das Bild eines anderen Glücks, das ich gerade erblickt und das im Augenblick für mich unerreichbar war, quälte mein Herz. Wieviel Zeit würde ich noch damit verbringen, mir auszudenken, wie ich das Unmögliche möglich machen könnte?

Der Zustand der Euphorie, der mich diesen Sommer ergriffen hatte, war ein wenig abgeflaut. Ein paar Monate lang hatte die Erregung meinen ganzen Körper ergriffen, der den leichtesten Reizen, den winzigsten Zeichen antwortete. Er bemerkte die geringste Einladung zur Verführung und antwortete prompt darauf. Ohne es zu wollen, ob durch mein Lächeln, mein Charisma, meinen Schwung, ging eine erotische Ausstrahlung von mir aus. Ich fand alle Frauen aufregend, weil eine einzige mich erregt hatte. Ich liebte sie und wollte sie alle, weil ich die eine einzige in ihnen liebte.

Um vor dem Bankett in die Villa zurückzukehren, ging ich zwischen den Zypressen, Eiben, Eichen und Buchsbaumhecken hindurch, die die Blumenbeete um den Brunnen herum säumten. Ich war nicht wenig stolz darauf, daß der Garten des Plinius, das berühmte Tusculum, als Anregung für den unseren gedient hatte.

Der Himmel sandte seine letzten Lichtstrahlen aus, ehe es plötzlich dunkel wurde. Rasch brach die Nacht über die bewaldeten Hügel herein.

In dem riesigen Kamin des großen Saals loderte ein ganzer Baumstamm in hellen Flammen, die im Rhythmus mit den Öllampen über dem Kamin, den Fackeln in den Wandhaltern und den Kerzen auf dem langen, gedeckten Tisch tanzten.

Ich hatte wohl erst das Alter erreichen müssen, in dem die Angst vor der Dunkelheit endgültig besiegt ist, um ein Recht auf eine derartige Beleuchtung zu haben. Meine kindlichen Ängste fielen mir wieder ein. Wenn die Dunkelheit sich über das Land legte, war unsere einzige Lichtquelle, von großen Anlässen abgesehen, das Feuer im Kamin. Nur die in der Nähe hängenden Wandbehänge wurden dann von dem warmen Licht erhellt, während die Vergoldungen es auf einem äußerst geheimnisvollen Hintergrund reflektierten. Die massiven geschnitzten Truhen an den Wänden verschmolzen mit der Dunkelheit, und die schweren Stuckdecken verschwanden mit all ihren Engelchen in den Höhen. Von diesem von unten kommenden, schwachen Licht bewegt, warfen die Schatten dann erschreckende Bilder über die Wände, und jeder Winkel bevölkerte sich für mich mit sämtlichen Teufeln der Hölle.

Hinter einer Truppe Musiker sprangen Jongleure und Gaukler herein und vollführten ihre Kunststücke zwischen den vollständig versammelten Medici, die nach und nach auf den Stühlen mit den gebogenen Holzlamellen Platz nahmen.

Die Freude, alle miteinander wiederzusehen, war groß. Ich

umarmte Bianca und Nannina, meine älteren Schwestern, die von ihren Männern, Guglielmo de' Pazzi und Bernardo Rucellai, begleitet wurden. Ich ließ meine Halbschwester Maria in meinen Armen herumwirbeln, die extra aus Lyon gekommen war, wo ihr Mann, Lionetto Rossi, eine Filiale der Medici-Bank leitete. Ich hob meinen kleinen Neffen Piero hoch, der gerade, breitbeinig und die Arme in die Luft gestreckt, seine ersten Schritte machte. Clarissa und Lorenzo sahen mit gerührten Blicken zu, und die kleine Lucrezia, seine ältere Schwester, beobachtete ihn eifersüchtig. Meine Vettern zweiten Grades, Lorenzo und Giovanni, zehn und sechs Jahre alt, die mit ihrem Vater Pierfrancesco, dem Neffen Cosimos, in einem Palazzo direkt neben uns in der Via Larga wohnten, zogen mich in ihre Mitte und tollten mit mir herum.

Welch ein Glück hatte ich! Kein Prinz konnte sich einer so gesunden und fröhlichen Familie rühmen. Hier fand ich meine Oase, meine Quelle, meine Ruhe, meine Erholung. Den Tempel meiner heiligsten Zuneigungen. Und auch die lehrreichste Schule des Lebens.

Ich küßte die Hände meiner großen Lehrer, die mich mit ihrer Anwesenheit beehrten: Gentile Becchi, Literat und Kirchenmann, der mich gelehrt hatte, meine Sätze in klassischem Latein und sprühendem Toskanisch zum Blühen zu bringen und auszufeilen; Marsilio Ficino, der Philosoph, der mir Platon enthüllt hatte; Argyropolos, der mich in die griechische Sprache und die Denkweise des Aristoteles eingeführt hatte; und auch Cristoforo Landino, der mir die Poesie, und Antonio Squarcialupi, der mir die Musik nahegebracht hatte.

Meine Freunde von der *brigata,* die sich eine derartige Gelegenheit zum Feiern nicht entgehen lassen wollten, bedachten mich mit freundschaftlichem Schulterklopfen. Auch Angelo Poliziano gehörte nun dazu, und er bereitete uns mit seinen brillanten, amüsanten Worten großes Vergnügen.

Auf ein Zeichen meiner Mutter Lucrezia hin, der ich es ja zu verdanken hatte, daß ich auf der Welt war, nahmen junge Dienerinnen die üblichen Reinigungen vor. Dann erklangen die vom Trebbiano rot leuchtenden Kristallschalen zu meinem Wohl, um sich sogleich wieder an den Weinquellen, die in Form von Taufbrunnen aufgestellt waren, zu tränken. Bei diesem Mahl, das wir nur im engsten Kreis der Familie feiern wollten, zählten wir höchstens zweihundert Personen.

Einer nach dem anderen glaubte nun, meine Heldentaten als Kind in allen Einzelheiten heraufbeschwören zu müssen. Glücklicherweise sorgte ein Heer von Dienern für Ablenkung, als sie aufsehenerregende Platten mit safrangefärbtem Gelee hereintrugen, eine florentinische Spezialität, aus dem die Köche Männer- und Frauengesichter geformt hatten, in denen ich all die Meinen erkannte!

Es folgten nicht enden wollende Schlemmereien aus Wild, das auf unseren Ländereien gejagt worden war, und Fischen, die in unseren Flüssen gefangen worden waren. Das Ganze war gewürzt mit Trüffeln aus unseren Wäldern und verfeinert mit Gewürzen des Orients.

Als wir von Erinnerungen und gutem Essen gesättigt waren, gingen wir in den angrenzenden Saal, wo all meine Geschenke, auf einer Kredenz und in einer Truhe gestapelt oder in einen offenen Schrank gehängt, versammelt waren.

Die Frauen meiner Familie, die meine Vorliebe für schöne Gewänder kannten, hatten, was deren Ausgefallenheit und Pracht betraf, sich gegenseitig übertroffen. Glitzernde Westen, auffallende Trikots, Satinwämser, mit Luchs und Marder gefütterte Samtumhänge. Nicht zu vergessen die federgeschmückten Barette, duftenden Handschuhe, Beinkleider aus dicker Seide, zweifarbigen Schuhe. Der Clou war ein Mantel, den meine Mutter mir geschenkt hatte, bestickt – oder besser gesagt gepanzert – mit fünfhundertdrei goldgefaßten Rubinen, dreizehntausendachthundertneunzig kleinen Perlen, hundertfünfundzwanzig Unzen größeren Perlen und vierzig Unzen getriebenen Silbers, wie aus einem Zertifikat hervorging, das in einer der Taschen steckte!

»Damit steche ich sogar den König von Frankreich aus!« rief

ich. »Wahnsinn! Das muß mehr wert sein als die Bestückung eines Handelsschiffes!«

»Glaub nicht, das sei Verschwendung«, bemerkte die politisch denkende Lucrezia. »Jede Investition in Prunk und Pracht hat ihren Zweck.«

Ich gebe zu, daß ich Politik noch nie unter dem Gesichtspunkt Kleidung betrachtet hatte.

Auch die Männer hatten Wert darauf gelegt, mir ungewöhnliche und unverhoffte Geschenke zu machen: Medaillen, Ketten, Münzen, Ringe, genug, um alle zehn Finger darunter verschwinden zu lassen, Dolche, Schwerter, Lanzen, Marmorbüsten, Fragmente antiker Statuen, Bronzefiguren.

Am besten gefiel mir ein neues Musikinstrument, das eigenständig ganze Harmonien hervorbringen konnte: ein Clavicembalo. Es würde meine Sammlung von Harfen, Lauten, Leiern, Gitarren, Hörnern und verschiedenen Flöten bereichern. Lorenzo hatte seinem Geschenk ein Gedicht aus seiner Feder beigefügt, mit dem Titel *Il Trionfo di Bacco e Arianna*, dessen erste vier Zeilen er mir vorlas:

»Quant'è bella la giovinezza
Che si fugge tuttavia!
Chi vuol esser lieto, sia;
Di doman non v'è certezza.«

Das war ganz Lorenzo. Hinter dem Lächeln kam der Ernst zum Vorschein. Unter der Fröhlichkeit drang Unruhe durch. Und die Ermunterung zum Vergnügen verbarg kaum den Alarmruf.

Ich setzte mich ans Clavicembalo und improvisierte ein paar Noten im Einklang mit den in jedem Vers enthaltenen gegensätzlichen Begriffen.

»Wie schön ist die Jugend
Die dennoch flieht!
Wer froh sein will, sei es!
Das Morgen ist ungewiß!«

»Ich würde das Lied gern deine Muse singen lassen«, sagte ich zu ihm, indem ich seinen Vierzeiler wieder aufnahm.

Die Freude und Melancholie meiner zwanzig Jahre, die Explosion des Frühlings des Lebens und seine fatale Vergänglichkeit, der Genuß des Augenblicks und die totale Ungewißheit darüber, was folgen würde, floß aus meinen Fingern.

»Eine hervorragende Idee«, applaudierte Lorenzo. »Das gäbe ein hübsches Karnevalslied!«

Der Gedanke an einen Hinterhalt des Todes, den ich zwischen seinen Reimen heraushörte, versetzte mich völlig unerwartet in das Jahr 1466 zurück. Ich war damals dreizehn und Lorenzo siebzehn. Es war Ende August, in Careggi. Unser Vater, bereits schwer an der Gicht erkrankt, hatte uns um sein Bett versammelt. Er war vor verdächtigen Umtrieben möglicher Verschwörer in der Stadt gewarnt worden. Immer dieselben, die Pitti, Acciaiuoli, Strozzi, die uns unsere wachsende Macht übelnahmen. Piero de' Medicis Anwesenheit in Florenz wurde unerläßlich. Aber er war leidend und der Weg gefährlich.

Mutig übernahm Lorenzo die Spitze einer berittenen Eskorte und beschloß, unserem üblichen Weg zu folgen, um die Aufmerksamkeit der Gegner auf sich zu lenken. Während ich unseren Vater, auf einer Bahre liegend, begleiten und einen Umweg durch das Tal des Mugello nehmen würde, den nur wenige Leute kannten.

Ich hatte das Schlimmste befürchtet. Nicht für uns, deren Strecke geheim war, sondern für meinen geliebten Bruder, der sich allen möglichen Gefahren aussetzen würde, um das Oberhaupt unseres Geschlechtes zu retten.

Damals hatte ich dieses Gelübde abgelegt – ein kindisches, absurdes Gelübde, wie es nur einem heranwachsenden, erhitzten Geist entspringen kann. Gott, gib, daß Lorenzo lebend davonkommt und … wenn ich erwachsen bin, werde ich ihm das opfern, das mir am meisten auf der Welt am Herzen liegt. Sollten wir einmal Rivalen sein, ich schwöre es, werde ich zu seinen Gunsten zurücktreten. Und müßte ich auf die verrückteste meiner Leidenschaften verzichten …

Wir hatten die Stadt alle heil und gesund erreicht, und die Verschwörung war vereitelt worden.

Seither war ich erwachsen geworden, und mein Gelübde war in Vergessenheit geraten.

Bis zu dem Abend meines zwanzigsten Geburtstages …

1474

Giuliano

An diesem Morgen, mitten im tiefsten Winter, stieg ich hinauf in den Garten über der Loggia der Via Larga, um die Zitronenbäume, Jasminsträucher und Myrten in den Kübeln zu befragen.

War er in sie verliebt oder nicht?

Mein Kopf drohte zu platzen. Es ging um mein Leben. Wenn ja, dann mußte ich auf sie verzichten. Meine Leidenschaft zu Kreuze tragen. Meine Träume begraben. Simonetta vergessen. Wenn nicht, dann war ich von meinem verfluchten Gelübde befreit. Gerettet!

Seit meinem Geburtstag wurde ich von Zweifeln gequält. Ich trug Indizien zusammen, reihte Vermutungen aneinander, ließ immer wieder Erinnerungen an mir vorüberziehen, verlor mich in Mutmaßungen, lauerte auf Lorenzos kleinste Gesten, interpretierte seine Andeutungen, schätzte seine, dann wieder meine Chancen ein, ließ die Waage einmal nach der einen Seite, dann nach der anderen ausschlagen. Manchmal bekam die Unvernunft Oberhand über die Logik, und ich erwartete eine Antwort von den Blättern, Wolken, dem Flug der Vögel, der Farbe des Arnos.

Den beunruhigendsten Hinweis hatte ich in einem seiner neuesten Gedichte gefunden.

»Venere graziosa, chiara e bella,
muove nel core amore e gentilezza:
chi tocca il foco della dolce stella,
convien sempre arda dell'altrui bellezza.«
»Eine anmutige Venus, hell und schön,
Erweckt im Herzen Liebe und Verehrung.
Wer das Feuer des süßen Sterns berührt,
Wird immer von seiner Schönheit brennen.«

Lorenzo besang die Herzensgefühle, die eine anmutige Venus

in ihm weckte, ganz Licht und steingewordene Schönheit, und das Feuer, das denjenigen für immer verzehrte, der es wagte, den Glanz eines so süßen Sternes zu berühren.

Man hätte meinen können, das Schicksal richte beharrlich seine Schranken zwischen meiner trübseligen Person und ihrer Sternengleichheit auf.

Da hing zunächst der drohende Schatten des purpurnen Kardinalshutes über mir. Der ersten Kardinalsernennung im Jahre 1471 war ich gerade so entgangen, da sie den Neffen des Papstes vorbehalten war. Um ein Haar hatte ich auch die zweite Beförderung, 1473, verfehlt, trotz der Intrigen meiner Familienmitglieder und der Unterstützung verschiedener Kirchenmänner. Jetzt hatte ich zwei Jahre Verschnaufpause vor der nächsten Runde im Jahre 1476.

Aber neue Wolken waren an meinem Himmel aufgezogen. Und diesmal nicht aufgrund widriger Winde aus Latium oder sonst woher, sondern aufgrund des Sturmes, den ich selbst in meinem eigenen Gewissen entfesselt hatte. Ich war es, ich allein, der durch das düstere Verbot meines idiotischen Gelübdes den Wind gesät hatte.

Ich sah, wie Clarissa Orsini die Blumenbeete um die Terrasse der Loggia inspizierte. Ihre hohe Stirn war von roten, fast orangefarbenen Strähnen verschleiert. Die etwas linkische Frische ihrer Anfangszeit war nach drei dicht aufeinanderfolgenden Schwangerschaften um einiges schwerfälliger geworden: Maddalena hatte sich zu den Kleinen Lucrezia und Piero hinzugesellt. Unsere Mutter hatte recht: Lorenzos Gemahlin war nicht direkt häßlich. Aber sie würde niemals wirklich hübsch sein.

Ich grüßte sie freundlich, aber ohne echte Zuneigung. Die Römerin war für uns eine Fremde geblieben. Ihre steife Moral und ihr ernstes Benehmen waren schlecht mit der Lebhaftigkeit und Freiheit der Florentiner vereinbar. Gewiß, sie war überhaupt nicht auf die Rolle vorbereitet worden, die sie auf der äußerst theatralischen Bühne von Florenz zu spielen hatte. Sie war hierher gekommen, ohne ihren Text überhaupt gelernt zu haben, hatte einen Einsatz nach dem anderen verpatzt und sich nach und nach die Sympathie aller Zuschauer verscherzt.

Der brüske Übergang von ihrem schmucklosen Feudalsitz an den Ufern des Tiber in den prunkvollen Palast an den Ufern des Arno, von der Sittenstrenge ihrer Familie zu den ausschweifenden Festen der unseren, mit ihrem lebhaften Geist, ihrer subtilen Ironie und der blühenden Konversation, hatte ihre Aufgabe nicht leichter gemacht. Ohne jegliche Bildung, den geringsten künstlerischen Geschmack und die winzigste intellektuelle Neugier, legte die Unglückliche eine völlige Gleichgültigkeit gegenüber dem Brodeln unserer Stadt an den Tag. Sie hatte Lorenzo, den überzeugtesten Florentiner, geheiratet, ohne sich auch nur eine Chance zu geben, ihrerseits eine von uns zu werden.

An unserem Firmament, an dem herrliche Frauen glänzten, blieb die arme Orsini fast unbemerkt. Ein matt glänzender Stern. Mochte sie auch Clarissa heißen, es war nicht heller Glanz, der ihr Wesen umgab. Jeder Vergleich zwischen ihrer Intelligenz und der unserer Mutter, zwischen ihrem Charme und dem unserer schönen Freundinnen, ging nicht zu ihrem Vorteil aus.

Ganz bestimmt war nicht sie es, die mein Bruder in seinen Versen besang. Er hatte nicht aus Liebe geheiratet. Er wußte sehr wohl zu unterscheiden zwischen Gefühl und Ehe, Leidenschaft und Schicklichkeit, persönlichem Vergnügen und familiärem Interesse. Clarissa war ihm gegeben worden, wie er selbst so treffend gesagt hatte. Er hatte sie genommen, ohne zu murren. Seine Nachkommenschaft war gesichert, ohne daß ihm Clarissa viel bedeutet hätte.

Ich lehnte mich über die Brüstung, weil mich das schrille Geschrei einer Gänseschar, die von Hunden verfolgt wurde, neugierig gemacht hatte. Im Palazzo Strozzi züchtete man Strauße, im Palazzo della Signoria Stachelschweine, anderswo Damwild oder gar Gemsen. Wir hielten Gänse. Wie auf dem römischen Campidoglio. Als die weiße Federwolke wieder auf dem Boden gelandet war, bemerkte ich, daß halb verborgen in einer hinter zwei Reihen Rosenlorbeer versteckten Pflanzenlaube, ein Paar dicht beieinander stand. Nach den lebhaften Gesten der jungen Frau zu urteilen, schien ihre Unterhaltung recht heftig zu sein.

Plötzlich sah ich die Gestalt der Frau aus dem Blattwerk auftauchen und in schlecht beherrschter Erregung zu der unterhalb gelegenen Loggia laufen. Lucrezia! Ich glaubte meinen Augen nicht zu trauen. Lucrezia Donati, verheiratete Ardinghelli, war unter Mißachtung all ihrer Würde hierhergekommen, um Lorenzo in seinem eigenen Palast die Stirn zu bieten, sozusagen unter den Augen seiner Gemahlin ...

Bei der Hochzeit meines Bruders mit der Römerin, ich erinnere mich, hatte die Florentinerin mit majestätischer Abwesenheit und vollkommener Gleichgültigkeit zu glänzen gewußt. Es mußte einen schwerwiegenden Grund für ihre jetzige Handlungsweise geben.

Ich eilte aus der Loggia und holte sie auf der Via Larga ein.

Ihre stahlblauen Augen sprühten Blitze, und ihre blonden Locken flatterten heftig.

Ich erkannte die wundervolle Lucrezia nicht wieder. Wo war die unbestrittene Königin der Turniere, Bankette und Feste, deren Schönheit sich von den Versen nährte, die ihr Lorenzo vor und sogar noch nach seiner Hochzeit widmete? Die herablassende Primadonna, überzeugt, die einzige Protagonistin des Florentiner Theaters zu sein? Die Verführerin, die sich ihrer Macht über die Männer so sicher war, daß sie den Zynismus so weit getrieben hatte, Clarissa, die Gemahlin ihres platonischen Geliebten, zu bitten, das Kind, das Niccolò, ihr eigner Mann, ihr gemacht hatte, über das Taufbecken zu halten?

»Du bist in Simonetta verliebt, behaupte nicht das Gegenteil, es springt einem ja ins Auge«, zischte sie, ohne mich anzusehen. »Nun, du tätest besser daran, ein wachsames Auge auf deinen Bruder zu haben.«

Ihre Züge waren gespannt, ihre Schritte abgehackt.

»Wenn er sich einbildet, ich hätte sein Manöver mit dieser

Genueserin nicht beobachtet ... Sie hat ihn hypnotisiert, mit ihren Augen von der Farbe einer Bohne! Und er soll mir ja nicht damit kommen, seine Aufmerksamkeit mit der Freundschaft der Medici zu den Vespucci und Cattaneo zu rechtfertigen. Das Interesse, das er dieser Frau entgegenbringt, ist viel zu ausgeprägt, um noch ehrenhaft zu sein. Er leugnet es selbstverständlich, aber das kann niemanden täuschen! Im übrigen wird in aller Öffentlichkeit darüber geredet ...«

»Meinst du seine Gedichte?«

Die verlassene Muse starrte mich an.

»Welche Gedichte?«

Ich sah, wie sie erbleichte.

»Das wird ja immer besser! Jetzt widmet dein Bruder ihr schon seine Verse! Es heißt, daß er diese verschüchterte Jungfrau, die sich für eine Madonna hält, auch noch bitten wird, die Königin des großen Turniers im nächsten Jahr zu sein.«

Das war es also! Welch unverzeihliche Beleidigung für eine Lucrezia Donati: Lorenzo begann die zu übergehen, die sich immer noch für die Unwiderstehlichste von allen hielt.

»Es ist nicht ihre angebliche Schönheit, die mich verletzt, merk dir das gut. Sie hat alles von uns, den Florentinerinnen, gelernt. Und sie wird noch viel zu lernen haben. Was mir unerträglich ist, das ist der vor Bewunderung erstarrte Blick, mit dem Lorenzo sie ansieht ...«

Eine zornige Träne benetzte ihre saphirblauen Augen. Beinahe hätte ich mich von ihrem Unglück, das auch das meine war, mitreißen lassen.

»In der Kunst der Grausamkeit«, schnupfte sie, bevor sie verschwand, »ist dein Bruder unschlagbar!«

Genug der quälenden Fragen. Ich mußte Gewißheit haben.

Das war keine leichte Aufgabe. Lorenzo war verschlossen und wenig geneigt, Vertraulichkeiten auszutauschen. Er teilte sich selten mit, und dann auch nur bruchstückweise. Die Diplomatie hatte ihn gelehrt, seine Gedanken zu verbergen, seine Gefühle zu verschweigen. Wenn er auch gern viele Meinungen hörte und daraus Kapital schlug, um, wie er sagte, zusätzlich zu seinen eigenen Gedanken über die anderer zu verfügen, so redete er selbst wenig und drückte sich äußerst knapp aus. Sein größter Wunsch, so hatte er mir eines Tages gestanden, wäre gewesen, allein durch seine Gesten verstanden zu werden.

Ich fand meinen Bruder in den Gärten. Er schien verstimmt. Lange schaute er mich an, ehe er sprach.

»Es kommt vor, daß die Liebe erlischt«, vertraute er mir an. »Meine frühere Zuneigung zu Lucrezia, ich gebe es zu, wird immer mehr zu einem rein literarischen Vorwand. Leuchtender Stern, strahlende Sonne, olympische Göttin – die Dame, die ich in meinen Sonetten feiere, ist nur noch ein vages Symbol.«

»Sie behauptet«, wagte ich mich vor, »du hättest eine neue Muse …«

»Es ist nicht wichtig, zu wissen, ob sie diejenige ist, die mich inspiriert, oder nicht. Ich wiederhole, was einst ein glühendes Gefühl war, hat sich in eine … einfache dichterische Freiheit verwandelt.«

Lorenzo wich meinen Fragen ebenso aus wie gerade eben den Beschimpfungen Lucrezias. Er beherrschte die Kunst, die Menschen in seinen Bann zu schlagen, indem er sie einwickelte, damit sie sich besser seinen Wünschen beugten. Dabei bediente er sich seines Gespürs und seiner Verführungskraft.

»Du kennst mich, Giuliano. Ich bin fünfundzwanzig, und ich war immer von den Freuden der Venus angezogen. Meine Wollust, wie unsere hochverehrte Mutter sagen würde, hat schon oft einen Skandal verursacht. Denen, die meine Abenteuer als gefährliche Ablenkung von meinen Aufgaben als erster Bürger der Stadt sehen, denen antworte ich, daß ich dort im Gegenteil die notwendige Energie für mein politisches Engagement finde. Und ich würde sogar behaupten, daß dies durch ein neues Lächeln, ein neues Gesicht, eine neue weibliche Gestalt belebt wird. Mein Blut pulsiert wie in einem neuen Leben. Jedes Mal, wenn ich eine Frau besitze, fühle ich mich wie neugeboren.«

Ich wußte wohl, daß Lorenzo das Glück in der Trunkenheit

der Sinne ebenso suchte wie in dem Rausch der Macht, den Vergnügen des Intellekts und dem künstlerischen Streben. Aber sein Geständnis kam für mich einem Dolchstoß gleich.

Ein glühender Schmerz an der linken Seite … Der Aufprall meiner Knie auf dem Marmor … Die blutige Spur auf den Bodenplatten …

Ich verzog vor Schmerz das Gesicht. Dabei hatte er nichts gesagt, was meinen Verdacht in irgendeiner Weise bestätigte.

Gleich darauf verflog der jugendliche Enthusiasmus auf seinem Gesicht, um seiner unheilbaren, von Skepsis gefärbten Melancholie Platz zu machen.

»Leider muß ich dir gestehen, daß ich zu denen gehöre, die oft geliebt haben. Aber die dabei mehr gezweifelt als gehofft haben.«

Meinte er mit diesem kaum verhüllten Eingeständnis des Scheiterns seine Liebe zu Simonetta?

Er legte den mardergefütterten Ärmel seines Mantels um meine Schultern. So gingen wir schweigend über den Kies des winterlichen Parks. Als wir vor dem frosterstarrten Brunnen ankamen, zog Lorenzo seinen Arm zurück und machte Miene, mich auf das Eis stoßen zu wollen. Wir zerbrachen es beide mit lautem Gelächter.

»Du mußt folgendes wissen, kleiner Bruder«, sagte er und verbarg seine Verlegenheit durch übertriebene Gesten:

»Benchè io rida, balli e canti,
e sì lieto paia in vista,
l'alma è pure afflitta e trista,
e sta sempre in doglia e in pianti!«

Ich weiß es wohl, großer Bruder. Obwohl du lachst, tanzt und singst und so fröhlich erscheinst, deine Seele ist immer voller Trauer, eine Beute der Qual und der Wehmut.

Deine dichterischen Tränen trösteten mich nicht mehr als dein Lachen. Denn ich mußte leider fürchten, daß sie ein und derselben Quelle entsprangen.

Simonetta

»Die Medici! Die Medici!«

Die Nachricht von ihrem unerwarteten Besuch ging wie ein Lauffeuer durch den Palazzo Vespucci.

Ich hatte Giuliano nur ein einziges Mal nach dem Ball in der Johannisnacht wiedergesehen. Und unter Umständen, die kaum für Liebesbeteuerungen geeignet waren. Bei der Beerdigung der armen Albiera degli Albizi.

Mit allen anderen hatte ich über ihrer wunderschönen Gestalt geweint, gestern noch frohlockend, heute leblos. Aber die Gegenwart des Mannes im Trauerzug, der all mein Denken mit Beschlag belegte, hatte mich in einen außergewöhnlichen Zustand versetzt, als wolle ich mich auflösen oder dahinschmelzen, in eine Art unbewußte Glückseligkeit, einen Zustand des Schwebens, der Gnade, einen Zustand, der sich über die ganze Totenfeier hingezogen hatte. In meinen Adern floß eine neue Flüssigkeit, die kalt und heiß, bitter und süß zugleich war, die mir, vermischt mit der Trauer um uns herum, ein Gefühl der Trunkenheit verlieh. Meine Tränen fuhren fort zu fließen, aber in mir wohnte etwas, das man Glück nennen könnte.

Tage- und nächtelang hatte ich mir alle Worte noch einmal ins Gedächtnis gerufen, alle Gesten nachvollzogen, die ganze Erregung wieder heraufbeschworen, die ich in der Sonnwendnacht empfunden hatte. Ich hatte dieses Übermaß an Freude in kleinen Dosen auskosten wollen. Und den Vorgang bis zur Erschöpfung wiederholt.

Und dann, eines schönen Morgens, war ich wie aus einer langen Narkose erwacht. Lebendig, heiter, vertrauensvoll. Plötzlich war das Leben mir intensiv und wunderbar erschienen. Die Welt hatte sich als herrlich erwiesen. Und ich hatte in mir ungeahnte Quellen und Ressourcen entdeckt.

»Du siehst glänzend aus«, bemerkten meine Angehörigen.

Ich fühlte mich so offen und strahlend wie noch nie. Meine Augen leuchteten, als ob sie die Luft, das Wasser, die Pflanzen, die ganze Welt verführen wollten. Die Natur sollte an meiner Freude teilhaben, an ihrem Erblühen mitwirken, indem ich sie als Zeuge für meine Liebe nahm.

Obwohl ich monatelang darauf gehofft hatte, ließ mich die plötzliche Ankündigung von Giulianos Gegenwart unter meinem Dach in Panik geraten.

Ich flüchtete in mein Zimmer, um mich zu fassen und ein passendes Gewand anzulegen für den Fall, daß ich ihm begegnen sollte.

Svetlana war mir schon zuvorgekommen. Halb in einer Truhe untergetaucht, hielt sie schließlich ein Seidenkleid von der Farbe der Schirmkiefern in ihren Händen, dessen Ärmel eine virtuose Machart aufwiesen. Sie waren nicht angenäht, sondern mit Bändern an der Schulter befestigt. Und entlang des ganzen Arms öffneten sich senkrechte Schlitze über meinem Hemd aus rosafarbener Seide, kleine indiskrete Fenster, die einen Hauch von Intimität erahnen ließen.

»Genau das richtige«, meinte sie, »um dies hier hervorzuheben.«

Sie reichte mir das berühmte Kristallcollier, das Hochzeitsgeschenk der Familie Medici.

Nachdem sie mich sorgfältig angekleidet hatte, ohne auch nur die kleinste Einzelheit außer acht zu lassen, schickte sie sich an, mein Haar unter einem feinen Perlennetz zusammenzuraffen, als Giovanna nach mir rief.

»Piero Vespucci wünscht, daß du herunterkommst und seine Freunde, die Medici, begrüßt. Beeile dich, sie warten.«

»Sie werden warten. Simonetta Cattaneo Vespucci kommt erst dann herunter, wenn sie es will«, erwiderte meine junge Sklavin feierlich.

Und sie machte sich ein boshaftes Vergnügen daraus, die letzten Vorbereitungen in die Länge zu ziehen und mein Sehnen zu vergrößern.

»Ist Marco auch bei ihnen?« wollte ich wissen.

»Er ist seit vorgestern abend unauffindbar«, antwortete meine Kinderfrau.

Ein paar Tropfen Irisessenz auf mein Batisttüchlein, ein letzter Blick in meinen kleinen Handspiegel, den Svetlana mir hinhielt, ein tiefer Atemzug unter dem enganliegenden Samt, und ich nahm meine Schleppe und gleichzeitig meinen Mut in beide Hände.

Langsam schritt ich die Treppe zur Galerie hinunter, wo unser Planet sowohl als Fresko in Blau, Grün und Braun als auch plastisch auf einer sich um eine geneigte Achse drehenden Kugel dargestellt war. Dieser Ort versetzte mich buchstäblich in eine andere Welt, ohne daß ich die wahre Bedeutung der dargestellten Symbole begriff. Ich hatte mir vorgenommen, Amerigo, meinen angeheirateten Cousin, nach seiner Rückkehr aus Sevilla und Cadiz danach zu fragen. Seine Aufgaben als Agent der Medici hatten bei dem abenteuerliebenden Vespucci die Leidenschaft für das Reisen noch verstärkt, und seine Aufenthalte in Florenz wurden leider immer seltener.

Die Beine versagten mir den Dienst, als ich ihn vor dem Hintergrund des geographischen Azurblaus erblickte. Er trug einen schweren Rock aus granatrotem Samt, dessen geschlitzte Ärmel mit Achselschnüren an den Schultern befestigt waren und sein Leinenhemd sehen ließen. Seine Kleidung war die männliche Antwort auf mein Kleid mit den abnehmbaren, geschlitzten Ärmeln. Ein Zeichen des Zufalls, wieder einmal, das uns allein, dessen bin ich mir sicher, auffiel.

Ich ließ meine Schleppe fallen, um das Zittern meiner Knöchel zu verbergen, umfaßte fest das Geländer und bemühte mich, meinem Antlitz einen Anschein von Gefaßtheit zu geben.

»Komm nur, schönes Kind«, ermunterte mich mein Schwiegervater, der meine Verwirrung für Schüchternheit hielt. »Unsere teueren Freunde, Lorenzo und Giuliano de' Medici, möchten dich um einen Gefallen bitten.«

Die beiden Brüder nahmen augenblicklich ihre Kopfbedeckung ab. Der ältere eine kleine Pelzmütze, der jüngere ein pflaumenblaues Samtbarett mit einer langen Feder.

Wie verschieden sie waren! Auch wenn beide die hohe Gestalt, die geschmeidigen Muskeln und die breiten Schultern besaßen, die gleiche athletische, stattliche Erscheinung, ihre Gesichter waren von der Natur nicht gerecht behandelt worden. Dem einen war sie eine gute Mutter gewesen, dem anderen eine Rabenmutter.

Lorenzo ergriff zuerst das Wort.

»Die Stadt Florenz wäre sehr geehrt, Simonetta«, sagte er mit seiner eigenartig rauhen Stimme, »und wir wären unendlich glücklich, wenn du …«

Das in Florenz übliche Du überraschte mich immer wieder.

»… Ja, wenn du einwilligen würdest, bei dem Turnier im nächsten Winter unsere Königin zu sein. Nein, widersprich nicht. Noch nicht …«

Wie gewöhnlich besaß das Wort bei diesem Mann mit dem tiefgefurchten Gesicht und dem olivfarbenen Teint, den schweren Lidern und der platten Nase die Macht, die plumpen Züge zwar nicht auszulöschen, aber sie mit einem Strahlen zu erhellen, das ihn einzigartig machte.

»Niemand«, fuhr er fort, »könnte besser als du das verkörpern, was wir in unserer gesegneten Stadt als den treuesten Widerschein der göttlichen Güte verehren, nämlich die weibliche Schönheit.«

Lorenzo war nicht schön, er war herrlich! *Magnifico!* Seine Verführungskraft folgte gewundenen, ungewöhnlichen Wegen, aber sie gelangte immer an ihr Ziel. Nein, ich widersprach nicht. Mit zwei Sätzen war es ihm gelungen, meine stillschweigende Zustimmung zu bekommen und mich, für die Dauer einiger Augenblicke, Giuliano vergessen zu lassen!

Allerdings hatte dieser nicht allzu große Mühe, meine Aufmerksamkeit wieder zu erlangen.

»Was mich betrifft, Simonetta …«

Mein Name, in seinem geliebten Mund, setzte all meine

Sinne in Brand. Ich war darüber so verwirrt, als hätte er mich hier, vor einer Landkarte, unter den bestürzten Blicken seines Bruders und meines Schwiegervaters, leidenschaftlich geküßt. Ein derartiger Gedanke ließ mich entsetzlich erröten. Ich verbarg mein purpurrotes Gesicht, indem ich so tat, als würde ich mich in mein duftendes Battisttüchlein schneuzen, bis ich mich beruhigt hatte.

Giuliano war wohl genauso aufgeregt wie ich, denn er mußte zwei- oder dreimal ansetzen, bevor es ihm gelang, sein Ersuchen zu formulieren.

»Ich bin gekommen, Simonetta, um dich um die Erlaubnis zu bitten …«

Ich steckte mein Tuch weg. Er war da, hier vor mir, und während er nach Worten suchte, hatte ich alle Muße, meinen Blick über seine dunkle Schönheit schweifen zu lassen. Mir gefiel einfach alles an ihm. Sein dunkles Haar, das in Wellen auf seine Schultern fiel, seine schwarzen, fiebrig glänzenden Augen, seine Adlernase, seine ausgeprägten Züge, seine schönen Lippen, voll und fein gezeichnet …

»Ja, ich wäre hocherfreut, wenn du bereit wärest, dein unvergleichliches Antlitz dem Pinsel eines unserer begabtesten Künstler zur Verfügung zu stellen …, damit er es auf meine Standarte malen kann. Es wäre für mich eine große Ehre und … ein unendliches Glück, unter deinen Farben kämpfen zu dürfen …«

»An wen hast du für das Porträt gedacht?« erkundigte sich Piero.

»An Sandro Botticelli, wenn dir das recht ist.«

»Ich kann diese Wahl nur gutheißen«, stimmte er zu.

Mir stockte der Atem. Piero Vespucci sah nichts Unschickliches darin, daß die Frau seines Sohnes sich für dieses galante Spiel hergab, das mit Sicherheit nicht zu Marcos Ehre gereichen würde. Was für einen Vorteil würde seine Familie daraus ziehen?

Aber letztendlich war das unwichtig. Unter dem Vorwand eines Turniers und dem Deckmantel der Kunst, im Namen der versammelten Tugenden des Guten und des Schönen, auf ausdrücklichen Wunsch der Medici und mit dem zweifellos auf Vorteil bedachten Segen der Vespucci wurde ich offiziell – Giulianos Ehrendame!

Giuliano

Der zehnte Todestag Cosimo de' Medicis wurde am ersten August im Kreise der Familie in Careggi gefeiert. Er, der sich gewünscht hatte, als er sein Ende nahen fühlte, daß man ihm eine feierliche Totenfeier ersparte, hätte eine allzu zeremonielle Gedenkfeier nicht geschätzt.

Wir speisten im Garten unter einer bezaubernden, langen, schmalen Pergola, die auf Ziegelsäulen ruhte und von wildem Wein bedeckt war.

Die Nacht wurde von Fackeln erhellt, die überall in der Villa brannten, von riesigen Kerzen, die auf Nägeln vor der Fassade steckten, und Tausenden von Lichtern, die in den großen Bronzeleuchtern flackerten.

Wir begannen das Mahl mit einer saftigen Melone, begleitet von einem *berlingozzo*, jenem Kuchen aus Mehl, Eiern, Zucker und Rosinen. Vertraute Köstlichkeiten, die mich an die glühendheißen Sommer meiner Kindheit erinnerten.

»Warum machst du die Augen zu, Großvater?« hatte ich eben hier Cosimo ein paar Tage vor seinem Tod gefragt.

Er hatte ein verschmitzt funkelndes Auge geöffnet.

»Um sie an den ewigen Schlaf zu gewöhnen«, hatte er mir geantwortet.

Ich war damals erst elf und er schon sechsundsiebzig, als man sie ihm für immer schloß. Ich hatte mir die Erinnerung an sein gutmütiges Lachen und an jenen lebhaften Blick bewahrt, der sein außergewöhnliches Gespür und seinen unerschütterlichen Willen verriet.

Er hatte den Titel *pater patriae* wohl verdient. Indem er die Bank der Medici zum Mittler zwischen Morgenland und Abendland werden ließ, hatte er Florenz zu dem ersten Geschäftszentrum gemacht, dessen Einfluß von Rom bis Paris, von Pisa bis Lyon, von Mailand bis Brügge, von Venedig bis

Antwerpen, von Avignon bis Lübeck, von London bis Barcelona, von Valencia bis Krakau und somit weit über die Grenzen der Halbinsel hinaus reichte. Ihm war es zu verdanken, daß ganz Europa die Sprache des berühmten Goldflorin sprach. Aber sein größtes Verdienst in meinen Augen bestand darin, daß er unsere Stadt in ein paar Jahrzehnten nicht nur zur reichsten, sondern auch zur schönsten der Erde gemacht hatte.

Wie früher machten wir uns über Berge von *crostini* mit Myrte, Knoblauch, Geflügelleber und Kapern her. Eine wahre Sünde!

Mit vollem Mund sprach Lorenzo voller Verehrung und Zärtlichkeit von unserem bedeutenden Vorfahren.

»Obwohl ich, wie ich zugeben muß, weniger als er dem Handel und den Finanzen zugeneigt bin, habe ich versucht, in der Politik einige seiner großen Prinzipien zu den meinen zu machen. Alles den Freunden, sagte er immer wieder, nichts den Feinden, deren Fehler man abwarten können muß, um seinen eigenen Vorteil daraus zu ziehen. Eine vollkommen richtige Ansicht!«

Die Nudeln mit Kichererbsen, die wir so gern aßen, versetzten uns um ein paar Jahre zurück.

»Du hattest das Glück«, sagte ich zu meinem älteren Bruder, »daß du mit diesem großen Meister Schach spielen durftest. Du mußt viel von ihm gelernt haben.«

Lorenzo war immer sein designierter Erbe gewesen. In seinem Enkel hatte Cosimo die gleiche Intelligenz, die gleiche Ausgeglichenheit, den gleichen Ehrgeiz festgestellt, wie er selbst sie besaß. Und eine außergewöhnliche Persönlichkeit, auf die er all seine Hoffnungen gegründet hatte.

Ich wußte das und akzeptierte es wie etwas Selbstverständliches. In seiner brüderlichen Großzügigkeit hatte Lorenzo darauf bestanden, die Herrschaft mit mir zu teilen. Aber ich erkannte seine unbestreitbare Überlegenheit an und ließ ihm bei der Leitung der Regierungsgeschäfte völlig freie Hand, indem ich mich damit begnügte, ihm zur Seite zu stehen und ihn gegebenenfalls zu vertreten. Manchmal griff ich auch beschwichtigend ein, wie mein Vater es gewünscht hatte, wenn Lorenzo dazu neigte, seine Autorität übermäßig auszuspielen.

Lorenzo war ein demokratischer Autokrat. Er verwaltete Florenz mit großer Bestimmtheit und unendlicher Eleganz, ohne den geringsten Hauch von Überheblichkeit. Seine Weitsicht, Höflichkeit und Würde waren so natürlich, daß niemand auf den Gedanken gekommen wäre, ihm seine fast absolute Macht streitig zu machen.

Geschick, Umsicht, Kaltblütigkeit, Geistesgegenwart, Feinheit, Schärfe, Kühnheit ..., das alles konnte ich tatsächlich von ihm lernen.

Gesottener Pfau, Kapaune in Wacholdersauce und gefüllte Hühnerbrust bildeten weitere Nahrung für unsere Erinnerungen.

War Cosimo sein Vorbild, so war Lorenzo meines. Ich war stolz darauf, ihm in verschiedener Hinsicht ähnlich zu sein, obwohl mir seine Genialität fehlte, wie ich bescheiden erkannte. Und vielleicht auch das, was manche seinen Zynismus und seine Härte nannten und was in Wirklichkeit nur seine verwirrende Komplexität war.

Wir liebten uns sehr und hatten volles Vertrauen zueinander. Zu keiner Zeit befanden wir uns im Wettstreit miteinander. Und mein jugendliches Gelübde war gerade zum richtigen Zeitpunkt wieder aufgetaucht, um den einzigen Grund im Keim zu ersticken, der uns zu Gegnern hätte machen können: eine Rivalität in der Liebe.

Was dies betraf, so waren alle meine Befürchtungen an jenem Tag, an dem mein Bruder, dessen Scharfblick ich unterschätzt hatte, mir vorgeschlagen hatte, unter den Farben der schönen Simonetta am nächsten Turnier teilzunehmen, wie Schnee in der Frühlingssonne geschmolzen, und mein Gelübde war hinfällig geworden.

Ich besaß keinen besseren Freund als ihn.

Giuliano

Filippino Lippi war gerade damit beschäftigt, ein Gemälde in Watte einzupacken, als Angelo Poliziano und ich Botticellis *bottega* betraten.

»Der Meister kommt gleich wieder«, teilte der Schüler uns mit.

Bevor er das Bild in Wachstuch einschlug, konnte ich gerade noch ein Profil mit weichen, sicheren Konturen und von köstlicher Harmonie erkennen. Schwanenhals, rundes Kinn mit einem Grübchen als Gütezeichen, ein Mund wie korallenrote Blütenblätter, die Stirn glatt wie ein heiterer Himmel. Und, unvergleichlich, dieser Schleier nachdenklicher Melancholie, fiebriger Träumerei, zerbrechlicher Sinnlichkeit. Es war Simonetta, daran bestand nicht der geringste Zweifel.

Wer mochte der glückliche Auftraggeber sein?

Ein Anfall von Eifersucht packte mich. Wie sollte ich mich mit der Tatsache abfinden, daß ich keinerlei Vorrecht auf Simonettas unvergleichliche Schönheit hatte, daß sie ein öffentliches Gut geworden war, das all denen gehörte, die das Talent besaßen, sie in Farben und Versen zu fassen, oder ganz einfach das Glück, sie zu bewundern, und deren Schar jeden Tag zahlreicher wurde? Ich konnte nichts dafür. Die ganze Stadt war diesem lebenden Kunstwerk verfallen, da sie in ihm ihre eigene geheime, temperamentvolle Anmut wiedererkannte.

Filippino verschnürte das Paket und drückte das Siegel des Hauses darauf. Es war mir nicht entgangen, daß das Porträt eine sonderbare Signatur trug: *Amico di Sandro.* Wer war nur dieser geheimnisvolle Freund Sandros, der sie gemalt hatte? Einer von Botticellis Schülern? Ein Kollege aus einer anderen Werkstatt? Ein fremder Maler, der hierhergekommen war, um die Techniken der Florentiner zu lernen?

Sandros Atelier war das meistbeschäftigte der Stadt geworden, hatte sich beträchtlich vergrößert und zog eine wachsende Zahl von Lehrlingen und Gehilfen an. Angesichts des immensen Erfolges seiner Werke und der beeindruckenden Menge der Aufträge, die an ihn gerichtet wurden, sahen sich seine Mitarbeiter mit immer mehr Verantwortung betraut. Einige führten die Entwürfe des Meisters getreu aus, und die Begabtesten von ihnen vollendeten sogar einige seiner Gemälde.

»Nicht ich bin hier mehr der Künstler«, sagte Botticelli lachend, als er hereinkam, »sondern meine ganze *bottega*!«

Und wenn der Maler des geheimnisvollen Porträts nun Botticelli selbst war, der es in einem Anfall von verliebter Schüchternheit vermieden hatte, seine Gefühle offen zu zeigen?

Das war durchaus möglich. Hatte er nicht Lorenzo genau hier, an einem feuchtfröhlichen Abend, gestanden, die wahre Liebe sei ein Geheimnis, das man in seinem Inneren tragen müsse, und für die es keine Erklärung geben könne.

Als ich durch das Atelier ging, begegnete ich mindestens vier oder fünf Bildnissen von derselben Hand, deren Modell, immer im Profil, jedesmal die wunderschöne Simonetta war. Nur die kostbaren Frisuren unterschieden sich, im Aufbau der Windungen und Flechten, und ihr Schmuck, in der Fassung der Edelsteine oder Perlen. Als guter Goldschmied hatte Botticelli ihre glänzenden Wellen ziseliert, die Strähnen filigran verflochten oder Goldstaub über ihr lockiges Engelshaar gestreut.

»Die schöne Simonetta«, bestätigte Sandro in fast entschuldigendem Tonfall.

War es erstaunlich, daß auch er verrückt nach ihr war? Ich war es schließlich doch auch. Wie oft war dem Künstler während der langen Stunden des Posierens das Glück zuteil geworden, meine Göttin unter allen Blickwinkeln und jeder Beleuchtung seiner Wahl betrachten zu dürfen?

»Zum ersten Mal kam es einem Menschen in den Sinn, etwas zu malen,« bemerkte Poliziano, »weil er die Schönheit einer Frau verherrlichen wollte. Eine alte Legende besagt, daß der erste Maler der Menschheit ein junger Liebender gewesen sein soll, der mit Hilfe eines spitzen Steins den Schatten des Profils seiner Geliebten nachzog, den der Mond auf eine Felswand warf. Mit dieser von der Leidenschaft diktierten Geste soll die Geschichte der Kunst ihren Anfang genommen haben.«

»Ich würde es gerne genauso machen«, seufzte ich. »Unglücklicherweise habe ich nicht dein Talent, Sandro. Daher vertraue ich auf deine Sensibilität, denn du sollst ein Antlitz auf meine Standarte malen, das mir ... das uns sehr teuer ist.«

Ich mußte ihren Namen nicht nennen, denn Botticelli brauchte nur meinem Blick zu folgen, den ich nicht von den herrlichen Porträts der Göttlichen auf den Staffeleien der *bottega* lösen konnte.

Die Ankunft unseres Onkels Tommaso Solderini, eines der begeistertsten Fürsprecher Sandro Botticellis, unterbrach unsere Unterhaltung. Ohne Zweifel rief der Anblick der verschiedenen Porträts der jungen Vespucci bei dem alten Mann die gleichen Gedanken hervor wie bei mir.

»Wann wirst du dich endlich entschließen, eine Frau zu nehmen?« schalt er ihn aus. »Mit dreißig Jahren ist es Zeit, daran zu denken!«

»Neunundzwanzig«, kam Filippino seinem Meister zu Hilfe, dessen Verlegenheit mehr als sichtbar war. »Meister, erzähl ihnen doch, was du letzte Nacht geträumt hast ...«

»Das interessiert doch niemanden«, protestierte Sandro.

»Aber sicher, erzähl es uns!« bat ich ihn.

»Komm schon«, beharrten auch die anderen.

»Nun gut, mir träumte ..., daß ich geheiratet hätte. Das ist alles.«

»Bravo!« sagte ich. »Und dann?«

»Und dann war ich so entsetzt darüber, daß ich schweißgebadet erwachte. Um nicht mehr einzuschlafen und abermals in den Alptraum zu fallen, bin ich aufgestanden und die ganze

Nacht wie ein Verrückter durch die Straßen von Florenz gelaufen.«

Die ganze *bottega* brach in Gelächter aus. Und Tommaso ging kopfschüttelnd von dannen.

»Ich gebe es auf. Du bist kein guter Boden, um Weinstöcke zu pflanzen …«

Wir zogen uns in eine entlegene Ecke des Ateliers zurück, um die Abbildung auf der berühmten Standarte zu besprechen. Weder ihr Sinnbild noch dessen Bedeutung durften vor dem großen Tag enthüllt werden.

Nach einer langen Beratung zu dritt, bei der Poliziano und ich in groben Zügen unser Vorhaben darlegten, dessen tiefere Bedeutung in meinem ritterlichen Herzen begraben war und für die Öffentlichkeit ein Geheimnis bleiben mußte, während der Maler versuchte, das Ganze in Aufbau, Licht und malerischen Details sichtbar zu machen, die ihm allein vorbehalten waren, kamen wir schließlich in unseren Vorstellungen überein.

»Fassen wir zusammen«, schloß Botticelli. »Dort in der Mitte würde man Athene sehen, die Göttin der Antike, mit einem Helm auf ihrem goldenen Haar, einer Rüstung über ihrem jungfräulichen Kleid, in der einen Hand eine Lanze, in der anderen ein Schild mit dem Haupt der Medusa.«

»Das dazu bestimmt ist, die Angriffe Amors abzuwehren«, erklärte ich.

»Im Hintergrund der unglückliche Cupido, an einen Olivenbaum gebunden, sein Bogen und seine Pfeile zerbrochen. Die Göttin dagegen tritt einen Haufen brennender Zweige mit Füßen …«

»Das Emblem der Medici«, erläuterte Poliziano.

»… Und hebt die Augen zur Sonne empor …«

»Die Sonne des Ruhmes. Giulianos Ruhm, wie wir hoffen, am Tag des Turniers«, unterstrich unser Sekretär.

»Sehr wichtig«, fügte ich hinzu. »Auf einer am Stamm befestigten Pergamentrolle soll in gotischen Lettern ein Wahlspruch in französischer Sprache …«

»Der Sprache der höfischen Liebe«, unterbrach Poliziano.

»Ich weiß«, sagte Sandro. »1469 arbeitete ich bei Verrocchio, als dieser auf Lorenzos Banner *Le temps revient* schrieb. Wie soll dein Spruch lauten, Giuliano?«

»Das werde ich dir zu gegebener Zeit mitteilen.«

1475

Simonetta

Ginevra hatte mich eines Nachts mitgeschleppt. Mondbäder, versicherte sie, hatten für das Blondieren der Haare eine noch bessere Wirkung als die viel zu heißen und starken Sonnenbäder. Außerdem hatte der Mond gegenüber der Sonne einen unleugbaren Vorteil: Er bleichte den Teint anstatt ihn zu bräunen.

Nur maurische Sklavinnen, Tänzerinnen der Zigeuner und zur Feldarbeit gezwungene Bäuerinnen waren mit einem dunklen, äußerst unschön wirkenden Teint behaftet. Zwar bedeutete eine dunkle Haut nicht mehr, wie einst, auch eine dunkle Seele, die den Ungläubigen oder die Hexe brandmarkte. Aber sie war den Kuhbäuerinnen vorbehalten, wie Marcos kleine Schwester sie nannte. Und natürlich den Männern, die sich auf Spielfeldern, Jagdritten und Schlachtfeldern der Sonne aussetzen mußten. Wir, die Frauen, züchteten im Schatten unserer Paläste Lilien, Heckenrosen und Seerosen.

Der Winkel über den Dächern war unser geheimer Zufluchtsort geworden. Ein Ort, wo Ginevra, Svetlana und ich mitten in der Nacht einen privaten Salon hielten, fern von den Blicken der Männer und der anderen Frauen des Hauses. Selbst Giovanna wußte nichts von der Existenz unseres kleinen Winkels unter dem dunklen Himmel in dieser Blechwüste, glühend im Sommer, eisig im Winter. Wir verbrachten dort Stunden, mit offenem Haar, in Decken eingerollt, unbeweglich wie Silberstatuen, geweiht dem Kult des Ätherischen. Nur unser verschwörerisches Flüstern und unser unterdrücktes Lachen unterbrach für Augenblicke die samtige Stille der Florentiner Nächte.

Manchmal begab ich mich sogar allein dort hinauf, genoß den nächtlichen Schauder und sandte meine Träume zu der Mondsichel empor. Giuliano, immer Giuliano … Die Dunkelheit gab mir zurück, was der Tag zu verwischen drohte. Das schwarze Funkeln seiner Augen, der warme Klang seiner Stimme, die klaren Züge seines Profils, die entschiedene Wölbung seiner Stirn, die lockige Fülle seines zurückgeworfenen Haares. Und seine Worte, ausgesprochen unter diesem Dach, die im Rhythmus meines Herzschlags in meiner Brust klopften: Es wäre für mich eine große Ehre und ein unendliches Glück, unter deinen Farben kämpfen zu dürfen ...

Bis ins Unendliche hätte ich ihre Wirkung ausdehnen, mich wieder und wieder an ihrer quälend schönen Melodie ergötzen mögen. Leider wurde die Erregung, die ich verspürt hatte, mit jedem Zurückrufen schwächer. Je mehr ich mich bemühte, sie hervorzuholen, desto mehr verblaßte sie. Der Wunsch, jenen ursprünglichen Zustand wiederzufinden, begann zur Qual zu werden. Da konzentrierte ich mich voll und ganz auf unsere bevorstehende Begegnung. Ein fieberhaftes Warten trat an die Stelle der entfliehenden Erinnerung.

Der Tag des Turniers rückte heran. Sein Näherkommen löste in mir einen Sturm aus, der um ein Vielfaches heftiger war als der, den ich vor sechs Jahren bei meiner Hochzeit verspürt hatte. Denn unter dem höfischen oder mythologischen Gewand handelte es sich ja fast um eine Vermählung. Der Gedanke, unter den Augen von Tausenden von Florentinern als Giulianos Ehrendame auf die Tribüne auf der Piazza Santa Croce zu steigen und den Mann meiner geheimsten Gedanken hinter einer in aller Öffentlichkeit zur Schau getragenen Standarte mit meinem Abbild kämpfen zu sehen, erfüllte mich gleichzeitig mit Glück und Entsetzen.

Bevor ich Giuliano begegnet war, schwankte mein Alltag zwischen zwei ziemlich nah beieinander liegenden, leicht beherrschbaren Polen, dem Entzücken und der Enttäuschung. Seither hatte diese Pendelbewegung die extremsten, unkontrollierbarsten Zonen erreicht, bis hin zur Extase und zur Qual. Mit einem Schlag wurde ich bald ins Paradies, bald in die Hölle geschleudert. Gestern noch verdammt, in der Tiefe des

Abgrunds, eine Beute der Flammen, heute gerettet, bei den Engeln, auf einer Wolke über dem Olymp schwebend.

Der Ruf der mit dem Schließen der Stadttore beauftragten Wache riß mich aus meinen Träumen. Ich hörte die abgehackten Schritte des Nachtwächters. Ich begann ihren Takt zu messen. Dann sie zu zählen, indem ich jedem einen Stern zugesellte. Um ihnen schließlich, Gott weiß warum, weibliche Vornamen zu geben, die nur hier geläufig waren. Donnetta ... Piubella ... Belcolore ... Selvaggia ... Vezzosa ... Verdespina ... Fioretta ... Fiamma ... Gocciola ... Perlina ... »Einen dieser Namen werde ich eines Tages unserer Tochter geben«, phantasierte ich. Die Stunden verflossen in der Finsternis mit dem Glockengeläut der Kirche Ognissanti.

Da erschien Ginevra, den Kopf mit einer neuen Mixtur aus Venedig eingeschmiert, einem berühmten Mittel, das versprach, goldbraune Reflexe auf das Haar zu zaubern. Svetlana folgte ihr auf dem Fuße.

»Paß auf, meine Schöne«, warnte sie, »mit dem venezianischen Mittel werden dir alle Haare ausgehen.«

Meine Schwägerin, die bald achtzehn wurde und von Geburt an mit allen Kunstfertigkeiten der Florentiner Hexen vertraut war, ließ sich nicht beirren.

»Lieber kahl als dunkel wie eine Sarazenin!« flötete sie.

»... Oder«, fügte sie mit einer heimtückischen Spitze hinzu, »rothaarig wie eine Zirkassierin!«

»Die Farbe des Teufels paßt ausgezeichnet zu mir«, gab diese zurück. »Also werden wir bald unter ein und demselben Dach eine Fahle und eine Kahle unser eigen nennen!«

Diesmal hätte unser Gelächter um ein Haar das ganze Haus geweckt. Es wurde jedoch alsbald von dem gewöhnlichen Lachen einer Dirne übertönt, die in den Straßen am Lungarno herumlungerte.

»Das ist Zecchetta, die ihren letzten Kunden mitnimmt«, meinte Svetlana.

Ginevra, deren Strähnen zusehends heller wurden, überließ Svetlana und mich den kalten Strahlen Selenes.

»Hast du gemerkt«, fragte die junge Sklavin, »wie sie dich in allen Punkten nachzuahmen versucht? Oh, nicht bei den Schönheitsmitteln und Kleidern. Auf diesem Gebiet kennt sich niemand besser aus als sie. Sie weiß mehr darüber als alle Mädchen am Arno zusammen. Sie strebt nur ständig danach, dir in dem ähnlich zu werden, was du an Unnachahmlichem besitzt. Letztens habe ich sie dabei überrascht, wie sie vor ihrem kleinen Spiegel an deiner nachdenklichen Miene, deiner träumerischen Anmut arbeitete. Es hat sie seit dem letzten Besuch der Medici überkommen. Ich kenne meine kleine Ginevra gut. Und ich habe sie stark im Verdacht, daß sie es sich in den Kopf gesetzt hat, Giuliano zu heiraten, obwohl die Rede davon ist, sie mit Bernardo Bertolini zu verloben.«

Noch ehe ich reagieren konnte, verabreichte Svetlana mir eine zweite Information:

»Das wird sie nie fertigbringen, das kleine Luder. Was dies betrifft, läßt Lorenzo nicht mit sich reden. Keine Heirat für seinen Bruder, den er für die höchsten kirchlichen Würden bestimmt hat. Seine Kandidatur soll nächstes Jahr geprüft werden. Morgen Kardinal und, wer weiß, vielleicht eines Tages Papst. Die Medici scheinen großen Wert darauf zu legen.«

Plötzlich kam Wind auf, brachte all meine Gedanken durcheinander, und ein Aschewirbel nahm mir den Atem. Ich hustete, erstickte fast, verkrampfte mich, rang nach Luft, hätte beinahe den Geist aufgegeben …

Eine Vorahnung? Heute ersticke ich tatsächlich. Während die Luft meine Lungen verbrennt und ich mein Leben aushauche …

Als ich wieder atmen konnte, löste Svetlana ihre Finger von meinen feuchten Handgelenken und wischte meine eisige Stirn ab.

»Es ist nichts«, versicherte ich ihr, »nur ein paar Staubkörnchen …«

»Wenn Giuliano Bischof wird«, Svetlana lachte«, werden alle Florentinerinnen den Schleier nehmen!«

»Wir gehen besser wieder zurück.«

Der Lärm einer Gruppe Trunkenbolde hallte durch den Palast. Ich spitzte die Ohren. Marco mußte unter ihnen sein.

Giuliano

Sie hatte eingewilligt, öffentlich das Zeugnis meiner höchsten und edelsten Leidenschaft zu empfangen. Dem Ausdruck meiner Liebe durch das Streben nach dem Ruhm unter ihren Farben beizuwohnen. An die Reinheit meiner Gefühle zu glauben, für die zwei Philosophen, Platon und Ficino, die Gewähr übernahmen, indem sie das Schöne auf die Ebene des Guten stellten und aufgrund dieser Tatsache meine Bewunderung für ihre körperliche Schönheit zu einem Lobgesang auf die göttliche Güte erhöhten. All das, davon war ich überzeugt, war in ihrer stummen Zustimmung enthalten.

Ich frohlockte. Mit einem einfachen Wimpernschlag hatte sie der Dämmerung das Zeichen gegeben, anzubrechen, und dem Frühling, zu erwachen. Ein neues Leben, nahe der mythischen Zeit der Anfänge, war hier zum Greifen nahe. Ich würde zu dem Festmahl der Engel gehen.

Um mich darauf vorzubereiten, mich geistig zurückzuziehen, hatte ich mich nach Fiesole begeben, fern von Florenz und den Florentinerinnen. Ein verliebter Mann muß wohl einen besonders glühenden Blick haben. Und meiner, in dem eine Begierde jenseits des Zulässigen brannte, spielte mir unerwartete Streiche. Wenn er auf einem perlmuttfarbenem Antlitz ruhte, der Wölbung eines Halses, dem Schatten einer Brust, dann nur, ich schwöre es, um dort einen Abglanz, einen Bruchteil der Anmut meiner Angebeteten wiederzufinden.

Nur konnten die schönen Damen, so leicht und biegsam wie Schilf im Wind, nicht ahnen, daß es Simonettas Züge waren, die ich in ihren Zügen suchte. Und deshalb gaben sie mir meinen flüchtigen Blick hundertfach zurück. Von einer einzigen fasziniert, betörte ich gegen meinen Willen alle.

Es war noch gar nicht so lange her, da hätte ich den verführerischen Winken dieser herrlichen, eleganten und lebhaften jungen Frauen, die auf dem Weg zwischen zwei Kirchen, zwei Palästen erblühten, nachgegeben. In unserer strahlenden Stadt flochten sich Liebesbande unter freiem Himmel. Die Mädchen begegneten der lüsternen Kühnheit der Jungen mit einem herausfordernden Lächeln. Und in den schattigen Gärten, an den Ufern des Arno, auf den duftenden Wiesen, feierte das wiedergefundene Leben seine Feste.

Es war noch gar nicht so lange her, da hätte ich demjenigen ins Gesicht gelacht, der mir den Rausch einer platonischen Liebe gepriesen hätte. Für mich hatte lieben immer besitzen bedeutet. Nicht nur das Herz einer Frau, sondern ihren ganzen Körper.

Meine Freunde verstanden mich nicht mehr. Meine Freundinnen noch weniger. Und so kam es, daß ich nicht die richtigen Worte fand, als Antonia, die üppige Fiesolanerin meiner Jugend, mich wieder einmal an meinem Zufluchtsort auf dem Hügel bedrängte. Die Grausamkeit glücklicher Menschen kann manchmal äußerst verletzend sein.

»Wir sind erwachsen geworden, Antonella«, sagte ich zu ihr. »Sieh mal, als ich noch jünger war, da liebte ich die Frauen, die meinen Durst stillten. Heute ziehe ich die vor, die mich trunken machen.«

Simonetta

Es war am Abend vor dem großen Tag. Nicht zufällig war die Wahl der Brüder Medici auf den achtundzwanzigsten Januar, meinen Geburtstag, gefallen. Das Feingefühl ihres Denkens hatte mich berührt.

In Begleitung Giovannas begab ich mich nach Santa Maria Novella. Für den glücklichen Ausgang des Turniers im allgemeinen und für den Sieg der Freunde der Vespucci im besonderen zu beten war eine Tat, deren Ehrenhaftigkeit von meiner prüden Gouvernante nicht in Zweifel gezogen werden konnte.

Nach dem ersten Erstaunen hatte mich Svetlanas Klatsch nicht über die Maßen beunruhigt. Weder die Hirngespinste eines jungen Tollkopfs noch die Gedankengänge eines ehrgeizigen Bruders konnten Giulianos Gefühle besiegen, die sich ihr am hellichten Tag enthüllt hatten. Nein, er würde niemals Ginevras Gemahl werden. Und schon gar nicht Kardinal oder Papst, wie Lorenzo es wollte.

Ich überließ meine fromme Anstandsdame ihrem Rosenkranz und machte ein paar Schritte unter den spitzbogigen Gewölben dieser herrlichen Dominikanerkirche, die so weit, so emporstrebend, so harmonisch war. Als ich an der Kapelle vorüberging, die zum Dreikönigsfest von Gaspare del Lama, einem bedeutenden, den Vespucci nahestehenden Makler, gestiftet worden war, hielt ich vor einem Bild über dem Altar inne, das die Anbetung der Könige darstellte: *L'Adorazione dei Magi*, signiert von Sandro Botticelli. Als ich es betrachtete, hatte ich das Gefühl, die Gärten des Palastes in der Via Larga zu betreten. Alle dargestellten Personen, oder fast alle, erkannte ich wieder. Es handelte sich um die vollzählige Sippschaft der Medici – die Lebenden wie die Toten – und ihrer Umgebung. Ich machte mir einen Spaß daraus, jedem Gesicht einen Namen zu geben.

Der König, der vor der Heiligen Jungfrau kniete und nach dem Fuß des Jesuskindes griff, um ihn zu küssen, trug die Züge von Giulianos Großvater, Cosimo de' Medici, des berühmten *pater patriae*, dem meistverehrten Mann der Stadt. Der zweite König, rechts von ihm, war in einen purpurroten Mantel gehüllt und stellte seinen Vater, Piero den Gichtigen, dar, den ich kurz vor seinem Tod bei Lorenzos Hochzeit kennengelernt hatte. Er drehte sich zu dem dritten Weisen in einer grünen Tunika um, seinem Onkel Giovanni, der ebenfalls verstorben war.

Plötzlich kam es mir vor, als würde ich verfolgt. Ich wandte den Kopf um. Eine junge Frau stand in einer Ecke der Lama-Kapelle. Sie schien zu beten.

Ich kehrte zu dem Bild zurück. Links, in vorderster Reihe, jedoch etwas abseits, stand ganz offensichtlich Lorenzo als ein junger Prinz, mit einer Goldkette, auf sein Schwert gestützt. Zwei Figuren sahen mich an: zweifellos der Auftraggeber, der mit dem Finger auf sich deutete, und am äußersten rechten Bildrand, von einem goldbraunen Mantel bedeckt, Sandro selbst, mit seinem rätselhaften Blick unter dem blonden Haar.

Noch immer stand jemand in dieser fast leeren Kirche hinter mir. Ich vermied es, mich umzudrehen.

Ich ließ meinen Blick weiter über das Bild schweifen. Und endlich entdeckte ich ihn. Er stand im Hintergrund, und sein schönes, nachdenkliches Profil ließ mein Herz einen Freudensprung machen. Ich konnte nicht anders, ich mußte ihm zulächeln. Und ihn der Heiligen Jungfrau empfehlen, die ganz nahe war. Gib, Madonnina, gib, daß Giuliano mit dem Leben davonkommt. Der abwegige Gedanke eines tödlichen Lanzenstiches während des Turniers war mir durch den Kopf gegangen. Ich verscheuchte ihn sogleich mit aller Kraft. Beschütze ihn, ich bitte dich, beschütze ihn …

Ich kniete mich auf einer der Marmorstufen nieder.

Die Unbekannte stand in den Schatten geschmiegt und beobachtete mich immer noch. Diesmal musterte ich sie. Ohne Zweifel war sie eine Bäuerin, nach ihrer wie ein knackiger Apfel glänzenden Gesichtsfarbe, ihrem gestreiften Leinenkleid, das teilweise über einem hanfleinenen Unterkleid gerafft und in den Gürtel gesteckt war, ihren besohlten Strümpfen und ihrem unter dem Kinn geknoteten Tuch zu schließen. Sie trat zwei Schritte vor, zögerte, kniete dann neben mir nieder. Lange starrte sie auf das Bild.

Als ich mich erhob, hielt sie mich am Ärmel fest.

»Oh, schöne Dame, geh nicht weg. Ich muß dich etwas fragen …«

Sie zögerte, faßte dann Mut.

»Laß ihn mir, ich beschwöre dich, laß ihn mir …«

Verblüfft blieb ich stehen.

»Wovon redest du?«

Sie hatte rosige, pralle Rundungen, weizenblondes, dichtes Haar, das unter dem Tuch hervorlugte, und flehende haselnußbraune Augen.

»Aber wer bist du?«

»Oh, mein Name wird dir nichts sagen, schöne Dame. Ich heiße Antonia. Antonia Gorini. Ich habe dich einmal von weitem gesehen, in Fiesole, in den Gärten der Villa Medici. Für dich war es ein Fest. Ich verstehe Giuliano, leider … Aus der Nähe bist du noch schöner!«

»Und was willst du von mir, nun sag endlich?«

Ihr feuchter Blick wurde hart. Und ihre klagende Stimme brach.

»Du, du hast alles. Du bist schön, reich, wohlgeboren, berühmt, glücklich, du hast einen Namen, einen Gemahl, die ganze Stadt liegt dir zu Füßen … Wozu brauchst du noch sein Herz? Ein Vergnügen, wie so viele andere auch. Ein Zeitvertreib mehr. Ich flehe dich an, schöne Dame, laß mir Giuliano!«

Sie legte beide Hände um ihren Bauch unter den vielen Röcken.

»Ich, ich habe nur ihn …, seine Liebe … und die Frucht, die ich trage.«

Simonetta

Ein schönes Geschenk zu meinem zweiundzwanzigsten Geburtstag! Durch ein paar Worte einer Unbekannten wurde das so sehr herbeigesehnte Turnier der Liebe in ein mörderisches Kampfspiel verwandelt.

Der Augenblick der Vorbereitungen, den ich mir so lange im voraus ausgemalt hatte, ähnelte in nichts der lebhaften Vorstellung, die ich mir davon gemacht hatte. Nur mittels zweier mächtiger Ohrfeigen gelang es meiner wackeren Giovanna – die in äußerster Not und zum ersten Mal in ihrem Leben zu diesem Schockmittel greifen mußte –, mich aus meinem Bett herauszuholen, wo ich seit dem Abend zuvor wie betäubt lag.

Kein Wort, keine Klage, keine Träne, nicht einmal ein Lächeln drangen aus meinem von unerträglichem Kummer schwangeren Körper. Die Nachricht der so wenig platonischen Liebschaft meines platonischen Liebhabers zu diesem Bauernmädchen hatte mich am Boden zerstört.

Zum ersten Mal erfuhr ich, was die Qualen der Eifersucht bedeuteten. Eine Woge aus der Tiefe der Zeiten und dem Grund meiner Eingeweide, die ich weder verdrängen noch beherrschen konnte, überflutete mich ganz und gar, zerschmetterte mich an dem Felsen der Verzweiflung. Ich dämmerte in einem Schmerz von primitiver, barbarischer Gewalt, der mich verschlang, mich zerfleischte, dahin.

Schließlich erhob ich mich wie eine Schlafwandlerin. Wunderbare Svetlana! Mit ihrer natürlichen Heiterkeit und taktvollen Fürsorge ließ sie mir ihre ganze Zärtlichkeit angedeihen, um mir zu helfen, das Unüberwindbare zu überwinden. Sie wählte für mich ein Kleid in einem tiefen Rosenholzton, nahe dem Karmesinrot, der, wie sie mir versicherte, das umschattete Grün meiner Augen ergänzte. Kunstvoll drapierter Samt mit sehr weiten, sehr langen hermelingefütterten Ärmeln, über die ganze Länge geschlitzt, deren Enden am Körper herunterhingen und unter denen die Ärmel eines leichteren, mit Perlen übersäten Kleides hervorschauten. Es waren die gleichen, die mein Haar hielten und mit denen meine Tasche und meine parfümierten Handschuhe sowie meine hochhackigen Schuhe bestickt waren.

Ich hätte auf den hohen Absätzen und mit meinem benebelten Kopf niemals unter dem tosenden Beifall die Stufen zur Ehrentribüne emporschreiten können, wenn ich nicht den starken Arm Piero Vespuccis gehabt hätte, der mich stützte. Wie ein Opferlamm, dem man bereits zur Hälfte die Kehle durchgeschnitten hat und binnen kurzem auf dem Sühnealtar den Garaus machen würde, nahm ich auf dem Thron in der Mitte Platz, auf dem sechs Jahre zuvor die erhabene Lucrezia Donati gesessen hatte und auf den sich die Aufmerksamkeit einer ganzen Stadt richtete.

Die Sonne weigerte sich, an diesem Januarmorgen zu erscheinen, aber die Piazza Santa Croce schien mich zu blenden. Aus den Fenstern gehängte Teppiche, im Wind flatternde Fahnen, bunte Gewänder der Zuschauer. Eine Farbe gesellte sich zu der anderen und tat meinen Augen weh.

Zum Klang der Trompeten, die mir dieses Mal schier das Trommelfell zerrissen, ritten die dreizehn Wettkämpfer, die hinter ihren Standarten in Begleitung ihres Gefolges durch die Straßen von Florenz gezogen waren, nacheinander auf den Platz.

»Gianfrancesco und Gasparro Sanseverino ... Rodolfo Gonzaga ... Luigi della Stufa ...«

Mein Schwiegervater nannte mir die Teilnehmer in der Reihenfolge ihres Eintreffens. Namen gingen durch meinen Kopf, ohne auch nur die geringste Spur zu hinterlassen.

»Paolantonio Solderini ... Benedetto de' Neri ... Piero degli Alberti ... Jacopo Pitti ... Giachinito Boscoli ... Giovanni Morelli ... Piero Guicciradini ... Luigi Mancini ...«

Das Familienoberhaupt der Vespucci beugte sich zu mir.

»Giuliano de' Medici beschließt den Zug.«

Zwei Waffenmeister zu Fuß eröffneten den Weg für neun berittene Trompeter, die zweifarbige Beinkleider, nach französischer Mode mit Pailletten bestickte Umhänge und fransenbesetzte Oriflammen aus Taft mit dem Wappen der Medici trugen.

Ich glaubte an eine Halluzination. Hinter zwölf Pagen in purpurrotem Samt auf weißen Turnierpferden sah ich mich selber. Ja, mich, auf einem Banner von einem mal zwei Metern, von einem stolzen Ritter mit Rüstung an einer langen Stange getragen. Mein Bild, durch die Pinsel Sandro Botticellis idealisiert, als behelmte Göttin Athene, die die zerbrochenen Pfeile eines fast kahlflügeligen Cupidos mit Füßen trat, der an einen Olivenbaum gebunden war. Ich, die ich an diesem Tag am liebsten unter der Erde gelegen hätte, war nun den Blicken tausender begeisterter Zuschauer ausgesetzt. Eine Inschrift in französischer Sprache in gotischen Lettern bezeichnete mich als *La sans par,* die Einmalige.

Was Naivität und Gutgläubigkeit betraf, so war ich wirklich ohnegleichen in Florenz. Zur Göttin erhoben von einem Mann, der gerade eine andere geschwängert hatte. Kurz und gut, niemand kam mir gleich in meiner kindlichen Einfalt.

»Das Symbol ist klar«, kommentierte Piero. »Es bedeutet die Metamorphose des Helden, der, ferngehalten von der Leichtigkeit der Liebe durch die geharnischte Göttin der Keuschheit, zu einem ruhmreichen Schicksal berufen ist ... Giuliano de' Medici, der heute sein einundzwanzigstes Lebensjahr vollendet, tritt offiziell in die Politik ein.«

Die Wintersonne durchdrang die Wolken, und ein Beifallssturm, ähnlich dem, der sechs Jahre zuvor Lorenzo begrüßt hatte, stieg von den Rängen empor, die um die riesige Esplanade herum aufgebaut worden waren. Hinter dem Banner mit meinem Abbild ritt der bewußte Held auf einem Apfelschimmel mit einem Harnisch aus violettem Samt.

»Das ist Orso«, hörte ich, »ein Geschenk des Herzogs von Urbino. Die Turnierpferde kommen aus ganz Italien: Neapel, Mantua, Mailand, Arezzo, Rimini ...«

Giulianos Wams, das mit Gold und Silber bestickt und mit Edelsteinen besetzt war, funkelte derart in der Sonne, daß es mich blendete.

»Man sagt, es hat achttausend Florin gekostet«, lautete ein weiterer Kommentar.

Seine perlenbesetzten Ärmel trugen die gleiche Devise wie seine Standarte: *La sans par.* Dieses einzigartige Wesen, diese Göttin, diese ideale Dame tauchte überall auf. Und ich, die echte Simonetta, die junge Frau mit dem schweren Herzen, vermeinte in Wirklichkeit nirgends einen Platz im Leben dieses Mannes zu haben, der an der Seite seines Bruders Lorenzo und gefolgt von einer riesigen Schar Reiter, Verwandten, Freunden, Notabeln und Dienern, heranritt.

Giuliano

Lorenzo, dessen Turnier 1469 ein persönlicher Erfolg gewesen war, wollte, daß seine Wiederholung im Jahre 1475, zu meinen Ehren organisiert, ebenfalls ein Triumph wurde. In Anlehnung an das vorhergehende sollte auch mit diesem ein diplomatischer Erfolg gefeiert werden, und zwar der Abschluß des Verteidigungspaktes zwischen Florenz, Mailand und Venedig gegen die Türken. Aber dieses grandiose Fest bot vor allem die Gelegenheit, unseren Mitbürgern mit den Dimensionen dieses prachtvollen Platzes einmal mehr einen Spiegel vorzuhalten, in dem sie ihre schöne Gesundheit, ihre stolze Tapferkeit, ihr Florentinertum wiedererkennen konnten.

Was mich betraf, der ich mich selbstverständlich ebenso über unseren Friedensvertrag freute wie über unsere Vorrangstellung über das übrige Italien, so wollte ich durch dieses Turnier, das die Besten in Gegenwart der schönsten Blume, die die Erde je gesehen hatte, auszeichnen würde, vor allem den Sieg der Schönheit krönen.

Sobald ich sie erblickte, sehr blaß in ihrem karmesinroten Kleid, wußte ich, daß meine Kräfte durch ihren Anblick verzehnfacht würden. Während des ganzen Kampfes, der reich war an dramatischen Episoden und in dem meine Freunde Luigi della Stufa, Piero degli Alberti und Piero Guicciardini verletzt die Arena verlassen mußten, spürte ich sie in mir. Sie unterstützte mich, ermunterte mich, verlieh mir Schwung und Kühnheit, während wir die Lanzen auf Santa Croce brachen.

Unsere Liebe war wirklich einzigartig. Eine Leidenschaft, die mich aus heiterem Himmel gepackt hatte und die dadurch nur um so gewaltiger wurde. Unter dem Geklirr der Waffen dachte ich nur an meine süße Kapitulation vor Simonetta, deren Erscheinung allein mich schon entwaffnet hatte. Lange Zeit hatte ich sie bereits glühend verehrt, noch bevor sie geruht hatte, ihren verträumten Blick auf meiner Person ruhen zu lassen. Und ich hatte sie mit all meinen Kräften geliebt, während sie noch nichts von meiner Existenz wußte. Als sie mich endlich entdeckt hatte und mir ein gewisses Interesse entgegenzubringen schien, hatte ich unablässig auf das geringste Zeichen gelauert, das auf irgendeine Zuneigung hindeuten könnte und von dem ich mich entweder nährte oder nach dem ich hungerte, erfüllt von einem Lächeln oder besorgt durch ein Schweigen, himmelhoch jauchzend und zu Tode betrübt, ohne jemals ein Geständnis zu wagen.

Ich erkannte mich nicht wieder. Schüchternheit, Verlegenheit, panische Angst vor meiner allzu heftigen Neigung. Ich hatte tausend Ausreden ersonnen, um sie zu fliehen: zu schön, zu verheiratet, zu vergöttert, zu unerreichbar. Ich hatte zwischen sie und mich herrliche Geschöpfe, aufregende Reisen, ein Gelübde aus meiner Jugendzeit, die Unrechtmäßigkeit dieser Liebe, das Kardinalspurpur und was weiß ich noch alles gelegt ... Um mir letztendlich einzugestehen, daß ich unheilbar verliebt war. Und daß die Grausame vielleicht gar nicht so unempfänglich für meine glühenden Seufzer war. An dem gesegneten Tag, an dem sie eingewilligt hatte, vor aller Augen meine Ehrendame zu sein, hatte der Himmel sich bis ins Unendliche geweitet, und die Schöpfung hatte sich mit noch nie dagewesenen Düften, Farben und Tönen geschmückt.

Der Kampf war vorbei, ohne daß ich es überhaupt bemerkt hatte. Die Richter erklärten mich zum Sieger, gleichauf mit Jacopo Pitti. Und da erfuhr ich, was Glück bedeutet.

Die ganze Versammlung, die sich auf der Piazza Santa Croce drängte, erhob sich wie ein Mann. Und von den Holzrängen, den Stufen der Franziskanerkirche und den buntgeschmückten Balkonen stieg unermeßliches Jubelgeschrei empor.

Mit zitternden Händen setzte die wundervolle Königin des Turniers, die Dame meines Herzens, meine schöne Simonetta, den Helm mit der silbernen Zier auf mein Haupt, den Andrea del Verrocchio für diesen Anlaß ziseliert hatte.

Ich schloß die Augen, um dieses Übermaß an Erregung

zurückzuhalten, und öffnete sie sozusagen erst wieder auf dem Bankett und dem Ball, die danach bei uns in der Via Larga stattfanden. Ich kniff sie sogar zusammen in der Hoffnung, wenigstens ein Goldhaar Simonettas zu erspähen, nur eine Spur ihres Irisparfüms zu erhaschen. Immer fieberhafter lief ich durch die Säle, die Gärten, die Gänge des Palastes. Ich begab mich in die Häuser der verschiedenen Turnierteilnehmer, wo ebenso wie bei uns das Fest in vollem Gange war. Aber von meiner holden Dame sah ich nicht einmal einen Schatten. Sie hatte die Lustbarkeiten, die ihr zu Ehren gegeben wurden, verlassen.

»Sie schien mir sehr blaß«, wollte Poliziano mich trösten. »Die Aufregung des Turniers hat sie wohl mitgenommen. Was mich betrifft, so werde ich euch, euch beiden, die ich als das vollkommenste Kunstwerk betrachte, das Florenz je hervorgebracht hat, das gelungenste Ergebnis unserer leidenschaftlichen Suche nach der Schönheit widmen, die Stanzen, die ich *Das Turnier Giulianos de' Medici* nennen werde.

Giuliano

Das Musikzimmer war in der letzten Zeit mein bevorzugter Zufluchtsort geworden.

Meine Leidenschaft für die dritte Muse war gewiß nicht erst gestern entstanden. Unter der Anleitung Antonio Squarcialupis, des berühmten Organisten des Doms, hatte ich seit meiner Kindheit alle Instrumente ausprobiert. Laute, Flöte, Horn, Tuba, Jagdhorn, Maultrommel, Dudelsack waren mir ebenso vertraut wie Viola, Leier, Sambuca, Harfe, Gitarre, Doulcimer. Aber das Clavicembalo, das Lorenzo mir zu meinem zwanzigsten Geburtstag geschenkt hatte, konnte den qualvollen Tiefen meiner Gefühle am besten Ausdruck verleihen.

Während meine Finger zu den meiner Angebeteten gewidmeten Balladen die Tasten liebkosten, die mir seit dem Turnier so fern war, ersuchte Clarissa darum, mich zu sprechen.

Sie war gerade aus Cafaggiolo gekommen, wo sie sich fern von den Festen und dem Prunk von Florenz mit den Kindern in die Einsamkeit zurückgezogen hatte. Auf unserem Landgut führte sie ein ruhiges Leben, ganz ihren religiösen Gepflogenheiten und mütterlichen Aufgaben gewidmet. Mit Lucrezia, Piero, Maddalena und schließlich Giovanni hatten ihre wiederholten Schwangerschaften ihre bereits zarte Gesundheit angegriffen, und diese Stadt, die ihr ebenso fremd blieb wie ihr Gemahl, hatte ihren mürrischen Charakter noch verschlimmert.

»Ich komme mir vor wie ein Rufer in der Wüste«, seufzte sie. »Lorenzo gibt überhaupt nichts auf meine Meinung. Vielleicht wird er mehr auf dich hören. Obwohl ich anderer Ansicht bin, hat er beschlossen, Angelo Poliziano zu bitten, Pieros Erziehung in die Hand zu nehmen, der, wie du weißt, gerade seinen dritten Geburtstag gefeiert hat.«

»Er konnte wirklich keinen besseren Lehrer wählen!«

»Worin soll er denn meinen Sohn unterrichten? Gewiß nicht

in der Religion, in der die Orsini erzogen wurden, sondern all diesen heidnischen Philosophien, die hier an der Tagesordnung sind. Ich werde niemals gestatten, daß dieser Ungläubige in unsere Familie eindringt. Dieser Mann wird ihn verderben!«

So sanft sie aussah, so rauh war sie anzufassen, meine römische Schwägerin! Lorenzo mußte im Umgang mit ihr wohl Handschuhe anlegen, um sich nicht zu zerkratzen. Wenn er sich ihr näherte, dachte er bestimmt nur an die Kinder, die er über alles liebte. Und an die Politik, die ihm diktierte, diese Ehe aufrechtzuerhalten, die blaues Blut in die Familie gebracht hatte. Also ertrug er ihre mürrischen Launen mit einer wegen der Vernachlässigung seiner ehelichen Pflichten etwas schuldbewußten Geduld. Würde er ihr deswegen nachgeben?

Die verstockte Ignoranz dieser Frau schmetterte mich nieder. Ich versuchte, sie zur Vernunft zu bringen.

»Du kennst Poliziano schlecht. Er ist ein wunderbarer Dichter und großer Gelehrter, der als erster den ganzen Plinius, Horaz und Vergil in unsere schöne Sprache übersetzt hat. Weißt du, daß dieser junge Mann die griechische und lateinische Redekunst an der Universität lehrt und daß sogar seine früheren Lehrer zu ihm ins Studio kommen? Es ist ein unermeßliches Glück für den kleinen Piero, von einem derartigen Genie ein Stück Wegs begleitet zu werden.«

»Ein schlechtes Genie, ja, mit seinem Platon und seinem Aristoteles! Lorenzo mag ihn als seinen Privatsekretär behalten, wenn er ihm so gut gefällt, aber er soll ihn mir nicht als Lehrer aufzwingen! Diesmal bin ich fest entschlossen, ihn nicht gewähren zu lassen. Das soll er sich gesagt sein lassen«, schloß sie schneidend und schlug die Tür hinter sich zu.

Ich wandte mich wieder meinen Balladen zu, die von diesen Klagen unterbrochen worden waren. Meine musikalische Übung ging über eine einfache, dem Ohr gefällige Betätigung hinaus: Das Studium der gespannten Saiten und der Vibration der Luft in den Röhren fesselte mich; die akustischen Prinzipien, die ihre Wurzeln in der Mathematik fanden, enthüllten mir die tiefe Ordnung des Universums. Nicht erstaunlich, daß manch einer der Meinung war, Musikinstrumente besäßen Zauberkräfte.

Ich sang die leichten, von brennender Liebe entflammten, schelmischen und melancholischen Verse, die Lorenzo, Pulci und unser teurer Poliziano geschrieben hatten.

Schließlich ließ ich unseren Sekretär rufen.

Er sagte, er sei von meinen Liedern entzückt.

»Das Faszinierende an der Musik ist, daß sich alle Künstler in ihren Werken davon inspirieren lassen, ob Redner, Dichter, Maler, Bildhauer oder Architekten. Ich bin nicht als einziger der Auffassung, daß sie eine ideale Einheit aller Geistesbetätigungen in sich birgt. Sie ist die höhere Harmonie, die alle Künste ordnet. Ficino selbst ...«

Als ich ihm zuhörte, begriff ich, was den geistreichsten und gebildetsten Mann unseres Jahrhunderts und die fast ungebildete Frau des belesensten aller Fürsten zu Rivalen machte: Beide liebten Lorenzo und waren eifersüchtig auf die Gunstbeweise, die jeder von beiden erhielt. Und auf den Platz, den jeder in seinem Palast, seinem Geist und seinem Herzen zugewiesen bekam.

Clarissa war überzeugt, daß er es war, dieser verdorbene Mensch, der ihren Gemahl von seinen ehelichen Pflichten abhielt, indem er ihn zu Genuß und Laster trieb. Er, der Komplize der Feste im Schoße der *brigata*, der das Vorrecht innehatte, der Vertraute, der Bewahrer gewisser Geheimnisse zu sein, die mein Bruder niemandem verriet, nicht einmal mir.

Und Poliziano, seines eigenen Wertes bewußt, konnte nicht ertragen, daß sein Freund und Mäzen dieser schwerfälligen Frau ein nachsichtiges Ohr lieh, die den Kreis der großen Geister verachtete, über den er herrschte.

Ich erzählte ihm von Clarissas Besuch.

»Ich muß nicht befürchten, in Ungnade zu fallen«. Unser Freund lächelte und strich sich eine schwarze, widerspenstige Strähne zurück. »Und diese Gewißheit verdanke ich nicht meinen schönen Gedanken, sondern meiner außergewöhnlichen Häßlichkeit. Lorenzo ist sehr daran interessiert, mich im Palast zu behalten. Denn neben mir kann er sich schön finden!«

1476

Simonetta

Ich konnte nicht mehr schlafen. Jede Nacht nach dem Läuten des Ave Maria, eine Stunde nach Sonnenuntergang, lauschte ich den Glocken über der in Schlummer versunkenen Stadt, wie sie die qualvolle Melodie der vergehenden Stunden schlugen. Anstatt mich zu beruhigen, verstärkten sie noch meine Ungeduld, meine Erregung, meinen Zorn, nicht schlafen zu können. Jede verflossene Stunde ließ die Ängste meiner Kindheit wieder lebendig werden, die meine nicht vollzogene Ehe alles andere als besänftigt hatte.

Die junge Frau, die ich geworden war, gekrönt bei Turnieren, gefeiert in Palästen, besungen in italienischer und lateinischer Sprache, gepriesen in Farben und Skulpturen, verblaßte neben dem Mädchen, das ich im Grunde immer noch war. Ein kleines, unfertiges Ding, grazil und kränklich, das sich mit einem ständigen Ruf nach Liebe weigerte, erwachsen zu werden.

Während der langen Stunden, die ich wach lag, rief ich mir immer wieder eine einzige Szene ins Gedächtnis, die sich mir eines Tages eingeprägt hatte und von der ich nicht mehr genau weiß, wann und wie sie stattgefunden hat. Die mir seitdem jedoch nicht mehr aus dem Kopf ging. Eine düstere Geschichte von Weggerissenwerden, Abschneiden, von einem schmerzhaften Abgrund, einem unendlich tiefen schwarzen Loch, einer niemals gefüllten Lücke.

Dreimal vermeinte ich, diesen geheimnisvollen Einschnitt wiederzuerleben. Als der Mann meiner Schwester, Jacopo III. d'Appiano, Herr über Piombino und Elba, mich zur Vollendung meiner Erziehung aus dem weichen Nest meines elterlichen Turms über dem Hafen von Genua geholt hatte. Dann, als ein bedeutender Florentiner namens Piero Vespucci mich der Zuneigung meiner älteren Schwester Battistina und meiner kleinen Nichte Semiramis entrissen hatte, um mich in ein unbekanntes Florenz mitzunehmen. Und schließlich, und das war der grausamste aller Stürze, an dem Tag, als eine Frau namens Antonia aus Fiesole gekommen war, um mich endgültig von dem zu trennen, der es verstanden, der es vermocht hätte, mich erwachsen werden zu lassen.

Mit zusammengekniffenen Augen, hellwachen Sinnen und angespannten Nerven hörte ich manchmal von den Straßen, die bis zur Aufhebung der Ausgangssperre den Nachtwächtern überlassen waren, Lärm aus einer versteckten Taverne oder einem geschlossenen Haus zu mir heraufdringen. In meinem durch den Schlafmangel immer wirrer gewordenen Kopf türmten sich verrückte Bilder, und chaotische Gedanken reihten sich ohne die geringste logische Verbindung aneinander. Dann wurde ich von Panik ergriffen. Grundlos, absurd. Ich biß in mein Kissen. Wenn die Dunkelheit in den Tag hinüberdämmerte und das Morgenlicht mich überraschte, schluchzte ich vor Angst, ich würde ihn nicht überleben. In diesen Augenblicken, in denen ich aus dem Gleichgewicht war, nahmen meine schlaflosen Nächte die bleiche Farbe des Todes an.

Bis zum Morgengebet lauschte ich den Geräuschen von Florenz. Dann, erst dann, nachdem ich die Stadttore knirschen, die Räder der ersten Wagen knarren, die schon müden Hufe der Esel und Maultiere auf der Straße erklingen hörte, sank ich endlich in den Schlaf.

An diesem Februarmorgen war ich gerade eingeschlafen, als mich der Lärm umgestoßener Möbel im Vorzimmer aus meinem zerbrechlichen Schlummer riß. Eine rauhe Stimme fluchte, schwere Schritte erklangen, und meine Tür öffnete sich über einer schwankenden Gestalt.

»Marco!«

Meine Lippen hatten sich bewegt, aber kein Ton war aus meiner Kehle gedrungen. Noch nie in sieben Ehejahren hatte mein Gatte auch nur einen Fuß über die Schwelle meines Zimmers gesetzt. Noch bevor ich mich vergewissern konnte, daß dies kein Alptraum war, schob er mit einer brüsken Bewegung die Vorhänge meines Bettes zur Seite, riß mir die Decken weg und zerrte mich mit Gewalt aus dem Bett.

Die Turteltäubchen in ihrem schmiedeeisernen Käfig wurden von Panik gepackt. Entsetzt klammerte ich mich an einen Vorhang meines Himmelbetts, der sich löste und mich zu Boden stürzen ließ. Ich raffte mein langes Haar über der Hüfte zusammen, um meine Nacktheit zu bedecken.

Mein Gemahl war außer sich. Seine starren Augen waren übergroß geweitet, und seine Stimme kreischte.

»Mach daß du hinauskommst! Du wirst dieses Zimmer und diesen Palast auf der Stelle verlassen! Du bist nicht würdig, unter meinem Dach zu wohnen! Die Schande der Vespucci, das ist es, was du bist!«

Ich bekam keine Luft mehr.

»Marco, du bist verrückt geworden!«

»Verrückt, ja, ich war verrückt, in diese Ehe einzuwilligen, die unsere Familie tagtäglich mit neuer Schmach bedeckt.«

Er delirierte. Der Alkohol hatte ihm den Verstand geraubt. Ich erhob mich und streckte ihm flehend beide Arme entgegen. Er riß mich heftig an sich, bevor er mich gegen eine Wand schleuderte.

»Was hast du mir überhaupt vorzuwerfen?« hauchte ich, am Boden liegend.

Sein ganzer Körper verkrampfte sich.

»Ich bin schon das Gespött der ganzen *brigata*«, schrie er, »und bald der ganzen Stadt, und du wagst es, mich das zu fragen? Auf allen Bildern, auf allen Fresken zu sein, das genügt dir wohl nicht? Ghirlandaio, Pollaiuolo, Botticelli ... Bleiben wir gleich bei dem! Der begeisterte Maler von *La Bella Simonetta* hat sich nun unter Mißachtung jeglichen Anstands dem Paar des Jahrhunderts zugewandt: Simonetta und Giuliano!«

Spielte er auf die Standarte des Turniers an?

»Es handelt sich um ein Bild, auf dem ich die Keuschheit verkörpere, die gegen Amor kämpft«, widersprach ich, empört über seine ungerechten Anschuldigungen.

Marco grinste höhnisch.

»Das meine ich nicht! Botticelli malt ein anderes für unsere Familie, noch dazu mit dem Titel *Marte e Venere*, Mars und Venus, auf dem er euch einmal mehr vereint.«

Das war es also. Von Svetlana hatte ich erfahren, daß Sandro an einem Bild arbeitete, für das er sich die Freiheit genommen hatte, sich von meinem Gesicht inspirieren zu lassen – und dem des jüngeren Medici.

»Die Vespucci sind seine Mäzene, genauso wie die Medici«, antwortete ich.

»Gut genug, die Darstellung eurer Verworfenheit zu finanzieren! Die Göttin der Liebe verführt den Gott des Krieges, *Amor vincit fortitudinem.*«

Marcos schreckliches Grinsen lähmte mich vor Entsetzen. Mit groben Stößen trieb er mich rückwärts in das Vorzimmer. Ich war vor Kälte erstarrt. Im Vorbeigehen griff ich nach einem seidenen Tischtuch, riß alle Gegenstände um, die darauf standen, und wickelte mich hastig darin ein.

»Willst du Einzelheiten wissen? Venus und Mars, die euch zum Verwechseln ähnlich sehen, ruhen sich nach ihren Liebesspielen aus. Euren lasziven Posen nach zu urteilen, kann niemand die wahre Natur eurer Verbindung bestreiten. Man sieht euch Kopf an Kopf im Gras liegen. Du im Hochzeitsgewand und er halbnackt, schlafend, den Hals zurückgeworfen, satt vor gestillter Lust. Ein Skandal!«

Ich war niedergeschmettert von der Absurdität einer derartigen Szene. Von einem Mann, der mir nie die geringste Aufmerksamkeit bezeugt hatte, obwohl er durch die Ehe mit mir verbunden war. Nur um mich zu demütigen, nahm er ein Kunstwerk zum Vorwand, für das allein sein Schöpfer verantwortlich zeichnete. Und genau in dem Augenblick, als ich ein unwiderrufliches Kreuz über die von Giuliano geweckte höfische Liebe gemacht hatte.

»Und für die, die noch Zweifel haben könnten«, brüllte er, wobei er mich an den Haaren packte und aus dem Vorzimmer schleifte, »besingt der größte Dichter am Hof der Medici, Angelo Poliziano, eure Liebe in seinen Liedern.

Nicht genug, daß er dich als faszinierende, rosengleiche Nymphe in weißem Kleid und deinen Geliebten als leidenschaftlichen Ritter beschreibt, der Wunderknabe nennt euch schamlos: »Simonetta und Julo. Das Paar, dem der ganze Wald zulächelt ...«

Sein Grinsen wurde breiter, je näher wir der großen Treppe kamen.

»Da ist sie, die tugendhafte Gemahlin Vespucci, gepriesen für die Nachwelt als die Geliebte des großen Verführers aus der Via Larga! Ob in Versen oder Bildern, es ist immer dasselbe Lied. Die Spatzen von Florenz pfeifen eure unschuldige Idylle von allen Dächern!«

Der Gang war eisig. Ich schlotterte unter meiner Decke.

»Das hat jetzt lange genug angedauert! Hinaus, auf der Stelle!« kreischte er und packte mich am Handgelenk. »Geh! Verschwinde!«

Wie ein Wahnsinniger versuchte er immer wieder, mich die Treppe hinunterzuwerfen. Mit aller Kraft klammerte ich mich schluchzend an die Brüstung.

Ich glaubte, mein letztes Stündlein habe geschlagen.

»Hör auf, Marco! Du wirst mich umbringen!«

Ohne das Geländer loszulassen, kauerte ich mich nackt auf die erste Stufe, um seinen Stößen weniger Angriffsfläche zu bieten.

Von dem Klang unserer Stimmen geweckt, kamen Svetlana und Giovanna zu Tode erschrocken herbeigelaufen. Es gelang den beiden Frauen, den Betrunkenen zu überwältigen und mich halb ohnmächtig in mein Zimmer zu bringen.

Wie lange lag ich wohl halb bewußtlos auf meinem Bett? Meine beiden guten Feen lösten sich an meinem Kopfende ab, um mir die Stirn mit einem kühlen Tuch abzuwischen, mir über das Haar zu streichen, mir die Hand zu halten, mir beruhigende Worte zuzuflüstern, mir löffelweise Trost einzuflößen, der nach Kamillentee mit Honig schmeckte. Schließlich schlief ich ein.

Die Sonne stand schon hoch am Himmel und zeichnete

durch die halbgeschlossenen Läden Lichtstreifen auf Wand und Fußboden, als Ginevra an die Tür klopfte.

Das junge Mädchen hatte seine unreife Arroganz verloren.

»Wie fühlst du dich, Simonetta?«

Sie schien verlegen. Sie zögerte, dann stieg sie auf das Podest und beugte sich über meine Wange, um einen flüchtigen Kuß darauf zu drücken.

»Du darfst ihm nicht böse sein. Heute nacht war er nicht ganz bei sich. Er wußte nicht, was er sagte. Er hat jede Kontrolle verloren. Es geht ihm heute morgen sehr schlecht, das kann ich dir versichern. Es tut ihm aufrichtig leid.«

Schmeichelnd fuhr sie immer wieder mit einem Finger an meinem Arm entlang.

»Weißt du, Marco ist ein unglücklicher Mensch. Er hat bestimmt nicht darum gebeten, zu heiraten. Er wurde gezwungen. Eine Familienangelegenheit. Das Eisen deines Schwagers aus den Minen auf der Insel Elba gegen das Barrengold, das unsere Freundschaft mit den Medici darstellt. Das Geschäft hat alle Beteiligten zufriedengestellt. Außer ihn. Und dich, selbstverständlich.«

Sie wand eine lange Strähne meines Haars um ihren Finger. Eine kindliche Geste, die im Gegensatz zu der erstaunlichen Reife stand, die sie plötzlich bewies.

»Denk nach, Simonetta. Was wird aus einem jungen Mann, der nie eine Frau gekannt hat und der Frauen nicht nur nicht anziehend findet, sondern sie voller Schrecken flieht wie die schwarze Pest des vorigen Jahrhunderts? Was wird aus ihm, wenn er sich plötzlich, mit sechzehn Jahren, mit dem schönsten Mädchen der Welt verheiratet sieht? Es gibt drei Möglichkeiten: Entweder er bekehrt sich, von ihrer Anmut ergriffen, zum schönen Geschlecht, oder er wirft sich vor dieser Gottheit nieder, die er ganz hoch auf ein Podest außerhalb seiner Reichweite stellt, und betet sie aus der Ferne mit einem wahren Götzenkult an, oder er wird verrückt.«

Im Türrahmen zeichnete sich die Gestalt ab, die mich in dieser Nacht so geängstigt hatte. Ein am Boden zerstörter

Mann, der verstört mit den Augen rollte, dessen Züge stärker als gewöhnlich von seinem berühmten Tic durchzuckt wurden, und der einen Strauß Lilien in der Hand hielt.

Ginevra ließ ihn näher kommen, dann verschwand sie unauffällig.

Ich stützte mich auf einen Ellenbogen, bereit, aus dem Bett zu springen. Er hielt mich mit einer Handbewegung zurück und legte die Lilien auf das Podest.

»Fürchte dich nicht, Simonetta. Nein, ich werde dir kein Leid zufügen. Ich bin nur gekommen, um ... um dich um Verzeihung zu bitten«, sagte er in einem Atemzug. »Ich flehe dich an, vergiß diese schändliche Nacht.«

Es entstand ein langes Schweigen.

»Nicht auf dich bin ich böse, sondern auf mich, auf mich allein. Auf meine Fahnenflucht. Mein Weglaufen. Meine Flegelhaftigkeit. Mein Unvermögen, dir zu huldigen, dich glücklich zu machen, du bist so gut, du bist so schön ... Ich bin ein unwürdiges Wesen ... Unwürdig der wundervollen Frau, die du bist.«

Er kniete auf einer Truhe nieder und weinte wie ein Kind. Ich reichte ihm mein Taschentuch, in dem er sein Gesicht verbarg, und bat ihn, sich zu erheben und sich auf den Bettrand zu setzen.

»Wenn ich dich wenigstens hassen könnte«, schluchzte er. »Gründe finden könnte, dich zu verstoßen. Du hättest häßlich sein können, boshaft, frivol, dumm, pervers ... Aber nein. Du bist nicht nur wunderschön, wie kein Dichter und kein Maler es sich je zu träumen wagte, du bist auch noch bezaubernd. Ein frischer, belebender Lufthauch in einem glühendheißen Raum. Deine Ankunft in unserer Stadt hat alle Talente inspiriert. Du hast die Herzen schneller schlagen lassen. Alle sind deinem Zauber verfallen. Die Männer, von denen jeder das Gefühl hat, als einziger in den Genuß deiner Gunst zu kommen. Und sonderbarerweise auch die Frauen, die dich bewundern, loben und versuchen, es dir gleichzutun, anstatt eifersüchtig auf dich zu sein. Für sie alle bist du nicht die Femme fatale, die jene ins Unglück führt, die ihr nahe kommen, sondern die gute Fee, die den Frühling verkündet. Für alle, außer für mich, der dich nicht lieben konnte. Zu meinem Unglück, leider, und zu dem deinen. Ironie des Schicksals, ausgerechnet ich mußte es sein, der arme Marco, der diejenige heiratet, die in aller Augen das weibliche Ideal verkörpert.«

Er stand auf und lief nachdenklich im Zimmer hin und her. Endlich blieb er am Fußende meines Bettes stehen.

»Deine Anmut und deine Schönheit geben dir alle Rechte, Simonetta. Und mir gewiß nicht dasjenige, sie dir zu verweigern. Was auch mein Vater sagen mag. Natürlich kannst du, solange du willst, den Namen behalten, den ich dir gegeben habe. Und mit ihm ebenso all meinen Respekt und meine ganze Achtung, wie auch immer die Entscheidungen deines Lebens ausfallen, von denen ich weiß, daß sie deiner würdig sein werden. Aber wenn es dein glühendster Wunsch ist, werde ich mich nicht widersetzen, wenn ...«

Er zögerte.

»... wenn deine Familie vom Papst die Annullierung unserer Ehe verlangt.«

Ich kannte, genau wie er, das kanonische Recht. Nur in ein paar ganz seltenen Fällen konnte einer Auflösung der ehelichen Bande stattgegeben werden: gleiches Geblüt, übermäßige Jugend der Braut, Ehebruch der Frau – niemals des Mannes –, Lepra, Abfall vom Glauben, Polygamie, Unfähigkeit, die Ehe zu vollziehen, was vor Zeugen festgestellt werden mußte. Leider erschien mir keine dieser Möglichkeiten in Frage zu kommen.

Simonetta

Weder am nächsten Tag noch am darauffolgenden war ich aufgestanden. Und die Tage danach auch nicht. Ein Wechselfieber hatte mich jeglichen Schwunges beraubt. Eine Erkältung, lautete die Diagnose unseres Leibarztes Doktor Moyses. In der Tat mußte ich mich in der Nacht des Dramas mit Marco auf dem eisigen Marmor der Treppe erkältet haben. Oder aber, was noch wahrscheinlicher war, in einer jener Nächte, die ich im Mondschein auf dem Dach verbracht hatte, um mein Haar zu bleichen und die Sterne und die Schritte der Wächter zu zählen. Die Kälte war mir bis ins Mark gedrungen, und ich konnte mich nicht mehr davon befreien. Ich zitterte ohne Unterlaß.

»Ich bin so durchgefroren«, klagte ich, »daß ich Angst habe, nie wieder warm zu werden.«

Nichts half. Weder die Steppdecken, die Giovanna über die Daunendecken türmte, noch die langstieligen Bettwärmer, die sie zwischen meine Laken schob, noch die Scheite, die sie unaufhörlich in den Kamin warf, noch die Glut des kleinen Kohlenbeckens, das mich nicht mehr verließ. Keine Flamme konnte meinen zu Eis erstarrten Körper und mein erfrorenes Herz erwärmen.

Tage und Nächte waren in die gleiche fröstelnde Melancholie getaucht. Die schönsten Erinnerungen bereiteten mir keine Freude mehr, und jeder Tag war ohne jede Hoffnung für mich. Nur meine Hustenanfälle rissen mich aus meiner traurigen Betäubung. Wenn ich saß, spuckte ich mir die Seele aus dem Leib, und wenn die Krise vorbei war, ließ ich mich erschöpft in meine Kissen sinken.

Ich war schon immer anfällig auf der Brust gewesen. Es war nicht das erste Mal, daß meine Atemwege von abscheulichen Säften verschleimt, verstopft, verschmutzt waren. Vor allem seit ich weit weg vom Meer lebte. Aber mein Fieber fiel bisher immer so schnell, wie es stieg.

»Warum werde ich nicht gesund?« fragte ich mich beunruhigt. »Ich will nicht so enden wie Albiera degli Albizi!«

»Was für ein Gedanke! Bald kommt der Frühling«, tröstete mich Svetlana. »Du wirst sehen, deine Krankheit wird mit den ersten Sonnenstrahlen verschwinden.«

Aber wir hatten kein Glück, die Sonne weigerte sich, die bleierne Wolkendecke zu durchdringen, die über der Stadt lag. Seit zwei Wochen regnete es ununterbrochen. Svetlana und Giovanna kehrten mit nassen Rocksäumen von ihren Einkäufen aus der Stadt zurück, und ihre Mäntel waren so durchnäßt, daß sie doppelt soviel wogen. Allein schon bei ihrem Anblick fror es mich.

Heimtückisch hatte sich die Feuchtigkeit in alle Winkel meines Zimmers geschlichen, so sehr, daß das Holz, obwohl es an einem trockenen Ort aufbewahrt wurde, nur mühsam brannte. Mit aufgesprungenen Händen mußten meine Dienerinnen ganze Vormittage vor dem Kamin zubringen, bis sie ein gutes Feuer zustande brachten. Selbst die Vorhänge, die Bettdecke, das Roßhaar, die Federn und die Wolle meiner Schlafstatt waren von Feuchtigkeit durchdrungen.

Die Kerzen waren an diesem Abend bereits heruntergebrannt. Ich fühlte mich niedergeschlagen. Der kegelförmige Himmel über meinem Bett drohte mich zu erdrücken, die grünen Damastvorhänge, die es umgaben, mich zu ersticken, und das Gewicht der Decken war mir unerträglich. Mit klammen Armen hob ich mühsam meine Laken hoch, die, obwohl so fein und dünn, tonnenschwer auf mir lasteten, setzte meine abgemagerten Beine auf den Boden, schlüpfte in meine Pantoffeln, machte ein paar schwankende Schritte und warf mir dann, von einem plötzlichem Wahn gepackt, einen Umhang über, der so feucht war, als hätte er eine ganze Nacht im Freien gelegen. Ich stieg die Treppe hinunter und trat auf den Platz hinaus.

Wahre Sturzbäche flossen durch die Straßen, und kübelweise schoß das Wasser von den Dächern. Was machte Lola, meine Stute, hier? Natürlich, sie wartete darauf, daß ich mich auf sie schwang, um zu ihm zu reiten ... Ich verschmolz mit ihr. Der Wind, der von Fiesole her wehte, zerzauste mein wirres Haar, der Regen lief in meine Augen, und die Pfützen bespritzten meine nackten Beine. Ich raffte mein weites Gewand zusammen und legte mich auf ihre weiße Mähne. Je weiter ich vorankam, getrieben von einer übernatürlichen Kraft, desto weniger Müdigkeit und Kälte verspürte ich.

Unter den Fenstern der Via Larga rief ich mehrmals seinen Namen. Aber mein Flehen prallte an einer Festung aus Schweigen ab und kam als Echo zu mir zurück.

»Giuliaaano ...«

Meine Stimme wurde immer schwächer.

»Giuliaaano ...«

Ich erwachte schweißgebadet, mit trockener Kehle. Hatte ich phantasiert? Fragend schaute ich Svetlana an, die an meinem Bett saß. Ich wußte es nicht mehr. Die Erinnerung an diese Nacht des Umherirrens klebte an meiner Haut wie die Feuchtigkeit.

Giuliano

Ich überraschte sie auf der jadegrünen Seide des kleinen Tagesbettes, das am Fuß ihres imposanten Himmelbetts stand.

Ein langes, schneeweißes Hemd schmiegte sich wundervoll um ihren schlanken, geschmeidigen Körper. Ihre Wange ruhte auf einem der Kissen, die man gegen die Lehnen zu beiden Seiten des *lettuccio* gestellt hatte. Wie geschmolzenes Gold floß ihr gelöstes Haar über ihre halb entblößten Schultern. Ihre weiße Brust hob und senkte sich in beschwerlichen Atemzügen. *La bellissima* schlummerte, sie war von elfenbeingleicher Blässe. Hinter Svetlana trat ich mit wild klopfendem Herzen näher.

Die junge Sklavin hatte glücklicherweise die Initiative ergriffen und mich geholt.

»Simonetta wird von einer schleichenden Krankheit verzehrt«, hatte sie mich gewarnt. »Sie siecht durch ein hinterhältiges Fieber dahin und erschöpft sich in ständigem Husten. Sie, die so lebendig und voller Lebensfreude war, scheint sich dahinraffen zu lassen. Man könnte meinen, sie weigert sich, gesund zu werden. Letzte Nacht ist die Temperatur gestiegen. In ihren Fieberphantasien hat sie mehrmals deinen Namen ausgesprochen, Giuliano.«

Ich hatte nur das verstanden! Simonetta hatte nach mir gerufen!

Ich wußte nicht genau, ob ich diese Krankheit verfluchen oder segnen sollte, die mir völlig unverhofft ihre Gefühle enthüllte und mich an ihr Krankenlager zog.

Ich selbst litt seit dem Turnier darunter, mich nicht mehr von ihrer Gegenwart nähren zu können. Ich hatte nur für sie gekämpft, für sie triumphiert. Und sie ließ mich denken, daß ich sie verloren hatte. Warum? Weswegen? Ich mußte sie sehen, sie berühren, ihren Duft einatmen, sie an mich drücken, ihre Hand halten, sie lieben. Fern von ihr erlosch alles um mich herum. Sie allein konnte meine Welt erhellen. Ihre lange Abwesenheit hatte mich meinen Lebensschwung verlieren lassen. Als ob auch die kleinste meiner Zellen ihr Strahlen brauchte, um zu leben. Die Nachricht ihrer Unpäßlichkeit gab mir paradoxerweise wieder Hoffnung. Vielleicht litten wir an derselben Krankheit?

Ich hatte die Arme voller Geschenke. Blumen, Elixiere, Lektüre, Naschereien, Düfte, Zeichnungen. Ihre plötzliche Erkrankung hatte alle Regeln der Wohlerzogenheit gesprengt. Sie rechtfertigte, was unter anderen Umständen unschicklich erschienen wäre. Ohne sie zu kränken, durfte ich meiner Phantasie freien Lauf lassen, ihr das schenken, was ihr ein wenig von mir, von uns erzählen würde.

Sie schlug die Augen auf, die von einem noch tieferen Grün als gewöhnlich waren, und schaute auf das, was ich am Fußende ihres *lettuccio* niederlegte. Vor diesem Blick, der je nach dem herrschenden Licht von Gelb bis Türkis alle Farbtöne der Toskana einfing, schwamm an diesem Tag ein zypressendunkler Schleier. Ihr melancholischer Ernst stand im Gegensatz zu dem lebhaften Rosenrot, das ihre Wangen färbte, als sie mich erblickte.

Ich wußte mich vor Glück nicht zu fassen.

»Ich möchte dir sagen, Simonetta, daß du voll und ganz über mich verfügen kannst. Ich bin gekommen, um dir etwas von meiner Energie, etwas von meinem Vertrauen zu bringen. Ich würde dir gerne alles zum Geschenk machen, was ich an Lebhaftem und Sanftem in mir habe.«

Mit einer übermenschlichen Anstrengung erhob sie sich, und das Blut wich aus ihren Wangen. Durchscheinend und zitternd wie der Rauch einer Kerze kam sie auf mich zu und brach in meinen Armen zusammen. Bewußtlos lieferte sie sich meiner unschuldigen Umarmung aus. Ein gestohlener Augenblick. Ein erschreckendes Glück. Ich spürte leicht, fast nicht greifbar, die wollüstige Süße ihres Bauchs, die anmutige Wölbung ihrer Taille, ihre jungen festen Brüste, ihre sanft gerundeten Schultern. Ein Schauder ging durch meinen Körper. Ich trug sie zu ihrem großen Bett und legte behutsam ihre leblosen Glieder zurecht, eins nach dem anderen.

Als sie wieder zu sich kam, war ihre Hand in der meinen gefangen. Eine weiße, seidenglatte Hand mit langen, schlanken Fingern. Sie ließ sie mir. Köstliche Verwirrung. Intensives Schweigen.

Ihr Daumen, mit dem sie schüchtern die Innenfläche meiner Hand liebkoste, drückte aus, was ihr kurzer Atem mir nicht sagen konnte. Kühn geworden, strichen meine Finger an der Innenseite ihres Handgelenks entlang, der intimsten und geheimsten Stelle, und eroberten fast unmerklich ihren Unterarm bis hinauf in die Armbeuge. Es hatte dieses bösen Schicksalsschlags bedurft, damit mir gestattet wurde, dieses kleine Stückchen Simonetta in Besitz zu nehmen. Ich kannte nur diesen winzigen Teil ihrer Haut und hatte doch das Gefühl, sie ganz zu besitzen.

»Du hast ein schönes Lächeln, Giuliano«, flüsterte sie schließlich. »Ein wahrhaftiges Lächeln.«

Und sie schenkte mir das ihre, wobei ihre Augen in der Farbe des offenen Meeres strahlten.

»Ganz Florenz«, fügte sie mühsam hinzu, »ist insgeheim in dieses Lächeln verliebt. Florenz und seine Umgebung ...«

Ich unterbrach sie.

»Was bedeutet mir Florenz und seine Umgebung, wenn ...«

»Ach ja?« unterbrach sie mich schwer atmend. »Sogar Fiesole?«

Warum, zum Teufel, redete sie von Fiesole?

»Es gibt nur eine Person, deren Liebe mich interessiert ...«, behauptete ich.

»Zweifellos die Person, die dein Kind trägt«, sagte sie kurzatmig. »Antonia Gorini ...«

Ich war am Boden zerstört. Mir war als ob eine übelwollende Hand mir einen Dolch zwischen die Rippen stieße ...

Ein glühender Schmerz an der linken Seite ... Die blutige

Spur auf den Fliesen ... Erinnerungen, die an meine Schläfen pochen ...

Wer hatte es gewagt, ihr eine derartige Lüge zu hinterbringen? Aus welcher fernen Vergangenheit hatte sie den Namen dieses Mädchens hervorgeholt? Ich drückte ihre Hände und sah ihr tief in die Augen.

»Ich bitte dich, glaub mir, Simonetta. Antonia ist eine Freundin aus meiner Kindheit. Eine Gefährtin meiner Spiele bis in meine Jünglingszeit. Seit Monaten habe ich sie nicht mehr berührt. Ich schwöre es dir beim Haupt ... beim Haupt meines Bruders.«

Sie schloß die Augen, schien beruhigt.

Die Lust, ihr zärtlich meine Liebe zu gestehen, schnürte mir die Kehle zu. Aber zuerst mußte ich es aus ihrem Mund hören, um sicher zu sein, sie nicht zu verletzen. Und so preschte ich vor. Auf ebenso feierliche wie ungeschickte Art.

»Ich brenne darauf, zu erfahren, Simonetta, ob du irgendein Gefühl für ...«

Ohne die Augen zu öffnen, nickte sie, noch bevor ich meine Frage zu Ende ausgesprochen hatte. Was ich sogleich bereute. Ich nahm mir übel, ihr eine Antwort aufgezwungen zu haben, so als wolle ich meine vertikale Position angesichts ihrer horizontalen ausnutzen, von dem Vollbesitz meiner körperlichen Kräfte und ihrer Schwäche profitieren. Als ginge es an diesem Tag nicht um ihre Wiederherstellung, sondern um meinen Wunsch, mir ihrer Gefühle sicher zu sein. Und dann, was galt diese stumme Erklärung, einer Leidenden auf ihrem Krankenlager entlockt? Mein Wunsch nach spontanen Geständnissen blieb ungestillt. Alles mußte noch einmal neu begonnen werden.

Svetlana, die sich während der gesamten Dauer meines Besuches nicht gezeigt hatte, erschien mit einer Schüssel irisduftenden Wassers, die sie auf dem Podest des großen Bettes abstellte, und bedeutete mir, daß es Zeit sei, mich zu verabschieden.

Ich drückte die zarten Hände meiner Göttin, führte sie an die Lippen, dann an mein Herz.

»Ich werde jede Sekunde an dich denken, Simonetta.«

Ich zögerte.

»Mußt auch du ab und zu ...«

Ich war unverbesserlich. Immer diese Bitte um Trost, gerichtet an jene, die dessen am meisten bedurfte ...

»Viel zu oft«, antwortete sie und kam wieder einmal meinen Fragen zuvor.

»Wie ich deine Gedanken liebe!«

Auf der Schwelle wandte ich mich ein letztes Mal um. Sie legte einen Finger auf den Mund. Ein Kuß? Ich machte auf der Stelle kehrt, um ihn ihr zurückzugeben. Zuerst auf die Stirn, die so glatt wie ein wolkenloser Himmel und mit fein geschwungenen Brauen, gleich dem Bogen Cupidos, gezeichnet war. Dann auf das Kinn, geschmückt mit seinem Grübchen, das einen Heiligen in die ewige Verdammnis stürzen konnte. Ein süßer Ausdruck zeichnete sich in ihren Mundwinkeln ab – ich konnte ihm nicht widerstehen. Ich mußte dieses Engelslächeln küssen. Ich streifte es nur zart. Sie richtete sich leicht auf und reichte mir ihre Lippen. Ich kostete ganz behutsam von ihrem rosa, süßen Geschmack, dem Wunder ihres Lachens, der beweglichen Spitze ihrer Zunge. Aus einem flüchtigen Kuß entstand ein neuer, etwas weniger flüchtig, dann noch einer, kaum nachdrücklicher, und noch einer, viel stürmischer. Wir waren wie zwei Dürstende, die eine kühle Quelle erreicht hatten, es sich jedoch untersagten, ihren Durst ganz zu stillen. Lange verharrten wir an der Schwelle dieser gerade eben erahnten Intimität. Fiebrige Spannung. Höchste Wollust. Doch ihr Zustand der Schwäche gebot mir, nicht fortzufahren.

»Was wirklich wichtig ist«, sagte ich zu ihr, als ich schließlich ging, »hat keine Eile.«

»Und was Eile hat«, flüsterte sie mir zu, »ist nicht wirklich wichtig.«

SIMONETTA

Die Stirn unter seiner hohen, roten Mütze in Falten gelegt, untersuchte Doktor Stefano, der in Florenz als einer der besten Spezialisten unserer Zeit galt, mich von oben bis unten. Dann klopfte er mich mit seinen knochigen Fingern ab, an denen er schwere Ringe trug. Nachdem er meinen Puls gefühlt hatte, beriet er sich im Vorzimmer mit unserem Hausarzt, Doktor Moyse.

Der bedeutende Arzt, der seine Ausbildung in Bologna und Salerno vollendet hatte, war dafür bekannt, daß er die arabische Medizin zugunsten der hippokratischen aufgegeben hatte. Als Beweis seiner ganz besonderen Gunst hatte Lorenzo ihn an mein Krankenlager geschickt, sobald er von meiner Krankheit Kenntnis erhalten hatte. Er befand sich seit Anfang April in Pisa und sandte jeden Tag einen Boten, um sich nach meinem Befinden zu erkundigen, das leider keinerlei Zeichen der Besserung zeigte.

Was seinen jüngeren Bruder Giuliano betraf, so besuchte er mich tagtäglich. Trotz oder aber vielleicht dank meines Zustandes war unser Zusammensein eine wahre Wonne. Zwischen uns war eine Intimität entstanden, die ansonsten undenkbar gewesen wäre. Keine Etikette, keine Rituale, keine Zeremonien mehr. Alle gesellschaftliche Wohlerzogenheit, die sich unserer Beziehung in den Weg stellen konnte, war abgeschafft. Mehr noch, die Riegel, die ich zwischen ihn und mich geschoben hatte, waren angesichts der Gegebenheiten und im Namen des Wesentlichen gelockert worden.

Vor meiner Erkrankung, und obwohl ich mir verbot, von ihm zu träumen, wußte ich in meinem tiefsten Innern, daß das Schicksal noch ein paar glückliche Überraschungen für uns bereithielt. Ich wartete, ohne wirklich zu warten. Ich hatte das Leben vor mir. Seit die Krankheit mich befallen hatte, war die

Zeit schneller vergangen, und das Entscheidende war eingetreten. Alles war strahlend hell geworden. Wir konnten nicht mehr aneinander vorbei.

Der Augenblick der Enthüllungen war erfüllt von unsäglicher Erregung, himmlischem Glück. Aber die Krankheit hinderte uns daran, unsere Begierde zu stillen. Die Präludien waren in diesem florentinischen Frühling unsere Lieblingsmusik. Angesichts meiner Zerbrechlichkeit schritt Giuliano in der Erforschung meines fiebernden Körpers nur durch winzige Berührungen voran, die uns in ein Meer heftiger Wonnen stürzten, welche mir bis dahin unbekannt waren. Kaum geweckt, wurde die Lust ständig hinausgeschoben. Die keuscheste Berührung, das Spüren seiner Hände auf meiner Haut, seine Schulter, an die ich mich so gut anlehnen konnte, das verschwörerische Verständnis unserer Finger, sein Geruch, mir nun so nah, der sich mit dem meinen mischte und zu einem besonderen Duft wurde, seine tiefe Stimme und sein warmer Atem, die vollkommene Harmonie unseres gegenseitigen Einverständnisses ließen die hohen Töne unserer Melodie in unerhörte Höhen steigen.

Die Zeit, die uns zwischen zwei Untersuchungen, Behandlungen, Besuchen, Blumensträußen und Boten gewährt wurde, war von brennender Intensität. Im Palast lebten viele Menschen, und die Türen meines Zimmers konnten sich jeden Augenblick öffnen. Kaum ungezwungen und gelöst, mußte ich mich schon wieder in die Gewalt bekommen. Bei weitem hatten wir noch nicht all die verliebten Umwege zurückgelegt, die ich hingerissen in Giulianos Armen entdeckte und deren Grenzen jedes Mal weiter zurückwichen.

Die langen Strände der darauffolgenden Einsamkeit waren von Strömen widersprüchlicher Gedanken überflutet. Die Notwendigkeit, unsere Worte, unsere Seufzer, unsere Liebkosungen zu unterbrechen, stand im Gegensatz zu meinem Wunsch, sie nicht enden zu lassen. Meine erzwungene Ruhe mußte der Lust widerstehen, abermals in dieses Meer unbekannter Empfindungen zu tauchen, die wie Wogen aufeinander folgten, sich von einer zur anderen wandelnd. Diese Erwartung versetzte mich in einen Zustand extremer Niedergeschlagenheit. Während ich in meinen Bett lag, wenn ich mich weniger gut fühlte, oder auf meinem *lettuccio*, sobald es mir ein wenig besser ging.

Die Diskussionen im Vorzimmer dauerten an. Aus den Wortfetzen, die zu mir drangen, schloß ich, daß die beiden Männer der Heilkunst sich weder über die genaue Natur meiner Krankheit noch über die mir zu verabreichenden Arzneimittel einig werden konnten. Lorenzos Arzt behauptete, daß es sich weder um das Schwindsuchtfieber noch um ein hektisches Fieber handelte – beides waren unbekannte Begriffe für mich, die wie schwere, bedrohliche Wolken über meinem Baldachin schwebten –, während unser Hausarzt gegenteiliger Meinung war. Ersterer hatte seine eigenen Drogen, die er aus dem Morgenland kommen ließ, letzterer traditionellere Heilmittel, wie den Kohl, der, wie er sagte, alle Krankheiten heilte.

Giovanna brachte mir ein hübsch bemaltes Tablett mit wohlschmeckenden Speisen, die meinen schwindenden Appetit anregen sollten. Und Svetlana holte aus einem geschnitzten Elfenbeinkästchen eine Flasche Alchermes hervor, ein Kräuterelixier, das die Dominikanermönche herstellten, ein Geschenk Giulianos.

Da hörte ich, wie mein Schwiegervater einen Brief diktierte, den er Lorenzos Boten übergeben wollte:

»Leider ist seit deiner Abreise Simonettas Zustand unverändert. Keine Entwicklung im Augenblick, weder in diesem noch in jenem Sinne ...« Warte! Ich werde noch etwas hinzufügen ...«

Hinter der Tür erklangen seine schweren, bedachten Schritte.

»... Schreibe: Ich lege Wert darauf, Dir nochmals meine tiefe Dankbarkeit auszudrücken, daß Du Deinen Leibarzt Doktor Stefano an das Lager unserer Kranken geschickt hast. Da ich mich jedoch aufgrund der derzeitigen finanziellen Schwierigkeiten unserer Familie, die durch übermäßige Steuern belastet wird, nicht in der Lage sehe, seine Behandlung zu bezahlen, sehe ich mich gezwungen, Dich zu bitten, ihn zurückzurufen, falls die Krankheit sich noch länger hinziehen sollte. Ich erwarte Deine weiteren Anweisungen ...«

GIULIANO

Das große Schreckgespenst aller Mütter war die Schwindsucht, die in unserer Stadt umging. Alle Familien, reiche wie arme, waren früher oder später davon betroffen – ohne Ansehen der Person. Auch unsere war nicht verschont geblieben. Zwei meiner Cousinen waren von dieser unerbittlichen Krankheit dahingerafft worden.

Sobald Cattochia Cattaneo, Simonettas Mutter, die Bedrohung ahnte, eilte sie aus Genua herbei, um ihre Tochter zu der Familie ihrer älteren Schwester, Battistina d'Appiano, in die gute Meeresluft Piombinos vor der Insel Elba mitzunehmen. Ihrer Meinung nach war dies das beste Heilmittel für die Krankheit, an der ihr Kind litt. Ich mußte ihr recht geben. Ein paar Jahre zuvor war ich selbst an dieser Küste des Tyrrhenischen Meeres von den Folgen einer Verletzung genesen.

Und so war die Dame meines Lebens ans Meer entflogen und hatte mir eine unauslöschliche Erinnerung an sie zurückgelassen. Es blieb mir nichts anderes übrig, als zu Gott um ihre Gesundheit zu beten. Und im Geiste jede Einzelheit unserer Begegnungen in all ihrer Herrlichkeit noch einmal zu durchleben.

Unsere Leidenschaft war weit mehr als erotische Anziehung. Was mit meinen schönen Freundinnen von einst ein Mittel zum Zweck gewesen war, wurde mit ihr zu einem Weg, einer Möglichkeit, nach Höherem zu streben, ihrem Wesen selbst nahezukommen. Und durch sie, durch die Berührung mit ihr, zu der Urquelle des Kosmos zu gelangen.

Aus dem Benediktinerkloster in Vallombrosa, wo ich mit Lorenzo zusammengetroffen war, der sich ein paar Tage dorthin zurückgezogen hatte, schickte ich ihr Briefe, in denen ich ihr gerne meine glühendsten Gedanken ausgedrückt hätte, die der Anstand mich jedoch zu mäßigen zwang. Ich richtete es aber so ein, daß ich ein paar sibyllinische Anspielungen zwischen die Zeilen schob, mit denen nur sie und ich etwas anfangen konnten.

Ich wartete vergeblich auf Antwort. Und die flammenden Worte, die ich gerne zu Papier gebracht hätte, wirkten sich schließlich verheerend auf meine geistige Verfassung aus. Nur die Nachrichten über die Entwicklung ihrer Krankheit, die sich weder zum Guten noch zum Schlechten entwickelte, gelangten regelmäßig über ihren Schwiegervater zu uns.

Ich versuchte Interesse für eine umfassende Anthologie der toskanischen Poesie aufzubringen, die für Federico von Aragon, den Sohn des Königs von Neapel, bestimmt war und an die mein Bruder letzte Hand anlegte. Eine derartige Sammlung, die Dante, Petrarca, Boccaccio, also die Elite der Florentiner Dichtkunst, sowie eine Schar bemerkenswerter Dichter vom dreizehnten Jahrhundert bis in unsere Tage in sich vereinte, unter denen auch Lorenzo mit seinen Sonetten, Balladen und Liedern einen guten Platz einnahm, hatte es noch nie gegeben. Eine Einführung, die unser Freund Angelo Poliziano gerade verfaßt hatte, nannte klar Absicht und Zweck des Ersten der Florentiner: mit dieser Auswahl unserer besten Dichter unsere schöne toskanische Sprache zu preisen, die genauso gut wie das Lateinische in der Lage war, alle Feinheiten des Denkens und die ganze Komplexität der Gefühle auszudrücken.

Ich dachte an Simonetta, während ich in der Einsamkeit Vallombrosas diese Gedichte las, und bedauerte, nicht wie Lorenzo die Begabung zu besitzen, meinen Gemütszustand in Versen auszudrücken. Die Volkssprache erwies sich als nicht geeignet, meine innere Landschaft zu beschreiben, die in das Reich der Vorzeichen, Mythen und Poesie fiel. Die Themen, die meinem Bruder bis zur Besessenheit teuer waren, wie das unaufhaltsame Fliehen der Zeit und das Genießen der Gegenwart, beschäftigten mich jetzt ebenso stark wie ihn.

Endlich kam der so lange erwartete Brief meiner Geliebten. Ich verschlang ihn mit einem Mal. Dann genoß ich ihn ein zweites Mal, langsam, stückweise, bevor ich jedes einzelne Wort kostete.

Anstatt jedoch meinen Durst zu stillen, ließ mich ihre Botschaft sonderbarerweise durstiger zurück denn je zuvor. Man hätte meinen können, sie schreibe auf Distanz, die Feder mit ausgestrecktem Arm haltend, ihre Worte so weit wie möglich von ihrer Person trennend. Wenn man dieses nichtssagende Blatt las, hätte man meinen können, es wäre nie etwas zwischen ihr und mir geschehen.

Ich wußte sehr wohl, daß Simonetta nicht das Risiko eingehen durfte, ihre Gefühle in einem Brief preiszugeben, der in falsche Hände geraten konnte, aber warum mußte sie ihre Gefühle aus dem geschriebenen Wort so völlig ausklammern? Sollte sie ihre Leidenschaft nicht äußern können? Oder, schlimmer, empfand sie nichts mehr für mich? Ich weigerte mich, das zu glauben.

Wieder und wieder überflog ich ihr Schreiben. Ein paar vage Informationen über ihren Zustand, ein paar belanglose Betrachtungen über das Wetter, ein paar eisige Höflichkeitsfloskeln. Warum diese Gleichgültigkeit? Wir schrieben nicht in der selben Tonart. Einer von uns, um es so auszudrücken, war in die aufgewühlten Wasser des Arno getaucht, der andere klammerte sich immer noch am Ufer fest. Zwischen Aufrichtigkeit und leeren Worten gab es doch einen Mittelweg! Ich war schrecklich enttäuscht. Ich versuchte, mich an den einzigen Satz zu klammern, den ich zu meinen Gunsten interpretieren konnte: »Florenz fehlt mir.«

»Florenz fehlt dir, meine Liebe? Nicht so sehr, wie du Florenz fehlst«, antwortete ich ihr mit einer größeren Freiheit. Diesmal konnte sie nicht so tun, als habe sie die kaum verhüllte Bedeutung meiner Worte nicht begriffen.

Ich konnte nicht anders, ich mußte Poliziano ins Vertrauen ziehen.

»Du mußt wissen, Giuliano, daß man ganz auf die eigene Person konzentriert ist, wenn man schwer krank ist. Der Kampf gegen die Krankheit erfordert soviel Energie, daß sich die gesamte Kraft, die man aufbringen kann, gezwungenermaßen auf einen selbst richtet. Man ist so von seiner eigenen Heilung in Anspruch genommen, daß alles übrige zweitrangig erscheint. Selbst die Liebe.«

Giuliano

Die beiden Neuigkeiten trafen zur gleichen Zeit ein.

Ein Brief von Piero Vespucci vom 20. April, in dem er Lorenzo mitteilte: »Gott und der Heilkunst Doktor Stefanos sowie Deiner Fürsorge sei Dank, daß Simonettas Zustand eine leichte Besserung zeigt. Unsere Patientin ist weniger fiebrig, weniger erschöpft, weniger kurzatmig. Sie ißt und schläft gut. Die Ärzte meinen allerdings, daß die Genesung langsam vonstatten gehen wird. Und es gibt nur wenige wirksame Mittel, außer der Ruhe. Dir, der Du der Urheber dieser Wohltat bist, sind wir alle, einschließlich ihrer Mutter, die in Piombino über sie wacht, zu unendlichem Dank verpflichtet. In einem früheren Schreiben hatte ich Dir von unseren Schwierigkeiten berichtet, das Honorar des Arztes und die Arzneimittel zu bezahlen. Da ich keine Antwort Deinerseits darauf erhielt, schien es mir gut, einstweilen keine Entscheidung zu treffen. Ich werde noch acht Tage warten, bis ...«

Ich frohlockte. Simonetta hatte ihre Krankheit besiegt. Wie die Iris pallida, diese zarte, zähe Blume, die unsere Hügel mit ihren patrizischen Büscheln bedeckte, würde sie im Frühling wieder ihren Duft verströmen.

Meine Freude war auf ihrem Höhepunkt, als kurz darauf Svetlana kam und mir die Rückkehr meiner Geliebten nach Florenz verkündete.

»Wie geht es ihr?«

»Die Ärzte halten sie für geheilt.«

Stehenden Fußes stürzte ich in den Palazzo Vespucci.

Ich war verblüfft. Der Empfang war eisig. Giovanna bedeutete mir, daß Simonetta niemanden zu sehen wünschte. Ich beharrte, protestierte, flehte. Die alte Gouvernante blieb unbeugsam. Ich war verzweifelt.

Svetlana begleitete mich hinaus.

»Am Hof von Piombino ging das Gerücht um«, erklärte sie mir, »daß Simonettas Nichte, die junge Semiramis, die Tochter ihrer älteren Schwester Battistina, einen Medici heiraten würde ...«

Das war es also. Hier hatte ich die Erklärung für die Kälte in dem Brief meiner Venus und die jetzige Weigerung, mich zu empfangen.

»Das stimmt«, sagte ich. »Meinen Vetter zweiten Grades, Lorenzo di Pier Francesco de' Medici, der bald vierzehn wird und dessen Vater, wie du weißt, gerade gestorben ist, wird durch meinen Bruder um die Hand der Tochter von Jacopo III. d'Appiano anhalten, der vor zwei Jahren ebenfalls verstorben ist. Diese Hochzeit wird in ein paar Jahren stattfinden und verspricht aus politischer und wirtschaftlicher Sicht sehr vorteilhaft für uns zu werden.«

Die Sklavin mit dem flammendroten Haar hörte mir mit lebhaftem Interesse zu.

»Dann bist also nicht du der künftige Gemahl von Simonettas Nichte, Giuliano?«

Ich antwortete ihr, daß mein Name tatsächlich gleichzeitig mit dem meines Vetters von meiner Familie vorgebracht worden war. Aber daß der Gedanke rasch beiseite geschoben worden war. Was meine Person betraf, hatte Lorenzo der nächsten Kardinalsernennung, die im Dezember vorgesehen war, den Vorrang gegeben vor den Eheplänen und den damit verbundenen Eisenerzminen auf der Insel Elba, deren Monopol nun von Jacopo IV., dem älteren Bruder der kleinen Semiramis, gehalten wurde.

»Ich werde auf der Stelle dieses Gerücht dementieren, das meiner Herrin so sehr zu schaffen gemacht hat. Komm wieder, wenn es dunkel wird, Giuliano«, fügte sie hinzu. »Ich werde dich einlassen.«

Ich tat, wie mir geheißen wurde. Am gleichen Abend führte mich meine zirkassische Base in das Vorzimmer und schloß die Tür hinter sich. Das Zimmer war düster. Man hatte das Vordach heruntergelassen, zweifellos um es vor dem plötzlichen Ausbruch der Frühlingshitze zu schützen.

Simonetta saß an einem kleinen Tisch und nahm eine leichte Mahlzeit ein. Ein Teint wie das Mondlicht, ein Teint wie Milch. Von einem blassen, malvenfarbenen Schatten umgebene Transparenz. Über den Backenknochen spannte sich die Haut ihres ovalen Gesichtchens, ihre Wangen waren leicht ausgehöhlt. Ihre Augen vor Müdigkeit verschleiert. Die unter ihrem weißen Busen nistende heimtückische Krankheit hob ihren Mitleid heischenden Zauber noch hervor.

Svetlana goß ein paar Fingerbreit Vernaccia in ihr Glas.

»Nur ein Schluck, Simonetta. Das ist ausgezeichnet für Genesende. Er regt den Appetit an, wärmt den Körper, reinigt das Blut, rundet die Formen, färbt den Teint ...«

Als sie mich im Halbdunkel erblickte, leuchtete alles in ihr auf. Selbst das Zimmer wurde von unserem Wiedersehen erhellt.

Ich drückte ihre grazile Gestalt an mich, die, dessen war ich sicher, wieder stärker werden würde, nicht durch den gesundheitsfördernden Vernaccia, sondern durch die Kraft unserer Liebe.

Sie nahm mich an der Hand, führte mich zu dem *lettuccio* in ihrem Zimmer und hieß mich neben ihr Platz nehmen. Die schweren Wintervorhänge aus jadegrünem, mit karmesinrotem Samt gesäumtem Damast waren durch weiße, mit goldenen Sternen bestickte Leinenstoffe, passend zu ihrem Haar, ersetzt worden. Der Frühling war wirklich da. Ein neuer Tag brach für uns an. Ein neuer Weltanfang. Wir würden die Liebe neu erfinden!

Hand in Hand, Auge in Auge, brachten wir Stunden damit zu, uns zum wievielten Mal in allen Einzelheiten die dreiundzwanzig Jahre unseres Lebens zu erzählen, beide in dem Wunsch, der andere solle unser ganzes Sein teilen. Keine Geheimnisse, keine Schatten lagen mehr zwischen uns. Wir wollten keine Geheimnisse mehr voreinander haben. Bezaubert lauschten wir abwechselnd unseren Berichten, empfanden manchmal einen Stachel der Eifersucht auf die Männer und vor allem Frauen, die uns nahegestanden hatten – ihr in aller Unschuld, mir etwas weniger –, bevor wir uns begegneten.

Ich verließ sie spät in der Nacht, nachdem wir unsere Vergangenheiten miteinander verflochten hatten. Nun blieb uns noch, unsere Sehnsüchte zu verschmelzen.

Giuliano

Am nächsten Tag sah ich sie wieder. Ich hatte in der Zwischenzeit viele Pläne gemacht.

Unsere neugeborene Liebe erschien uns wie ein Ausgangspunkt für unser künftiges Leben. Unsere Geständnisse hatten uns das, was Glück sein konnte, nicht erreichen, sondern kaum erahnen lassen. Bereits einander unendlich nahe, waren wir noch unendlich weit vom Ziel entfernt. Auf dem Weg zum Glück mußten wir noch zahlreiche Prüfungen bestehen, und zwar nicht die leichtesten. Als da waren der Rücktritt von meiner Kandidatur für das Heilige Kollegium. Und die weitaus schwierigere der Annullierung ihrer Ehe durch den Vatikan. Ich war zuversichtlich. Die bevorstehenden familiären und politischen Erschütterungen würden unsere Bande nur noch fester zusammenschweißen.

Als ich über die Schwelle ihres Vorzimmers trat, blieb ich wie erstarrt stehen. In einem prachtvollen buntgestreiften Seidenschal gehüllt, der ihren Hals, eine Schulter und beide Brüste – ja, beide Brüste! – frei ließ, stand sie unbeweglich in der Fensteröffnung. Ihr köstliches Profil, das trotz des Schattens der Müdigkeit auf ihren Lidern all seine kindliche Lebhaftigkeit bewahrt hatte, hob sich vor einem Hintergrund hell- und dunkelvioletter Wolken ab.

Als sie meine Gegenwart spürte, schenkte sie mir ihr süßestes Lächeln, wies mir mit dem Kinn einen Platz zu und nahm ihre Pose wieder ein.

Vor ihr stand ein gerade dem Knabenalter entwachsener Maler über seine Staffelei gebeugt.

»Piero di Cosimo«, teilte Svetlana mir unauffällig mit. »Sandro Botticelli hat uns seine Verdienste gerühmt. Er ist kein Schüler von ihm, sondern von Cosimo Rosselli, von dem er den Namen übernommen hat.«

Der junge Künstler ignorierte meine Gegenwart, denn er war völlig in Anspruch genommen von dem magischen kleinen Holzrechteck, das er durch seine Pinselstriche verwandelte.

»Beachte ihn nicht«, murmelte sie, »er ist ein Wilder. Ein Bauer. Seine Kunstbesessenheit stellt ihn außerhalb der gemeinen Normen. Aber was für ein Talent!«

Ich richtete meinen Blick auf das Kunstwerk in Fleisch und Blut, das vor mir stand. All denen, die in Florenz ihre Schönheit priesen, konnte ich antworten, daß diese mit Worten nicht zu beschreiben war. Und daß die reichste Palette nicht genug Farbtöne besaß, um sie zu malen.

Das durchscheinende Weiß ihrer Büste und ihres Antlitzes erstrahlte in einer blendenden Helligkeit, die in kaum zu ertragendem Gegensatz zu dem Gewitterhimmel, der sie mit einer Aureole umgab, und der dunklen Schlange aus Edelsteinen, die sich um die goldene Kette wand, stand. Ihr Hals erhob sich wie ein Blütenstengel zwischen den bereits belaubten und den noch kahlen Bäumen im Hintergrund. In ihrem kunstvoll geflochtenen und verschlungenen Haar nistete ein wahrer Knäuel schlangengleicher goldener Ketten und Perlenschnüre und kirschgroßer Rubine. Ihre glatte Stirn war geschmückt von einem merkwürdigen kleinen Krug aus Edelsteinen. Ihre freche Nase sog das Erwachen der Natur ein, und ihre auf einen Punkt jenseits des Horizonts gerichteten Augen verloren sich in der Ferne unserer gemeinsamen Zukunft.

Unvergleichliche Ikone. Und ich durfte das außergewöhnliche Vorrecht genießen, mich mit ihren Zügen vollzusaugen, die vollkommen mit den Umrissen der Natur harmonierten. Näher und begehrenswerter denn je, erschien sie mir noch ferner. Ich schaute sie an, als sähe ich sie zum ersten Mal. Ich glaubte, alles von ihr gesehen zu haben, und doch war mir alles neu. Ihre smaragdgrünen Augen und ihre elfenbeinfarbene Haut sprachen mir von der Unendlichkeit.

Simonetta

An diesem Tag mußte ich die Sitzung unterbrechen.

Der letzte Widerschein der Dämmerung erlosch über dem Stadtviertel *Cascine*. Florenz erstreckte sich in der ockerfarbenen Hitze entlang des schimmernden Bandes des Arno, während sich die Hügel von Fiesole langsam mit den Farben der Nacht schmückten. Nur San Miniato al Monte hielt die letzten Sonnenstrahlen zurück, die bald von drohenden Wolken verdunkelt werden würden.

Ich berauschte mich an dieser vorübergehenden Mischung aus Azurblau, Rosa und Schwarz, als ich von heftigen Schaudern gepackt wurde. Meine Stirn begann zu glühen, mein Atem ging überstürzt und wurde von trockenem Husten unterbrochen. Ich bekam keine Luft. Wieder verspürte ich ein Gefühl der Atemnot, des Erstickens.

Hastig wurde der junge Piero di Cosimo verabschiedet, und man schloß Läden und Fenster. Während Svetlana mir den Schmuck von Hals und Kopf sowie den gestreiften Seidenschal abnahm und mir ein dünnes Leinenhemd überzog, machte sich Giovanna mit einer Räucherpfanne zu schaffen. Sie entzündete die Glut im Kohlenbecken und legte eine wohlriechende Pastille in die Pfanne, die einen wohltuenden Rauch im Zimmer verbreitete. Meine beiden Freundinnen legten mich ins Bett, wo sich die baumwollene Sommerdecke bald als ungenügend erwies.

Ich dämmerte in einer von alptraumhaften Visionen erschütterten Betäubung dahin. Mein Kopf verlor sich in einem flammenden Wirbel. Ein Dämon packte mich bei den Haaren und schleuderte mich wie einen Kreisel auf einem Wagen von Gauklern unter dem Hohngelächter eines überhitzten Pöbels herum. Ich klammerte mich an den Voile meines Bettes, um diesem Wahnsinn ein Ende zu machen.

Schließlich wurde die Bewegung langsamer, und mein Schädel rollte auf dem Kissen hin und her.

Mein pfeifender Atem ließ mich aus dem Schlaf auffahren. Ich öffnete den Mund, verspürte unerträglichen Durst. Atemnot. Die übereinandergelegten Decken erdrückten mich, die Masse des vom Betthimmel herabfallenden Tülls erstickte mich, die dicken Deckenbalken zerschmetterten mich. Wenn nicht die Angst heimtückisch mit den Satinbändern meines Hemdes spielte und mich erdrosselte.

Wo war Giuliano nur?

Giuliano

Die Staatsangelegenheiten hatten mich den ganzen Tag in Anspruch genommen.

Lorenzo war überstürzt aus Pisa zurückgekehrt, alarmiert von den schlechten Nachrichten, die aus Rom zu uns gelangt waren.

Voll kalter, stummer Wut lief mein Bruder erregt in seinem *studiolo* hin und her, als ich ihn aufsuchte.

»Der Appetit kommt beim Essen«, sagte er schließlich. »Und der des Papstes ist grenzenlos. Der bescheidene Mönch mit den niederen Weihen von einst hat sich in einen Menschenfresser verwandelt, als er Sixtus IV. wurde.«

»Er ist in der Tat mit sehr genauen Plänen auf den Heiligen Stuhl gekommen«, bemerkte ich. »Er versucht mit allen Mitteln, ausschließlich die Interessen seiner Familie zu begünstigen, indem er das ganze Räderwerk des Vatikans in die Hände seiner Neffen legt.«

»Wie sie anstandshalber genannt werden ...«

»Es sind jedenfalls die Söhne seiner Schwestern, selbst wenn die Vaterschaft ungewiß bleibt ...«

»Was vom moralischen Standpunkt aus den Fall nur schlimmer macht ... Aber da liegt nicht das Problem. Ob in Blutschande gezeugte Söhne oder Neffen des Papstes, das ändert nichts an der Geschichte. Er hat für sie getan, was kein Pontifex der Christenheit jemals ins Auge zu fassen gewagt hätte. Wollt Ihr Kardinal werden? Ein offizielles Amt? Oder lieber ein Fürstentum? Ein päpstliches Territorium? Träumt Ihr von der Tochter eines Königs oder eines Herzogs? Kommt! Ihr braucht euch nur zu bedienen!«

Er blieb vor mir stehen.

»Hör zu, Giuliano! Der Papst sitzt noch nicht einmal fünf Jahre auf dem Heiligen Stuhl, und schon hat er in offenkundiger Verletzung des kanonischen Rechtes und der Gepflogenheiten des Vatikans, entgegen der Meinung des Heiligen Kollegiums, taub für jede Ermahnung und einzig und allein um die Vorteile seines eigenen Blutes besorgt, drei seiner Neffen zu Kardinälen ernannt ...«

Was dieses Kapitel betraf, und von einem rein persönlichen Standpunkt aus, konnte ich die Entscheidung Sixtus' IV. nicht mißbilligen, da somit meine Person aus dem Spiel gelassen wurde. Ich ließ meinen Bruder in seiner Anklagerede fortfahren.

»Giuliano della Rovere«, zählte er auf, »Pietro Riario, den zum Erbischof von Florenz zu ernennen er die Frechheit besaß! Und dann noch vor kurzem Raffaello Sansoni-Riario, der kaum siebzehn Jahre zählt. Aber das Schlimmste kommt erst noch. Mit Girolamo Riario, dem vierten Neffen.«

»Der so fett wie sein Ehrgeiz sein soll.«

Ein Bote kam und übergab Lorenzo einen Umschlag, den er zerstreut auf seinen Schreibtisch legte.

»Ein junger Mann, grob und gewalttätig«, fuhr er fort. »Das Abbild seines Onkels. Ihm war nichts von alledem großartig genug. Er verlangte vom Papst, er solle ihn zu einem vollwertigen Fürsten machen. Er hat ihn zum Grafen gemacht, was für den Anfang nicht schlecht war. Und da er ihm nun auch eine Grafschaft geben mußte, hat er es sich in den Kopf gesetzt, Imola zu kaufen, das, wie du weißt, Galeazzo Maria Sforza gehört, unserem Mailänder Verbündeten. Rein zufällig grenzt dieses Territorium an die Toskana.«

»Der Auftakt zu einer wahren Umzingelung.«

Lorenzo warf einen raschen Blick auf den Brief, ohne sich damit aufzuhalten.

»So ist es. Als Sixtus IV. bei der römischen Filiale unserer Bank um einen finanziellen Vorschuß für den Rückkauf Imolas ersuchte, habe ich natürlich Anweisung gegeben, dies unter dem Vorwand zu verweigern, daß unsere englischen und holländischen Banken in Schwierigkeiten seien.«

»Daraufhin hat sich der Pontifex woanders umgeschaut ...«

Er griff im Vorbeigehen nach dem Brief.

»Ja, aber nachdem er unserer römischen Bank alle Fonds der apostolischen Kammer und die Verwaltung der päpstlichen Güter entzogen hat. Und weißt du, wem er sie dann anvertraut hat? Unseren Florentiner Kollegen und Rivalen, den Pazzi! Die ihm aus Dankbarkeit sofort die vierzigtausend Florin vorgestreckt haben, die er für den Kauf von Imola benötigte – und das trotz meines Vetos!«

»Franceschino de' Pazzi hat es gewagt! Das ist mehr als ein persönlicher Affront! Das ist ein Anschlag auf den Staat Florenz.«

»Ja! Wir haben Verräter unter unseren Landsleuten, unter denen, die wir als unsere Freunde betrachten, ja sogar im Schoße unserer eigenen Familie!«

Die verwandschaftlichen Bande dieses Franceschino, des römischen Leiters der Pazzi-Bank, zu Guglielmo, der seit zwölf Jahren mit unserer Schwester Bianca verheiratet ist, hatten in ihm auch nicht den kleinsten Skrupel wachrufen können.

Mein Bruder riß den Umschlag auf, ohne die Botschaft zu lesen, zu besorgt über diese schmutzige Geschichte.

»Es kommt mir so vor, als würden die Feindseligkeiten erst beginnen. Sie sind neidisch auf unsere Reichtümer, unsere Macht, unseren Ruf, unsere politische, finanzielle und künstlerische Vorrangstellung in Italien. Die Pazzi üben das gleiche Metier aus wie wir. Aber sie sind nur die Nummer zwei in der Welt, gerade noch vor den Strozzi. Und Rom bedient sich der Eifersucht unserer Florentiner Konkurrenten für seine Schachzüge.

Er trat zu einem Leuchter und überflog rasch die Nachricht. Dann schaute er mich besorgt an.

»Schlechte Nachrichten?« fragte ich beunruhigt.

Mit gebrochener Stimme las er mir die Zeilen laut vor:

»Vor ein paar Tagen schrieb ich Dir, um Dir eine Besserung von Simonettas Gesundheit mitzuteilen, die jedoch leider nicht angedauert hat, wie wir es geglaubt und gehofft hatten.

Ihr Zustand hat sich letzte Nacht plötzlich verschlechtert. Die Ärzte Stefano und Moyse hatten einige Meinungsverschiedenheiten über eine Arznei, die sie ihr schließlich doch verabreichten. Aber wir können noch nicht wissen, ob sie wirkt. Gott gebe, daß sie die Wirkung haben wird, die wir uns wünschen ... Unterschrieben von Piero Vespucci.«

Ungläubig riß ich ihm das Blatt aus der Hand. Es war unvorstellbar, daß die Krankheit, gleichgültig gegenüber der so nahen Erfüllung unserer Liebe, ihren heimtückischen Vormarsch fortsetzte. Daß sie weiter auf der Lauer lag, während unsere Pläne des Glücks sie endgültig hätten bannen müssen!

GIULIANO

Von einer Sekunde zur anderen stürzte ich von überschwenglichem Glück in tiefe Angst, die durch die ernsten Gesichter noch verstärkt wurde, denen ich in Simonettas Vorzimmer begegnete. Piero, sein Sohn Marco und seine Tochter Ginevra besprachen sich leise mit Amerigo und dessen Vater Nastagio, dem Notar. Der Stiftsherrr Giorgio Antonio stand mit zwei Nonnen, wahrscheinlich Marcos Schwestern, im Gebet versunken. Die ganze Familie Vespucci war versammelt.

Piero schüttelte den Kopf.

»Die Wissenschaft der Ärzte und die Erprobung neuer Arzneimittel können nun nichts mehr helfen. Wir haben die Behandlung verstärkt. Aber leider konnte sie der Heftigkeit der Krankheit keinen Einhalt bieten. Simonetta geht es von Stunde zu Stunde schlechter.«

»Aber es ging ihr doch wieder so gut«, widersprach ich. »Erst gestern …«

Marco kratzte sich am Nacken.

Die Besserung war nur von kurzer Dauer. Bei diesen Lungenkrankheiten gibt es manchmal einen Hoffnungsschimmer, eine Art Aufheiterung, ehe es endgültig zu Ende geht …«

Ich packte ihn am Kragen. Mit welchem Recht konnte er sie mit ein paar Worten zum Tode verurteilen! Er wurde ganz rot. Ich ließ ihn los.

»Entschuldige, Marco. Ich habe den Kopf verloren.«

Er zuckte die Schultern.

Piero schaltete sich ein.

»Leider hat Marco recht. Simonetta ist durch die Anämie und die Schwindsucht ausgezehrt. In diesem Stadium scheint alles vergeblich. Sie beugt sich der Krankheit.«

Marco seufzte.

»Diese Frau, die uns die Ewigkeit ahnen ließ, wird vielleicht die Nacht nicht überleben ...«

Die Tür zu ihrem Zimmer öffnete sich. Svetlana trat zu mir, das Gesicht von Angst gezeichnet.

»Sie verlangt nach dir«, flüsterte sie mir zu.

Ich trat an ihr Bett. Eine Wolke sternenübersäten Voiles, in der ein Engel ruhte.

Ihre lilienweiße Blässe war von wächserner Transparenz. Flieg nicht davon, meine Liebe, ich beschwöre dich! Ihr Atem war so schwach, daß er jeden Augenblick unbemerkt erlöschen konnte. Halt dich an mir fest, ganz fest! Ich gebe dir all meine Kraft, Simonetta, mein Leben für das deine! Das Fieber weitete ihre Augen, und ein bleiches Lächeln zeichnete sich auf ihren blutleeren Lippen ab. Ich flehe dich an, verlaß mich nicht!

Simonetta

In diesen Augenblicken, in denen eine brennende Flüssigkeit durch die Organe in meiner Brust fließt, in denen die Auszehrung Höhlen in meine zerstörten Lungen gräbt, in denen ich durch die pfeifende Atmung aus meiner Brust entschwinde, zieht mein Leben wie ein Komet durch meinen Kopf. Halt es fest, Giuliano, halte es fest, nur noch ein paar Augenblicke ...

Während die Nacht mich in ihren Abgrund ruft, ich in der wollenen Matratze versinke, die Bodendielen mich zu verschlingen drohen, die Deckenbalken mich erschlagen, sehe ich noch einmal die Tage vorüberziehen, von einer, was deren Zahl betrifft, geizigen, an herrlichen Empfindungen jedoch verschwenderischen Natur geschenkt ... Erinnerungen fügen sich zu Erinnerungen ..., reißen mich noch ein Mal in ihren Taumel der Entdeckungen, der Wonnen, der Verzauberung ... Freudenausbrüche ... ein Feuerwerk des Glücks ... Florenz ... Und du, Giuliano ... Heilige Jungfrau, *Madonnina mia* ..., wenn dein Herz nicht aus glasiertem Ton ist, wie dein Antlitz, vergib mir die Schwächen meines Lebens, ich werde dir auch die Ungerechtigkeit meines Todes verzeihen ...

... Während die Luft meine Lungen verbrennt, und ich mein Leben aushauche ...

Giuliano

»Hüte dich vor dem 26. April ...«

Die düstere Prophezeiung Marsilio Ficinos kam mir in den Sinn. Alles mußte so geschehen, wie es geschah. Man konnte nicht aufhalten, was geschrieben stand. Der stärkste Wille, der stechendste Schmerz, die leidenschaftlichste Liebe konnte dem Unvermeidbaren nicht trotzen. Alle von meiner Liebe aufgerichteten Schutzschilde konnten das Schicksal nicht abwenden.

Ein Seufzer, und ihr Atem stand still. Ihre Glieder zuckten noch einmal und entspannten sich. Auf ihre Züge trat eine unendliche Sanftheit.

Simonetta erstarrte ...

Unheilvolle Nacht. Es war die Nacht zum 26. April.

Mein schöner Stern hatte die Lichter von San Lorenzo nicht abgewartet, um von einem Himmel in den anderen überzugehen.

GIULIANO

Ich drückte einen letzten Kuß auf dieses Opfer der Ungerechtigkeit, des Unglücks, der Niedertracht.

Ein Vers Petrarcas kam mir auf die Lippen:

»*Morte bella parea nel suo bel viso.*«

Der Dichter, der hundert Jahre, bevor sie erschien, von ihr geträumt haben mußte, erwies sich an diesem verhängnisvollen Tag als Prophet. Ja, »selbst der Tod erschien schön auf ihrem schönen Antlitz«. Obwohl der Anblick dieser in voller Blüte dahingerafften Schönheit von unerträglicher Grausamkeit war, konnte niemand sich überwinden, den Sarg zu schließen.

Daher überschritt Simonetta, nur von einem weißen, von Iris übersäten Seidentuch bedeckt, mit ihrem kleinen Kristallcollier als einzigem Schmuck, zum letzten Mal die Schwelle ihres Palastes.

Am späten Nachmittag dieses 26. April, für den von der Signoria Staatstrauer angeordnet war, versammelte sich eine riesige trauernde Menschenmenge auf der Piazza Ognissanti.

Sobald ihr Sarg auftauchte, dem Licht der untergehenden Sonne und dem letzten Blick der Florentiner dargeboten, flossen Ströme von Tränen aus den Augen derer, die sich sieben Jahre lang an ihrem strahlenden Vorübergehen erfreut hatten.

Schön, wie nie eine lebende Frau es hoffen konnte zu sein, übertraf sie selbst im Tode noch, was während ihres Lebens unübertrefflich zu sein schien. Man trug die liebliche Verblichene durch die untröstliche Menge, die weinte und wehklagte. Die Männer fielen wie betäubt auf die Knie, während die Frauen sich schreiend das Gesicht zerkratzten. Ich war erschüttert. Die ganze Stadt weinte um sie.

Wie prachtvoll war das Zusammentreffen zwischen dieser dem Schaum des Ligurischen Meeres entstiegenen jungen Frau und der florentinischen Welt gewesen! Dieses Volk der

Künstler und Dichter, voller Neugier auf die weite Welt und neue Ideen, nach Geist und Schönheit hungernd, hatte sie auf Anhieb zur Königin, Muse, Göttin gemacht. Als ob wir seit Jahrhunderten nur auf sie gewartet hätten, um unsere Werke inspirieren und unser Leben mit Leidenschaft erfüllen zu lassen.

Es wurde langsam dunkel. Immer mehr Laternen ersetzten auf dem Platz die letzten Strahlen der untergehenden roten Sonne. Jeder wollte einen letzten Schimmer von ihr erhaschen, bevor wir ihrer für immer beraubt waren.

Ich überraschte einen jungen Maler, genannt Leonardo da Vinci, dem ich in Verrocchios Atelier begegnet war, wie er die leblosen Züge meiner Geliebten auf seinen Skizzenblock bannte. Sein Verhalten schien mir an der Grenze des Erträglichen. Poliziano, der neben mir ging, hielt mich zurück, als ich ihn unwirsch anfahren wollte.

»Laß ihn, Giuliano. Er ist ein Künstler ohnegleichen.«

Er beugte sich über seine Zeichnung.

»Das mußt du dir ansehen, Giuliano. Er hat ihre Seele eingefangen.«

Mit ein paar Strichen war es Leonardo gelungen, Simonettas Antlitz mit einem Glorienschein zu verschmelzen.

»*Vedea sua ninfa, in triste nube avvolta dagli occhi crudelmente essergli tolta*«, sprach Poliziano wie zu sich selbst.

Er hatte recht. Der Maler hatte die Nymphe darzustellen gewußt, die von einer grausamen Wolke meinen Blicken entrissen worden war.

Wie lange brauchte unsere Sternschnuppe, die selbst erloschen noch alle Sterne verblassen ließ, um auf der anderen Seite dieses vor Menschen schwarzen Platzes zu ihrer letzten Wohnstatt zu gelangen? Genauso lange, vielleicht, wie um ihr Leben zu durchqueren.

Ein Trauerzug weinender junger Männer und Frauen begleitete sie mit Kerzen in der Hand zu ihrem Grab in der Kapelle der Vespucci in der Kirche Ognissanti.

Giuliano

Hier gab es nichts mehr, was mich hielt. Also reiste ich nach Pisa zu Lorenzo. Um mit ihm zu weinen. Mit ihm zu sprechen. Und erneut mit ihm zu sprechen und zu weinen.

Ein Brief seines treuen Unterhändlers Sforza Bettini hatte ihn von dem Unglück unterrichtet. Auch er berief sich auf Petrarca: »Die glückliche Seele Simonettas ist nun im Paradies, wie du sicher weißt. Sozusagen ein zweiter *Trionfo della morte.* Wirklich, wenn du sie so sehen würdest, fändest du sie nicht weniger schön und anmutig als zu Lebzeiten. *Requiescat in pace.*«

Mein Bruder drückte mich an sich.

»Ich hatte so gehofft, daß dir die Freuden der Liebe zuteil werden würden, ohne daß du deren Leid erfahren müßtest.«

Seite an Seite gingen wir durch die klare Aprilnacht.

»Was ist sinnloser als der Frühling des Lebens ...«

Ich konnte ein Schluchzen nicht unterdrücken.

»Ausgerechnet in der schönsten Jahreszeit!«

»Damit der Sommer ihre Formen nicht zum Reifen bringen durfte«, behauptete er, »und der Herbst sie nicht verletzen und der Winter sie schon gar nicht zerstören konnte. Damit wir sie unversehrt auf dem Höhepunkt ihrer Schönheit in Erinnerung behalten. Bestimmt hat Gott dies so gewollt.«

Ich blieb empört stehen.

»Gott! Was für ein Gott? Wie konnte er eine so von himmlischer Schönheit erfüllte junge Frau ihres Lebens berauben ... Man könnte fast aufhören, an ihn zu glauben! ER muß einfach neidisch gewesen sein auf das Glück, das sie verbreitete, sonst hätte er sie nicht so früh zu sich gerufen und uns ihres Lichtes beraubt!«

Lorenzo nahm mich, wie es in schweren Augenblicken seine Gewohnheit war, unter den samtigen Flügel seines Mantels.

Nichts konnte mich mehr rühren als diese brüderliche Geste. Ich brach in Tränen aus. Er ließ mich lange weinen und begnügte sich damit, mich in seiner männlichen Umarmung fester an sich zu ziehen.

»Du mußt versuchen, dich damit abzufinden, Giuliano«, ermahnte er mich schließlich. »Überlaß dich deinem Schicksal. Anders zu handeln wäre vergeblich und wirkungslos.«

Noch von ihrem Bild erfüllt, schauten wir zum Nachthimmel empor, der mit einem blauen Lichterzelt den Turm von Pisa überspannte.

Da geschah etwas Sonderbares. Lorenzo und ich bemerkten es gleichzeitig. Plötzlich leuchtete im Westen ein neuer Stern auf, hundertmal heller als die anderen. Wir schauten uns fragend an, denn noch nie zuvor hatten wir so etwas beobachtet.

»Hast du gesehen, Lorenzo?«

»Das kann nur die Seele der *gentilissima* sein. Sie hat sich wohl in diesen Stern verwandelt. Oder sich mit ihm vereint.«

1477

GIULIANO

Ich verließ die Kirche Ognissanti. Wie jeden Morgen bei Tagesanbruch seit dem 26. April, hatte ich ganze Arme voll Iris pallida in der Kapelle der Vespucci niedergelegt und mich lange mit dem unvergeßlichen Profil auf dem Fresko unterhalten, das Domenico Ghirlandaio für die Nachwelt unter dem schützenden Mantel der Heiligen Jungfrau verewigt hatte.

Der unwiederbringliche Verlust, der anstelle der greifbar nahen Erfüllung eingetreten war, hatte meine Seele für immer mit der ihren verbunden. Keine Wirklichkeit konnte von nun an meinen Traum widerlegen. Und meine Leidenschaft für die unerreichbare Simonetta, die nun bei Dantes Beatrice und Petrarcas Laura in ihrer ewigen Klausur weilte, bestand fort im Übernatürlichen und erreichte Sphären, in denen ich einen Hauch des Absoluten atmete, der nicht mehr von dieser Welt war.

Ein Schauder durchlief mich jedes Mal, wenn ich mich entschließen mußte, den Marmor, unter dem sie ruhte, zu küssen, und ihren geliebten Körper der feierlichen Ruhe unter dem Kirchengewölbe zu überlassen.

Ich bog auf den Ponte alle Grazie ein, eben jene Brücke, auf der sie an einem eiskalten Januarmorgen in aller Frühe, genau wie heute, im Hochzeitskleid auf ihrer weißen Stute aufgetaucht war. Ich lief zwischen den beiden Reihen winziger Kapellen, Oratorien, Klöster und Läden hindurch, die sich an die Pfeiler klammerten. Eine ganze Weile lehnte ich zwischen zwei Häuschen, mit den Ellbogen auf der Brüstung, und schaute auf den Arno, der in seinem winterlichen Hochwasser meinen grenzenlosen Kummer mit sich führte.

Es war ausweglos. Die grausame Erinnerung an meine Geliebte verließ mich nicht mehr. Am einen Tag schien sie mir fast unwirklich, wie die Vision eines Künstlers, Symbol einer

Zeit, mythologische Göttin, die wie ein Traum meine Stadt und mein Leben durchquert hatte. Sie war keine Frau mehr, sie war eine Venus, sie war der Frühling. Wenn ich sie nicht tot vor mir gesehen hätte, hätte ich sogar daran zweifeln können, daß sie eines Tages lebendig gewesen war, so sehr gehörte ihr Bild der Ewigkeit. Am nächsten Tag fand ich sie wieder in der schäumenden Vitalität eines zerbrechlichen jungen Mädchens, das aus voller Brust das vergängliche Glück zu leben genoß, da es spürte, wie die Gegenwart ihm entfloh, voller Ungeduld, alles zu sehen, zu hören, zu fühlen und zu umarmen, ehe es sich wieder empfahl.

Daß ich nicht der einzige war, der um sie trauerte, war mir kein Trost. Es verging kein Tag, an dem sich nicht ein unglücklicher Florentiner an sie erinnerte, ob in Erzählungen oder in Versen, wobei er seine Feder in einen Strom von Tränen zu tauchen schien. Die ganze Stadt war von dem gleichen untröstlichen Schmerz ergriffen. Simonetta war zu unserem gemeinsamen Verlust geworden, unserem öffentlichen Unglück, unserer nationalen Trauer. Keine andere in der Blüte ihres Lebens verstorbene Frau hatte eine so bewegte poetische Spur hinterlassen.

Die Verse Bernardo Pulcis, des jüngsten der drei Dichterbrüder, von denen der mittlere, Luigi, lange unser Sekretär gewesen war, begleiteten meine Phantastereien. Aus dem traurigen Anlaß hatte er eine lange Elegie aus vierundsechzig Terzinen über das Hinscheiden der Göttin Simonetta geschrieben, in der er die engelsgleiche Gestalt unserer Angebeteten seit ihrer Ankunft an den Ufern des toskanischen Flusses, die blonden Locken ihres Haares, die Süße ihrer lachenden Augen wiederauferstehen ließ. Der junge Pulci hatte mir ebenfalls zwei Sonette gewidmet, in denen *la diva Simonetta* mich persönlich ermahnte, meinen Schmerz zu besiegen und meine Tränen zu trocknen: Warum, so fragte mich die Schöne, um die weinen, die nicht tot war, sondern lebend und von den irdischen Banden befreit, an mich dachte und mich im Himmel erwartete?

Ein glühender Schmerz an der linken Seite ... Erinnerungen, die an meine Schläfen pochen ... Die Finsternis, die mich verschlingt ...

Bedauernd löste ich mich von der Brüstung und ging zum linken Ufer hinüber. Eine schüchterne Sonne drang durch einen Schleier feuchten Dunstes. Ich zog zwei Verse aus meiner Tasche, die Naldo Naldi, einer unserer Dichter, an meinen Bruder gerichtet hatte. Seine lateinischen Reime gaben den Rhythmus ab für mein morgendliches Umherirren durch die betriebsamen Gäßchen am Arno.

Der weiße Dunst, der noch über den Häusern hing, verzog sich ein wenig, um das lebhafte Blau eines Himmels durchscheinen zu lassen, wie Giotto ihn gemalt hatte. Ich wandte der voll erwachten Geschäftigkeit in den Läden auf dem Ponte Vecchio, der breitesten und stärksten unserer vier herrlichen Steinbrücken, den Rücken zu und schlug den Weg zu den Trümmern von Santo Spirito ein, dort wo vor sechs Jahren der Brand ausgebrochen war, der uns einander nahegebracht hatte.

Im Laufe der Jahre hatte sich die Geographie unserer Liebe in unserer Stadt ihre eigene Karte gezeichnet, die ich jeden Tag unermüdlich durchstreifte und wieder und wieder die Gesänge las, die jener gewidmet waren, die alle Tugenden besaß. Und die von unzähligen Florentinern in schmerzerfüllten Elegien und Sonetten, die zu ihrem Gedächtnis geschrieben waren, darin wiedererkannt wurde. Ja selbst von Männern, die weit weg von Florenz lebten, und die nur ihren strahlend hellen Ruf kannten. Wie Francesco Nursio, königlicher Sekretär in Verona, der in einem langen Klagegedicht Simonettas Schönheit in den lebhaftesten Farben der petrarkischen Palette gemalt hatte. Und wenn sie mich auch in jenem Gedicht anflehte, mich nicht mehr zu grämen, die Erinnerung dieses Veronesers an ihre von sehnsüchtigen Wimpern beschatteten Sternenaugen, ihre korallenroten Lippen, die sich über ihren fröhlichen perlengleichen Zähnen öffneten, ihre Wangen vom zarten Rot der Heckenrosenblüte und ihre alabasterweißen Brüste entlockte mir Ströme von Tränen, die ich schon erschöpft zu haben glaubte.

Ich ging über den Ponte Santa Trinità und lehnte mich an das kleine Mönchshospiz, das ihn überragte, um mein Taschentuch hervorzuholen. Ich schaute auf die Sonnenuhr. Es war noch sehr früh. Wie lang würde dieser neue Tag ohne sie werden!

Ich erreichte das rechte Ufer und ging am Arno entlang bis zum Ponte alla Carraia. Ich wünschte, er würde unter der Last meiner Pein zusammenbrechen. Ähnliches war schon einmal an einem verhängnisvollen ersten Mai geschehen, bei einem Frühlingsfest zu Beginn des vorigen Jahrhunderts. Damals stürzte die Brücke unter der Masse der Zuschauer ein, die einer Aufführung der *Hölle* mitten auf dem Arno auf einer aus Kähnen und Gondeln zusammengebauten schwimmenden Bühne beigewohnt hatten. Die Hölle, die ich durchlebte, konnte nicht schlimmer sein als jene damals, als inmitten von gellenden Rufen und herzzerreißendem Klagegeschrei und zwischen häßlichen Dämonen, die die Verdammten nackt unmenschlichen Folterqualen unterzogen, Hunderte von Unschuldigen in den eisigen Strudeln und in den Flammen versanken …

Der Mann, der mein Leid am ehesten umzusetzen gewußt hatte, war unbestreitbar mein Freund Poliziano. In vier düsteren Gedichten in lateinischer Sprache hatte Angelo, von meinen Klagen inspiriert, meine Verzweiflung mit außergewöhnlichem Feingefühl und Treffsicherheit in Verse gefaßt. Aber unser begabter Schriftsteller hatte Wert darauf gelegt, die Qual, die er selbst empfand, auch in seinem eigenen Namen zu offenbaren. Während er im ersten Buch seiner Gedichte das Turnier unserer Liebe gefeiert hatte, besang er im zweiten seinen ganz persönlichen Schmerz, den ihm der viel zu frühe Tod jener verursacht hatte, die er so schön im Schoß der Venus, hatte entstehen lassen.

»Wer kann schon den Absichten des Schicksals entgehen, mein lieber Giuliano?« pflegte er, genau wie Lorenzo, immer wieder zu sagen. Ganz wie es ihm beliebt, zieht es die Zügel der menschlichen Angelegenheiten an oder läßt sie los. Es nützt überhaupt nichts, ihm zu schmeicheln oder sich ihm zu widersetzen. Das Schicksal bleibt unseren Wünschen gegenüber taub und führt uns dorthin, wohin es will.

Giuliano

Ich ritt zu meinem Bruder nach Fiesole, um eine etwas weniger ekelerregende Luft zu atmen als die, die in letzter Zeit in den italienischen Hauptstädten herrschte.

Die Trauer hatte meine Verbundenheit mit Lorenzo nur noch verstärkt, falls es dessen überhaupt bedurfte. Ich verbrachte viel Zeit mit ihm im Gespräch über Staatsangelegenheiten. Denn der Himmel von Florenz hatte sich ziemlich verdüstert. Schwere Wolken lasteten über unseren zinnenbewehrten Türmen. Sie kamen aus Rom. Aber auch aus Mailand.

Angesichts der Verzweiflung, in der ich zu versinken drohte, war ich bereit, alles zu akzeptieren. Einschließlich der Tatsache, Kardinal zu werden. Aber das Schicksal hatte anders entschieden. Trotz der Vorstöße unseres Beauftragten war meine Kandidatur bei der Ernennung im vergangenen Dezember nicht berücksichtigt und wie gewöhnlich zugunsten eines Familienangehörigen des Papstes entschieden worden. Außerdem hatte Sixtus IV. noch einen unserer Florentiner Gegner, Francesco Salviati, zum Erzbischof von Pisa ernannt, als Ersatz für unseren Verwandten Filippo de' Medici, der einst die Trauung von Clarissa und Lorenzo vorgenommen hatte.

Die Zeichen der Feindseligkeit des Vatikans waren deutlich. Aber das war nicht alles. Wie wir gefürchtet hatten, hatte der Papst, unmittelbar nachdem er uns des Amtes der Bankiers des Heiligen Stuhles enthoben und unsere Rivalen, die Pazzi, eingesetzt hatte, unseren Vertrag über die Ausbeutung der Alaunminen von Tolfa aufgekündigt und ihnen das Monopol übertragen. Eine weitere Kränkung für die Medici.

Die Nachrichten aus dem Norden waren kaum besser. Girolamo Riario, der korrupteste, verschlagenste und zynischste aller Neffen des Papstes, aber auch sein Lieblingsneffe, hatte sich, nachdem er sich die Grafschaft Imola hatte schenken lassen, die der Papst von Galeazzo Maria Sforza, dem Herzog von Mailand, zurückgekauft hatte, dessen natürliche, kaum dreizehn Jahre alte Tochter, Caterina Sforza, zur Frau geben lassen. Man erzählte sogar, daß er die Ehe bereits bei der Verlobung hatte vollziehen wollen, als das Mädchen erst zehn gewesen war. Kurze Zeit nach der Hochzeit machte eine tragische Nachricht die Runde durch die Höfe Italiens, die alle Fürsten völlig unvorbereitet traf: Der unglückliche Herzog von Mailand war auf der Schwelle der Kirche ermordet worden, in die er sich zur Frühmesse begeben wollte. Mit seiner Person verloren wir einen Verbündeten und einen Freund. Das Netz um Florenz zog sich immer enger zusammen.

Ich öffnete ein Fenster und betrachtete von der Höhe unseres Hügels aus die Alleen, Beete, Hecken, Labyrinthe, Aussichtspavillons, Marmorstatuen, Felsen, Brunnen und Becken der geometrisch angelegten Gärten mit ihrer ausgeklügelten Harmonie zwischen Pflanzen-, Wasser- und Mineralreich und die wilden Wälder, die beherrscht waren von den dunklen, spindelförmigen Zypressen, dem rauschenden Silber der Olivenbäume, dem üppigen Grün der Zedern aus dem Libanon, der Schirmpinien, der Lorbeerbäume und Ulmen. Vor mir lag die ferne Schönheit unserer in *la pietra serena* gehauenen Stadt. Verklärt durch den rotgoldenen Staub der Dämmerung strahlte sie wie ein Edelstein in seiner bewaldeten Schatulle.

»Weder die Römer noch die Mailänder«, sagte ich zu Lorenzo, »werden jemals, was immer sie auch tun, Florenz seiner Grazie berauben.«

Giuliano

Der 26. April war ein trauriger Jahrestag. Schon ein Jahr war seit ihrem Hinscheiden vergangen. Und sie hatte mich immer noch nicht verlassen. Selbst wenn ich es gewollt hätte, wäre es mir unmöglich gewesen. Sie erschien mir in dem Augenblick, wenn ich es am wenigsten erwartete, im Rahmen eines Bildes, in der Ecke eines Freskos, hier in einer Fensteröffnung, dort zwischen zwei Bäumen eines Waldes, eingehüllt in den Rauch der Kerzen, geehrt von Elegien und Sonetten.

An diesem Morgen hatte ich mich zu lange in meinem Zimmer aufgehalten. Ich konnte meine Augen nicht von der herrlichen Standarte des Turniers lösen, die Botticelli für mich gemalt hatte und die ich auf einer ein mal zwei Meter großen Tafel hatte befestigen, mit einem Goldrahmen umgeben und gegenüber von meinem Bett an die Wand hängen lassen. Durch das von den Brüdern da Maiano geschnitzte und eingelegte Nußbaumholz und die schweren roten, mit goldenen Falken und Siebenschläfern bestickten Wollvorhänge schaute Simonetta mich in dem Gewand und der Rüstung der Göttin Athene mit ihrer fiebrigen, nachdenklichen Miene an. Es war der gleiche Ausdruck, mit dem sie mir den Helm mit dem Schmuck aus ziseliertem Silber auf mein siegreiches Haupt gesetzt hatte. Dort oben lag er, über dem Bild, wie zum Beweis, daß ich nicht geträumt hatte.

Ein Diener unterbrach dieses Tête-à-tête mit meiner Unzertrennlichen.

»Piero Vespucci wünscht Monsignore in einer Privataudienz zu sprechen.«

»Laß ihn heraufkommen. Ich werde ihn im Vorzimmer empfangen.«

Früher liebte ich diesen angrenzenden Raum, dessen Bett mit Nußbaumsäulen umgeben war, die mit Intarsien verziert waren, und von einem grünen, mit einer – ebenfalls von Botticelli gemalten – Fortuna geschmückten Baldachin bedeckt war. Aber seit ihr Rad sich zu meinen Ungunsten gedreht hatte, hatte ich mich ihm ferngehalten. Meine Träume hatten die einladenden Kissen aus Brokatsamt verlassen, die auf den goldbestickten Decken lagen.

Zwei mit Kisten, Kasten und Kästchen beladene Diener folgten Simonettas Schwiegervater.

»Stellt alles hier ab und laßt uns allein«, befahl Piero.

Als wir allein waren, erklärte sich der Familienälteste der Vespucci schließlich nach den üblichen Höflichkeitsfloskeln.

»Unser Haus, ich verheimliche dir das nicht, Giuliano, ist in ernsten finanziellen Schwierigkeiten. Simonettas lange Krankheit und die Behandlung, die wir ihr angedeihen ließen, haben uns ruiniert ...«

Ich hätte ihn mit meinen Blicken erdolchen können. Der Kleingeist dieser Worte, aus dem Munde eines alten Mannes, den ich respektierte, stieß mich vor den Kopf. Er mußte doch wissen, daß die gesamten Kosten für das Honorar Doktor Stefanos, des von Lorenzo gesandten Arztes, und für die verabreichten Arzneimittel von unserer Familie getragen worden waren. Das hatte uns nie das geringste Problem verursacht.

»Und außerdem, du kennst ja Marco«, stellte er richtig. »Seine Leidenschaft für das Spiel und vor allem – sein Hang zu Ausschweifungen, nennen wir die Dinge ruhig beim Namen, sind zum Teil auch dafür verantwortlich. Vor allem seit sie uns verlassen hat. Sein Kummer war echt, das kann ich bestätigen. Er hing mehr an seiner Gemahlin, als er sich anmerken ließ. Er mußte sich trösten, der arme Junge. Auf seine Weise, selbstverständlich. Was willst du, jeder hat seine Schattenseiten. Aber alles hat seine Grenzen. Aus Achtung vor unserem Hause habe ich meinen Sohn dringend ermahnt, sich in die Gewalt zu bekommen. Und sein Leben neu in die Hand zu nehmen. Mit einer zweiten Ehefrau ...«

Nun, da Marco Vespucci die Mitgift der schönen Cattaneo bis zum letzten Florin durchgebracht hatte, da ihm die Eisenminen der Insel Elba seit ihrem Tode nichts mehr einbrachten, und da er für sich selbst nie mehr als mittelmäßige Aufgaben angestrebt hatte, blieb ihm tatsächlich kein anderes Mittel mehr als – wieder zu heiraten. Es verletzte mich, daß die göttliche Simonetta, die Frau gewordene Schönheit, unsere herrlichste Entdeckung seit dem Aussterben der Etrusker, für diesen lasterhaften jungen Mann, der das einmalige Vorrecht besessen hatte, sie zu heiraten, und vor allem für Piero, der die Ehe seines Sohnes arrangiert hatte, nur eine gewöhnliche Einkommensquelle gewesen war.

»Und wer wird die Nachfolge von Simonetta Cattaneo Vespucci antreten?« fragte ich ironisch.

Piero ließ sich nicht aus der Fassung bringen.

»Die Tochter eines steinreichen Kaufmanns, Costanza di Recco d'Uguccione Capponi. Die Hochzeit wird noch vor dem Sommer stattfinden.«

Da hast du dich ja schnell getröstet, Marco!

»Nun gut, meine herzlichsten Glückwünsche.«

»Aus diesem Grunde«, fuhr er fort, »hielt ich es für gut, um Marcos künftige Gemahlin nicht zu verärgern und angesichts unserer unfehlbaren Treue zu der Familie Medici, dir ein paar Bilder, auf denen unsere vielbetrauerte Simonetta dargestellt ist, sowie ein paar persönliche Gegenstände zu übergeben.«

Trotz der Erregung, die mich bei der Aussicht ergriff, was sich mir bald offenbaren würde, verstand ich sehr wohl, was das alles bedeutete. Vespucci machte das zu barer Münze, was in meinen Augen unbezahlbar war: die Porträts und die Dinge, die seiner Schwiegertochter gehört hatten, gegen eine wohlgefüllte Börse. Ich verzieh ihm seine Gier. Letztlich stand ich in seiner Schuld. Er war es gewesen, der diesen blonden Schatz nach Florenz gebracht hatte.

Ich setzte der Unterredung ein Ende. Ich hatte es eilig, mit Simonettas Sachen allein zu bleiben.

»Ich bin sehr gerührt über diesen Freundschaftsbeweis, Piero. Ehrlich. Lorenzo und ich werden uns erkenntlich erweisen.«

Sobald der alte Mann gegangen war, packte ich in aller Ruhe eine Kiste nach der anderen aus.

Aus einem Kästchen holte ich den Packen Briefe, die mit einem roten Satinband verschnürt waren. Zeugen der verschlüsselten und in Zaum gehaltenen Leidenschaft, die ich meiner kleinen Rekonvaleszentin nach Piombino geschickt hatte. Damals hatte ich noch Hoffnungen.

Ich öffnete eine Kiste, die alle Geschenke enthielt, die ich meiner kranken Freundin gemacht hatte, einschließlich der Blumensträuße, die bestimmt von Svetlanas sorgsamen Händen getrocknet worden waren. Bücher, Zeichnungen, Gedichte, Düfte, Perlen … Es schnürte mir das Herz zusammen. Alles Steine, die ihren Leidensweg gekennzeichnet hatten.

Ich kniete vor einer Truhe nieder. In Seidenpapier gehüllt, enthielt sie all die Kleider, die ich an ihr so geliebt hatte. Ein Schwall Irisduft verbreitete sich unverhofft im Vorzimmer. Das war sie, ganz und gar. Ich sog ihre körperliche Gegenwart in mich auf. Ich begann nach ihr zu rufen, ehe ich in Schluchzen ausbrach.

Ich rieb meine Wange an dem weißen Samt ihres Hochzeitsumhangs. Ich führte das Jaspisgrün des hauchzarten Kleides an meine Lippen, das sie bei Lorenzos Hochzeit getragen hatte. Mir fiel der weiße Seidenschal in die Hände, den mein Bruder nach dem Wolkenbruch über ihre durchnäßten Schultern gelegt hatte.

Diese Stoffe bewirkten wahre Wunder! Meine Erinnerungen waren intim verwoben mit dem Lamé, den Spitzen, die ihre Haut berührt hatten. Ich liebkoste die gestickten Blumen auf der hauchdünnen Gaze, in die sie bei dem Erntefest gehüllt war, das wir ihr zu Ehren in Fiesole gegeben hatten. Die Falten des weißen Musselins vom Johannisball. Ah, diese bis zum Ellbogen gerafften Ärmel, die den Voile ihres Hemdes hervorbauschen ließen. Genau die gleichen wie die meinen – man hätte meinen können, wir hätten uns an diesem Abend abgesprochen. Oder jene aus dunkelgrünem Samt, abnehmbar und an den Schultern gebunden, dich auch ich trug, an dem Tag, als ich sie bat, meine Ehrendame zu sein. Die Rosenholzfarbe ihres Kleides für das Turnier berührte mich zutiefst. Das war kurz bevor uns alles entrissen wurde.

Ich nahm die Decke von dem schmiedeeisernen Käfig, in dem die beiden verwaisten Turteltauben, grau unter ihrem weißen Kragen, herumflatterten, und gab ihnen die Freiheit wieder.

Ich löste die Schnüre und das Wachstuch, das die Bilder umhüllte. Aber bevor ich sie aus ihrer schützenden Watte holte, zog ich die Vorhänge vor. Ich konnte ihr nur im Halbdunkel gegenübertreten. Ich war noch zu zerbrechlich, um ihrer leuchtenden Ausstrahlung ins Auge zu sehen.

Und so war es mir ein Jahr nach ihrem Tod gegeben, ihr köstliches Profil, gesehen mit den Augen Piero del Pollaiuolos, Piero di Cosimos, Sandro Botticellis, in Auftrag gegeben von Piero Vespucci, in Besitz nehmen zu dürfen.

Giuliano

Schließlich nahm ich Sandros Einladung an, der ein Porträt von mir malen wollte. Hofmaler, aber niemals Höfling, das war unser Botticelli. Trotz seines Erfolges hatte er sich seine Persönlichkeit und Unabhängigkeit bewahrt. Seine unauffällige Beharrlichkeit hatte nichts Berechnendes. Nur die Liebe zu seiner Kunst diktierte sein Verhalten. Also begab ich mich wieder in seine *bottega*, die ich, wie übrigens alle anderen auch, seit langen Monaten nicht mehr betreten hatte.

Eine kurze Atempause in den politischen Wirren nutzend, war Lorenzo nach Piombino aufgebrochen, um im Namen unseres Vetters zweiten Grades, Lorenzo di Pierfrancesco de' Medici, um die Hand von Simonettas Nichte anzuhalten, der jungen Semiramis d'Appiano. Dieser Schritt war durch die Trauer um unsere unvergeßliche Schönheit verzögert worden.

In Voraussicht auf diese Ehe hatten der Bräutigam und sein Bruder Giovanni, die bisher unter unserem Dach wohnten, in einem Palazzo direkt neben dem unseren, das Castello gekauft, eine Festung aus dem dreizehnten Jahrhundert, das sie in eine prächtige Villa umbauen wollten, nach dem Vorbild der unseren in Careggi, Cafaggiolo und Fiesole.

Ich verfügte also über ein bißchen Zeit, um der Bitte unseres Freundes nachzukommen. Als ich sein Atelier betrat, hallte es von einem Streit unter Lehrlingen wider.

»*O bischero!* Du Miststück! Gib mir die Entwürfe zurück!«

Immer wieder war ich an diesen Orten künstlerischen Lebens betroffen von dem Widerspruch zwischen der Grobheit dieser Männer und der Herrlichkeit ihrer Werke. Hier wohnten das Schöne und das Gute nicht immer beisammen. Das Erhabene lebte oft mit dem Schmutz unter einem Dach. Und gesponnenes Gold verflocht sich mit Schlangen, um

Schöpfungen zu gebären, die eines Tages bestimmt in die Nachwelt eingehen würden.

Sobald Sandro mich erblickte, gebot er Ruhe.

Ich erzählte ihm, wie bewegt ich angesichts der Porträts der schönen Simonetta war, die Piero Vespucci mir übergeben hatte. Und insbesondere bei denen, die seine persönliche Handschrift trugen. Von den drei Meistern, die sie gemalt hatten, hatte er, bekräftigte ich, die Schwingungen ihrer Seele am besten empfunden.

»Die berühmten *movimenti d'animo* als Voraussetzung für Körperbewegungen, wie sie bereits Leon Battista Alberti ahnen ließ«, brachte ich vor.

Zwar hatten Piero del Pollaiuolo und Piero di Cosimo, wie übrigens auch Domenico Ghirlandaio, ihre körperliche Vollkommenheit bewundernswert ausgedrückt. Aber nur Sandro Botticelli war es gelungen, durch die leise Wehmut des Blickes, die Transparenz der Haut, in ihrem kühlen Zauber, ihren biegsamen Posen zwischen Tatkraft und Träumerei diese dünner werdende Luft und dieses schwebende Licht zu übermitteln, die auftraten, sobald sie erschien.

»Wie niemand sonst hast du die ätherische Geistigkeit derer erfaßt, die uns so teuer war. Diesen Hauch des Unkörperlichen, *aliquid incorporeum*, wie unser Ficino sagen würde, das der Schönheit innewohnt.«

Sandro antwortete nicht und geleitete mich zu einer mit einem Tuch bedeckten Staffelei, das er rasch herunterzog.

Beinahe wäre ich vor Erregung ohnmächtig geworden. Ihr geschmeidiger, schlanker Körper, in weiße, altgold gesäumte Gaze gekleidet, Kopf an Kopf bei meinem liegend, in einer zärtlichen unvollendeten Allegorie.

»*Venus und Mars*«, verkündete der Meister. »Ich hatte sie letztes Jahr begonnen.«

In der Tat hatte Simonetta mir von diesem Entwurf erzählt, dessen laszive Posen und offenkundige Ähnlichkeiten ihr Marcos Zorn zugezogen hatten. Ein Auftrag der Vespucci, ohne Zweifel. Der Wespenschwarm, das Emblem ihres Hauses, der um den Kopf des schlafenden Mars summte, bewies es. Sandro erklärte mir, daß seine Mäzene ihren Auftrag aus unerklärlichen Gründen nach dem Tode der jungen Frau nicht weiter ausführen lassen wollten.

Dieses Bild war also für mich bestimmt. »Ich muß noch ein paar Verbesserungen an dem Antlitz des Mars vornehmen«, sagte er, während er das meine musterte, bevor er das Ganze wieder zuhängte. »Aber darum werden wir uns später kümmern. Zuerst zu deinem Porträt.«

Ich nahm die Pose ein, wie der Meister es wünschte. Aufmerksam musterte Botticelli meine Kleidung. Ich trug ein weißes Hemd mit hohem Kragen, eine hochgeschlossene olivgrüne Tunika und darüber ein pelzgefüttertes dunkelrotes Gewand. Es schien seine Billigung zu finden. Er stellte mich vor ein Fenster, das in eine graue Wand des Ateliers gehauen und dessen einer Laden halb geschlossen war, während der andere sich weit zu einen weißblauen Himmel hin öffnete.

»Ich hätte gern, daß du deine Schultern etwas schräg drehst. Und daß ich deinen Kopf im Profil sehe. So, wunderbar ... Nun senke die Lider. Noch etwas mehr. Ich möchte, daß du starr auf deine Weste schaust. Und dabei das Kinn schön hochhebst.«

Ich schloß meine Augen fast über dem Bild, das sich für immer in meine Netzhaut eingeprägt hatte. Wir stellten ein schönes Paar dar. Simonetta und ich, in mythologischen Gewändern. Der Maler hatte bis in die Tiefe unserer Herzen gesehen.

Trotzdem wollte ich mehr wissen über die Entstehungsgeschichte seiner Inspiration, über den Funken, der den Prozeß seiner Schöpfung ausgelöst hatte. War sein Ausgangspunkt das, was er sah, oder aber das, was er träumte? Handelte er ohne vorgefaßtes Konzept, allein getrieben von seiner Inspiration? Ich bedrängte ihn mit dummen Fragen, die er schließlich damit beantwortete, daß er die Arme zum Himmel hob.

»Woher soll ich das wissen?«

Immer so wenig beredt, unser Sandro. Ich blieb hartnäckig.

»Sag mir, sind diese Bilder Illustrationen von Gedichten? Oder, im Gegenteil, ihre bildhaften Quellen? Setzt der Dichter die Vision des Malers um, oder wird die Beschreibung des Dichters vom Maler in Bilder übertragen?«

Als Antwort erzählte Sandro mir von einem Auftrag, den ihm der junge Lorenzo di Pierfrancesco de' Medici für seine künftige Villa Castello erteilt hatte.

»Dein Vetter hat mir einen langen, lehrreichen Brief von Marsilio Ficino gezeigt. Er ist im April geboren, und unser Philosoph und Astrologe erstellt darin sein Horoskop. Die Konjunktion der Planeten Venus und Merkur erschien mir darstellerisch interessant. Sie hat mich auf das Thema des Bildes gebracht, das ich malen werde. Ich sehe darin eine Art Allegorie des Frühlings. Der Gedanke hat mich an die Mythen in den Dichtungen von Ovid und Lukretius, aber auch von Il Magnifico und Poliziano erinnert. So begann dieses Bild in meinem Geist zu keimen, und nun stieß ich zufällig auf den dritten Tag des *Decamerone*. Du kannst es mir glauben oder nicht, dort habe ich die genaue Beschreibung des Gartens der Hesperiden gefunden, wie ich ihn mir für das Bild vorgestellt habe.«

Er reichte mir einen Band von Boccaccio und öffnete ihn an einer gekennzeichneten Stelle.

»Hier, wirf einmal einen Blick hinein. Dabei kannst du die Lider gesenkt lassen.«

»Mitten in dem Garten«, las ich, »– und das war nicht sein geringster Vorzug – war eine Wiese von zartem Grase, deren beinahe ins Schwarze übergehendes Grün vielleicht von tausenderlei bunten Blumen unterbrochen war; und sie war ringsum von grünen, strotzenden Orangen- und Zitronenbäumen umgeben, die mit ihren Früchten, alten sowohl als auch unreifen, und ihren immer noch blühenden Zweigen ...«

»Dieser grüne, von Frühlingsblumen übersäte Teppich, diese heiligen Orangenwäldchen ... Das erinnert mich an unseren Garten in Careggi«, rief ich.

»Genau. Auch hier kann man die Frage stellen. War es der Dichter, der vor hundert Jahren die Vision eures Gartens hatte, oder aber hat euer Gärtner seine Bildung genutzt, um ihn so anzulegen? Um auf mein Vorhaben zurückzukommen, ich habe kürzlich einige Abschnitte des Traktats über die Malerei, *Della Pittura,* von Alberti gelesen. Und zwar diejenigen, in denen er von der Belebung aller Elemente der Komposition spricht. Hier, lies das.«

Ich gehorchte und las vor:

»Es gefällt mir, bei der Darstellung von Haaren dieser Vielfalt verschiedener Bewegungen zu begegnen, die ich schon nannte; bald seien sie im Kreis zusammengefaßt, als ob sie sich durch Knoten vereinen wollten, bald wogen sie durch die Luft wie Flammen; bald ringeln sie sich wie Schlangen umeinander, bald entfliehen sie nach hier und da … Das ist unwahrscheinlich! Dieses gelöste, miteinander verschlungene, vom Wind liebkoste Haar … Man glaubt Simonetta vor sich zu sehen!«

»Aber der Text stammt aus dem Jahre 1435, wie du feststellen wirst. Ein ganzes Leben vor ihr. Wenn Alberti als sein Modell das köstliche Oval ihres Gesichts, ihren geschmeidigen Körper, ihre leichte Anmut vorgibt, dann spricht er lange vor ihrer Geburt von ihr. Und sie ist es auch«, fügte er nachdenklich hinzu, »immer und immer wieder sie, die man malen wird, die ich malen werde, noch lange nach ihrem Tod …«

Als er seine Arbeit am Ende des Tages unterbrach, trat ich hinter ihn. War ich das, dieses gebieterische Profil, diese scharfen Züge, dieser verhärtete Ausdruck, diese vom Schmerz durchfurchten Wangen? Wieder einmal waren Sandro die Bewegungen der Seele, die Schlüssel des Ausdrucks, nicht entgangen.

Ganz vorne links bemerkte ich eine Turteltaube, die auf einem abgestorbenen Ast saß. Das erinnerte mich an eine von Aristoteles überlieferte Legende, wonach sich der zärtliche Vogel, als er eines Tages sein Weibchen verloren hatte, weigerte, sich mit anderen Tauben zu paaren, und es vermied, sich auf grüne, blühende Zweige zu setzen, da er mit den toten Blättern und dem dürren Holz seiner ewigen Trauer Ausdruck verlieh.

Giuliano

Regen und Wind waren auf einen glühendheißen Sommer gefolgt, vor dem ich nach Cafaggiolo und dann nach Fiesole geflohen war, um die Frische der Wälder und des Wassers und den Zauber der Einsamkeit, meiner neuen Gefährtin, zu genießen. Die einfache Sinnenfreude meiner ländlichen Liebeleien führte mich nicht mehr in Versuchung, trotz Antonias Drängen, die sich nur allzu gerne in der Rolle der Trösterin gesehen hätte, die es nicht geben konnte.

Nun, da die Sonne vor der Zeit unterging und die Kleider auf meinen vierundzwanzigjährigen Schultern schwerer geworden waren, begann für mich wieder die ideale Jahreszeit, um mein Herz im Winterschlaf zu belassen.

Alle unsere Falkner waren zur Eröffnung der Jagd nach Careggi eingeladen worden. Galletto, Guelfo, Cristofano, Peretola und vor allem Corona und Pilato, die die geschicktesten waren und die man besonders beachten mußte.

Auf unseren Gütern im Tal des Mugello mangelte es nicht an Hochwild. Auf den Ländereien von Trebbio, Carperia, Sassuolo, Schifanoia und Gagliano jagten wir Ziegen, Wildschweine und sogar Bären, die wir mit dem Lasso fingen. Während wir das Niederwild mit Netzen einfingen. Aber am liebsten gingen wir auf die Jagd, bei der wir die Raubvögel auf Reiher, Kraniche, Hasen und Rebhühner ansetzten. Eine Menge von Geschäftsfreunden versorgte uns mit Falken, Sperbern und Geiern, und es machte uns Spaß, sie in unseren Volieren selbst aufzuziehen und abzurichten.

Unsere Meute war nicht minder berühmt. Wir liebten es, uns persönlich um unsere Jagd- und Vorstehhunde zu kümmern, wobei unsere Lieblingshunde auf die Namen Tamburo, Pezzuolo, Martello, Guerrina, Biondo, Rossina, Ghiotto,

Bamboccio hörten. Ganz zu schweigen von dem alten Buontempo, den ich am liebsten mochte.

Nach einer Treibjagd, bei der ich mein Blut wieder in meinen Adern fließen, meine Lungen sich weiten und meine Muskeln sich anspannen fühlte, entdeckte ich mit Lorenzo die einfachen Freuden des bäuerlichen Mahles neu. Aale in Tomatensoße, mit süßen Karotten gefüllte Fasane, Käse aus der Milch indischer Büffel, von denen wir eine beeindruckende Herde hielten, Rosinenkuchen, und dazu den vorzüglichen Trebbiano.

»Der, wie jeder weiß, den Körper nährt, gute Laune weckt, das Herz erfreut, den Geist neu belebt und den Intellekt beruhigt«, scherzte Lorenzo. »Kommt, ein letztes Glas! Während dieses kurzen Lebens möge ein jeder sich erfreuen, ein jeder sich verlieben«, rief er und hob seinen Kelch.

An diesem Abend hatten wir dem Wein reichlich zugesprochen. Aber obwohl wir wußten, daß unser Leben viel zu kurz ist, hatte keiner von uns wirklich Lust, sich zu erfreuen oder zu verlieben, wozu uns die Verse anstiften wollten. Wir hatten mit der ersten Karaffe anscheinend unsere ganze Euphorie verloren, um mit der darauffolgenden die Melancholie in uns aufzunehmen.

Die Seelenqual hatte die Wangen meines Bruders wieder ausgehöhlt und seine Kiefer verkrampfen lassen. Ein Gedanke quälte ihn offensichtlich.

»O chiara stella ...«

Er rezitierte ein paar Verse über die liebliche Schönheit.

Der überaus helle Stern, den wir in einer trostlosen Nacht über dem Himmel von Pisa hatten aufleuchten sehen, erklärte er mir leise, hatte ihn dazu veranlaßt, sich der Betrübnis anzuschließen, die jedermann in Poesie oder Prosa ausgedrückt hatte, als Simonetta starb. Und so hatte auch er, zu ihrem Gedächtnis, vier Sonette komponiert.

»O chiara stella ...«, hob er an.

Wir berauschten uns an seinen Reimen. Ich vermied es, ihn in seiner Erregung anzusehen, die seine Stimme und sicher auch seine Augen verschleierte. Trotz aller Vorsichtsmaßnahmen, die er ergriff, um mir seine Gedichte vorzutragen, indem er erklärte, daß er versucht habe, sich mit mir zu identifizieren, daß er sich vorgestellt habe, auch er habe jemand Teuren verloren, daß er sein Herz mit Gefühlen angefüllt habe, von denen er dachte, sie würden ihn bewegen, damit er seine Zuhörer besser rühren konnte, verriet ihn doch sein aufrichtiger Unterton. Die geheime, schmerzliche Leidenschaft, die er schon immer für Simonetta empfand, schimmerte durch jeden seiner Verse.

Obwohl er sie wie den flüchtigen Morgenstern darstellte, der eine kurze Weile seine strahlende Sonne, die schöne Lucrezia Donati, die offizielle Dame seines Herzens, in den Schatten gestellt hatte, bekam ich an diesem Abend die Gewißheit, daß ich mich an meinem zwanzigsten Geburtstag nicht getäuscht hatte, als ich in der Befürchtung, wir beide wären in dieselbe Frau verliebt, einen Augenblick mein Jünglingsgelübde erneuert hatte.

»Glaubst du, ich kann diese Sonette unserer aragonesischen Anthologie hinzufügen?« sagte er in neutralem Ton, um unsere Unterhaltung zu entdramatisieren. »Ich muß unbedingt die Zeit finden, um diese Unternehmung zu Ende zu führen.«

Lorenzo, das war offensichtlich, hatte Simonetta genauso geliebt wie ich. Seine Liebe blieb zwar auch unerfüllt, aber im Gegensatz zu der meinen war sie uneingestanden und zweifellos von ihr unbemerkt. Und ohne Erwiderung – also verzweifelt. Seine Qual mußte deswegen um so größer sein.

1478

GIULIANO

Ich begab mich zu unseren Vettern di Pierfrancesco de' Medici, die neben unserem Palast in der Via Larga lebten.

Lorenzo hatte mich beauftragt, ein Mißverständnis aus dem Weg zu räumen, das aufgrund einiger fünfzigtausend Florin entstanden war, die er dem Vermögen seiner beiden Mündel hatte entnehmen müssen. Es handelte sich selbstverständlich um eine Anleihe, die durch die jüngsten Verluste der Medici-Bank erforderlich geworden war und die er vor ihrer Volljährigkeit zurückzuzahlen gedachte. Ihre riesige Erbschaft sollte im Augenblick nicht allzu sehr darunter leiden. Um dies den beiden Brüder zu versichern und zu verhindern, daß die Beziehungen zwischen den beiden Zweigen der Familie vergiftet wurden, sollte ich ihnen unsere Villa in Cafaggiolo sowie einige andere Besitztümer im Tal des Mugello als Pfand auf Treu und Glauben anbieten.

Mit einem derartigen Auftrag betraut, war ich in keiner Weise auf das vorbereitet, was mich erwartete. Lorenzo und Giovanni di Pierfrancesco würden jeden Augenblick von einem kurzen Aufenthalt in ihrer Villa in Trebbio zurückkommen, sagte man mir. Also schlug ich vor, in einem Raum neben dem Zimmer des Älteren auf sie zu warten. Ein Diener bat mich, auf einem *lettuccio* Platz zu nehmen. Ein paar Meter vor dieser hochlehnigen Bank aus Pinienholz hielt ich staunend vor einem riesengroßen Bild inne, das genau darüber an der Wand hing.

Ein unsagbarer Zauber ging von ihm aus.

Diesem schattigen Garten nach zu urteilen, wo ein Orangenhain im Hintergrund eine dichte Laubhecke bildete und wo sich unter den nackten Füßen von ungefähr zehn Figuren eine blühende Wiese erstreckte, mußte es sich wirklich und wahrhaftig um die Allegorie des Frühlings handeln, die Sandro zu malen beabsichtigt hatte.

Ich machte ein paar Schritte und erkannte, in Tempera auf zwei mal drei Armlängen Pappelholz gemalt, Polizianos funkelnde Verse wieder. Das Reich der Venus tauchte aus seiner Dichtung empor und nahm auf diesem Bild Botticellis Gestalt an. Ein fruchtbarer Austausch. Der eine dichtete, während der andere malte. Die geflügelte Eleganz aus dem Munde des einen verschmolz mit der lieblichen Anmut der Pinselstriche des anderen. Angelo schmeichelte dem Ohr mit seinen Wortklängen, und Sandro liebkoste den Blick mit seinen Motiven.

Die ganze herrliche kleine Welt, die die Seiten des Dichters bevölkerte, war hier unter der Hand des Malers in einem Wirbel von Stoffen, Blätterkaskaden, Haarfluten lebendig geworden. Zephyr, der milde Wind in Gestalt eines jungen Mannes, verfolgte eine Nymphe, die drei Grazien tanzten unter den Pfeilen eines Cupido mit verbundenen Augen, Merkur zerstreute die Wolken, Flora säte den Frühling. Und in der Mitte, leicht nach hinten versetzt, von einer Aureole des Lichts umgeben, den Tänzen und der Blumenverteilung vorstehend, sah man Botticellis Antwort auf die *Venus pudica*. Jede Gruppe schien, mitten in der Bewegung festgehalten, einer Stanze entsprungen zu sein und dem gelösten Rhythmus und der melodischen Linie des Gedichts zu folgen. Wieder einmal leitete die Musik diese Umsetzung der Poesie in Form und Farbe. Nicht die Formen tanzten, sondern das Bild selbst.

Ich wagte nicht, näher zu treten. Denn natürlich sah man nur sie. Sie, die ich mit dem ersten Blick ausfindig gemacht hatte. Sie, der erneut gegenüberzustehen ich hinauszögerte. Sie, *la sans par*, die Einzigartige, von dem Künstler vervielfacht. Man könnte meinen, Botticelli hätte nichts als ihre auserlesene Schönheit malen wollen, die nun allgegenwärtig war auf seinen Bildern.

Zuerst entdeckte ich sie unter den durchsichtigen Schleiern dieser ätherischen Nymphe mit der milchweißen Haut, die einen Zweig zwischen den Zähnen hielt. Sie trug das Hemd, in dem sie so ergreifend ausgesehen hatte, als sie mich fiebernd auf ihrem Ruhebett empfing. Aber sie drehte sich nach Zephyr um und sah mich nicht.

Ich glaubte sie unter den blonden Arabesken des schweren, ineinander verschlungenen Haares der drei Grazien zu erkennen. Etwas zu hell, mit Locken, die ihr über die Wangen fielen, und Flechten, wie eine Kette um den Hals geschlungen, stand sie als erste, im Profil, dem Betrachter gegenüber. Zu rötlich waren die gewundenen Strähnen der zweiten, die man von hinten sah. Dafür waren die langen, honigfarbenen Wellen, die zu beiden Seiten des Halses der dritten herabfielen, sehr wohl die ihren. Wie das sanft geneigte Oval ihres engelsgleichen Gesichtes. Aber in den Tanz vertieft, war sie taub für mein Rufen.

In ihrer Vollkommenheit fand ich sie wieder, unter den weichen weißen, goldbetreßten Falten des Kleides, in dem ich sie auf dem Ball in der Johannisnacht umarmt hatte – diese Venus mit der zarten Bescheidenheit einer Madonna. Von dem Gewölbe des Waldes umkrönt, schien sie mir einen Schritt entgegentreten zu wollen. Aber ihre halbgeschlossenen Lider, die meinen Blick einfingen, ohne mich zu sehen, ihr sittsam geneigtes Haupt und ihre zum Zeichen liebenswürdiger Ablehnung erhobene Hand entzogen sich meinen Annäherungsversuchen.

Und noch einmal erkannte ich sie, unter den Blumen der herrlichen Flora, die in einem Kleid auf mich zukam, welches dem glich, das sie in Fiesole getragen hatte, für sich allein ein Blumenstrauß, ein Garten, eine Jahreszeit. Ein Blütenzweig unter der Brust, ein Kranz von Myrten und Immergrün um den Hals, Gänseblümchen im wallenden Haar, Veilchen, Kornblumen, Anemonen, Nelken als Diadem, und in ihrem Schoß ebenso viele Rosen, wie unter ihren flinken Füßen wuchsen. So viele, daß man nicht mehr erkennen konnte, wo der Stoff aufhörte und die Wiese begann. »Der ganze Wald lächelt ihr zu«, hatte Poliziano in seinen Stanzen geschrieben. Und frisch, heiter und strahlend gab sie mir dieses Lächeln zurück.

Der ganze Weg unserer Liebe, die acht Florentiner Frühlinge gedauert hatte, durchzog diese traumhafte Szene, die in mir jedoch ein eigenartiges Gefühl weckte. Dieser Garten in einem ins Schwarze zielenden Grün, wo eine lange Reihe Baumstämme das bleiche Himmelszelt schraffierte, wo die Orangen wie auf einem Teppich zusammengerafft waren und Hunderte von Blumenarten, kaum erblüht und schon verwelkt auf ihren so zerbrechlichen Stielen, wie in einem Herbarium versammelt waren, schien die Erinnerung an ein verschwundenes Leben zu verewigen. Obwohl sie von der hellen Lichtung umgeben waren, hielten sich die Figuren in einem leichten Halbschatten auf. Funkelnd und verschwimmend zugleich schienen sie sich in diesem schwebenden Paradies zu bewegen, ohne überhaupt den Boden zu berühren. Die sehnsuchtsvolle ästhetische Ausstrahlung ihrer Körper und die nicht greifbare Anmut ihrer Gesichter erweckte bei mir den Eindruck, daß sich in diese Vollkommenheit, diese Harmonie eine tödliche Falle eingeschlichen hatte. Ich war erschüttert. Man hätte glauben können, dieser Venusgarten sei jener im Jenseits, in dem Simonetta sich nun befand.

»Ein schönes Werk! Es ist bei weitem die hundert Florin wert, die ich Sandro bezahlt habe, findest du nicht auch?«

Die zufriedene Stimme von Lorenzo di Pierfrancesco de' Medici in meinem Rücken traf mich wie ein eisiger Regenguß.

»Ich wollte meiner zukünftigen Gemahlin eine Freude machen. Wie man sagt, gleicht Semiramis d'Appiano ihrer Tante Simonetta wie ein Tautropfen dem anderen.«

Giuliano

Ich hatte vergessen, wie es war. Ein menschlicher Fluß, beladen mit Lebensmittelvorräten, ergoß sich Verwünschungen ausstoßend auf den Mercato Vecchio. Die Kräuter-, Gemüse-, Obst und Blumenhändler mit ihren Verkaufswagen, die Metzger mit ihren Auslagen unter freiem Himmel, die Fischhändler, Müller, Wasserträger waren alle von den fruchtbaren Hügeln heruntergekommen, um den Bauch von Florenz zu füllen.

Ich empfand diesen Taumel der Lebenskraft fast wie einen Angriff. Man schrie sich heiser, fuhr sich an, beschimpfte sich allenthalben. Ein Barbier beschuldigte einen Apotheker des unlauteren Wettbewerbs. Ein Inhaber einer Glückspielbude wurde von einem Kunden zur Seite genommen, der sich betrogen meinte. Denn dieser für den Handel mit Lebensmitteln bevorzugte Platz war auch der Ort, wo unter freiem Himmel alle Arten von Berufen, von der Medizin bis zum Lumpenhandel, vom Notariat bis zum Taschendiebstahl, ausgeübt wurden.

Es mutete wie eine riesige Voliere an, an deren vier Ecken jeweils eine Kirche stand. Selbst das Läuten der Glocken konnte den Lärm kaum übertönen. Ich blieb bei einer Gruppe Zuschauer hängen, die lautstark die Würfe zweier Würfelspieler beurteilten. Dann folgte ich einem öffentlichen Ausrufer, der im Anschluß an einen Trommelwirbel laut schreiend für jeden, der es hören wollte, die Aufforderung eines verlassenen Ehemannes verlas, seine Frau möge unter das eheliche Dach zurückkehren. Es gab nichts Besseres, um wieder im Leben Fuß zu fassen, als dieses Eintauchen in das Alltägliche, von dem ich mich allzu lange ferngehalten hatte.

Eine zahnlose Alte mit wirrem Haar schlurfte, tief über ihren Stock gebeugt, zwischen den Ständen hin und her und schnüffelte überall mit ihren glasklaren Augen herum. Wo sie vorüberging, wichen die Leute zurück. Sie raffte abgeschnittene Haare, rasierte Bärte, gezogene Zähne, herausgerissene Nägel, Knochen, die man den Hunden hingeworfen hatte, bluttropfende Tiereingeweide, durchlöcherte Schuhsohlen, Lumpen, die sie aus dem Abfall zog, und was ihr sonst noch unter die Finger kam, in ihr Bündel zusammen.

Ohne zu wissen, warum, fand ich mich auf einmal so nahe neben ihr, daß mir der ranzige Geruch ihrer schwarzen Lumpen in die Nase stieg. Sie packte mich an den Handgelenken und musterte meine Handflächen. Unmöglich, mich zu befreien. Ihre skelettartigen, eiskalten Finger hielten mich wie mit Schraubstöcken fest.

»Du«, sagte sie zu mir und schaute mich aus ihren durchsichtigen Augen an, »du stehst schon mit einem Bein im Grab ...«

Jemand zerrte mich heftig am Ärmel und half mir, mich aus dieser unangenehmen Umklammerung zu befreien. Die Alte ging mit einem sardonischen Lachen davon.

»Wir werden uns wiedersehen, schöner junger Mann! Und dann wirst du es sein, der mich besucht ...«

Ihr Hohngelächter verlor sich in der Menge.

»Das ist die Hexe von Fiesole. Sie verursacht mehr Angst als Böses.«

Ich drehte mich um.

»Was machst du denn hier, Poliziano?«

»Das gleiche wie du. Ich tauche in die Dinge des Lebens, meinen Markt der Fröhlichkeit und Spottlust, meinen Vorrat an köstlicher toskanischer Redeweise ...«

Wir verließen das Getümmel auf dem Mercato Vecchio, um ein paar Schritte durch ruhigere Gassen zu gehen.

»So hast du denn Cafaggiolo verlassen?«

»Jawohl, kurz nachdem Clarissa Florenz verlassen hat.«

Seit sie sich mit ihrer Nachkommenschaft in unsere Villa zurückgezogen hatte, deren Zahl mit der Regelmäßigkeit eines Uhrwerks wuchs – zu Lucrezia, Piero, Maddalena und

Giovanni hatten sich die krabbelnde kleine Luisa und die quäkende Contessina gesellt; und ein siebter Schreihals war schon für das nächste Jahr unterwegs –, setzte meine Schwägerin praktisch keinen Fuß mehr in die Via Larga. Ihr Ehemann legte, wenn er es für nötig erachtete, den Weg zwischen der Hauptstadt und diesem Landsitz zurück. Wenn seine Besuche für den Geschmack seiner freiwillig in die Verbannung gegangenen Gemahlin zu selten wurden und sie sich ihm in gute Erinnerung bringen wollte, ließ sie ihm Hasen und Rebhühner für seine Bankette im Palast liefern. Sie langweilte sich in Cafaggiolo zu Tode. Aber immer noch weniger als am Hof, dessen Festlichkeiten und Sitten sie verabscheute.

»Ich liebe Lorenzos Kinder«, erklärte Poliziano. »Den kleinen Piero besonders, der sich mit sechs Jahren als genauso lebhaft und wißbegierig erweist, wie sein Vater es in seinem Alter gewesen sein muß. Als sein Lehrer ziehe ich daraus eine große Befriedigung. Aber mit Clarissa zusammenzuwohnen, das weißt du ja, erweist sich als – gelinde gesagt – immer schwieriger.«

In der Tat war ich über die Meinungsverschiedenheiten zwischen Mutter und Lehrer auf dem laufenden. Unablässig kamen sie zu Lorenzo und, wenn er nicht da war, zu mir, um sich zu beklagen, Poliziano wegen der ständigen Einmischung der Mutter in seine pädagogische Aufgabe, Clarissa über die Dreistigkeit des Lehrers, der sie angeblich ihrer Rolle als Erzieherin beraubte. All das war mir vertraut. Auch kannte ich den autoritären, verstockten Charakter der Römerin. Sie war durchdrungen von der Überlegenheit, die ihr das große Haus verlieh, dem sie entstammte. Und überzeugt von den Rechten, die sie aufgrund ihrer Position als fruchtbare Mutter bei der Leitung der Familienangelegenheiten beanspruchen konnte.

Die Verachtung des Gelehrten konnte man an seiner Grimasse ablesen. Er hatte die Unterlippe fast ganz über die Oberlippe geschoben.

»Niemand wird sie von ihrer Meinung abbringen«, sagte er

gereizt. »Sie verabscheut die Gelehrten im allgemeinen, und mir bringt sie einen ganz besonderen Haß entgegen. Für die Fürstin bin ich ein verdorbener Mensch, der nur einen Gedanken im Kopf hat, nämlich ihren Sohn vom rechten Weg abzubringen. Meine offen eingestandene Zärtlichkeit für die männliche Schönheit, im übrigen eine Neigung, die allen Künstlern und Humanisten von Florenz gemein ist, erscheint in ihren Augen äußerst verdächtig. Weißt du, daß sie die Via Larga wegen Donatellos *David* verlassen hat, der in seiner anatomischen Vollkommenheit im Hof des Palastes steht? Und daß sie ihren Kindern verboten hat, die Augen zu dem Geschlecht von Verrocchios *David* im Palazzo della Signoria zu erheben?«

Ich lachte zum ersten Mal seit langem. Ein Lachen, das durch die komische Häßlichkeit meines Freundes noch geschürt wurde.

Leider wußte ich, daß sein Problem nicht so leicht zu lösen war. Lorenzo konnte nicht einfach zu seinen Gunsten entscheiden. Obwohl er im stillen seinem Schützling recht gab, wollte er seine Gemahlin nicht offen bloßstellen. Die gekränkte mütterliche Würde würde sein Leben vergiften. Und ich war mir dessen bewußt, daß mein Bruder auf diejenige Rücksicht nehmen würde, die ihre Rolle zwar nicht mit Begeisterung, so doch zumindest mit Ehrbarkeit und gesundem Menschenverstand ausfüllte. Und daß er ihr mangels Liebe eine sozusagen herablassende Zuneigung entgegenbrachte.

Außerdem liebte er seine Kinder. Würde er dieses familiäre Gleichgewicht opfern, nur um den zufriedenzustellen, der ihm leidenschaftliche Bittbriefe sandte, die so zu beginnen pflegten: »Und du, Laurentius, wohlgeboren, unter dessen Laub Florenz in Frieden ruht, und der weder die Stürme noch die Drohungen des Himmels fürchtet, höre, im Schatten Deines heiligen Baumes, meine zitternde, furchtsame Stimme«?

»Leider«, bemerkte Poliziano scharfsinnig, »ist der Karren festgefahren. Jede Versöhnung erweist sich als unmöglich.

Unter diesen Umständen fürchte ich, daß Clarissa den Sieg davontragen wird. Lorenzo wird lieber meinen Aufgaben ein Ende setzen, als seine Frau im Stich zu lassen.«

»Vertraue auf *Il Magnifico*«, beruhigte ich ihn. »Wenn er seiner Frau nicht unrecht geben kann, so wird er doch wenigstens seinen Freund behalten wollen. Lorenzo fehlt es weder an Geduld – noch an Häusern rund um Florenz. Wenn er beschließt, dich aus Cafaggiolo wegzuholen, wird er dich bestimmt in ein anderes verbannen. Nach Fiesole zum Beispiel. Mit anderen Aufgaben. Ich werde mich darum kümmern, sei beruhigt. Und glaub mir, du wirst dabei nicht der Verlierer sein.«

GIULIANO

Wir fanden uns beide nach Fiesole verbannt wieder. Poliziano aufgrund Clarissas barschen Charakters, der schließlich über Lorenzos passiven Widerstand gesiegt hatte. Und ich wegen eines unglücklichen Sturzes vom Pferd bei der Jagd hier in Fiesole, bei dem ich mir das linke Bein gebrochen hatte.

Auf Krücken gestützt, machte ich ein paar Schritte in der Loggia. Der nach Frühlingsanfang duftende Himmel lag in reinem Blau über unseren Hügeln, wo sich jede Villa, jedes Kloster, jede Zypresse vor dem graugrünen Untergrund der Weinreben und Olivenbäume abzeichnete. Ganz unten in der Mulde des Beckens entfaltete das sonnendurchflutete Florenz seine goldene Spindel, gewölbt in der Mitte, zugespitzt an den Enden, und gekrönt von einer langen Stadtmauer, die alle zweihundert Armlang mit Festungen und Türmen bewehrt war.

»He, hör dir das an.«

Es mangelte mir nicht an Gesellschaft. Angelo hatte seine Gedichte wieder hervorgeholt, die er während seiner Lehrtätigkeit bei Lorenzos Kindern etwas vernachlässigt hatte. Er schien darüber sehr glücklich zu sein und bestand darauf, mich an seinem dichterischen Schaffen teilhaben zu lassen.

Er hatte es sich in den Kopf gesetzt, die »Hymne an Aphrodite« neu zu interpretieren, in welcher Homer die schöne Göttin besang, »die über die blühende, meerumspülte Erde Zyperns herrscht, wo der süße Zephyr und die Meeresbrise sie aus den schaumigen Wogen hoben«. Er erzählte mir, daß eines der berühmtesten Bilder der Antike, die *Aphrodite* von Apelles, auf einem heute nicht mehr erhaltenen Basrelief die homerische Hymne auf diese Jungfrau mit dem göttlichen Antlitz darstellte, wie sie dem weißen Meeresschaum der Ägäis entstieg.

Poliziano hatte sich davon inspirieren lassen. Ich hätte schwören können, beim Anhören seiner Stanzen die erhabene nackte Göttin auf einer Muschel stehend vor mir zu sehen, mit einer Hand ihre Locken an sich drückend und mit der anderen ihre Brust bedeckend, wie sie, von lasziven Winden getrieben, an Land gespült wurde. Selbstverständlich besaß sie die träumerischen Züge und den sinnlichen Körper Simonettas.

»Du solltest diese Verse Sandro vorlesen!« ermunterte ich ihn. »Ich bin sicher, er würde ein außergewöhnliches Bild daraus machen!«

»Das ist schon geschehen. Und der Gedanke hat ihn begeistert. Aber er muß zuerst nach Rom. Zusammen mit unseren besten Künstlern, Ghirlandaio, Rosselli, Signorelli und Perugino, wurde er dorthin berufen, um die neue Kapelle auszumalen, die Sixtus IV. im Vatikan bauen ließ.«

Als Poliziano sich entfernt hatte, kam Antonia Gorini, um mir ihren Arm zu leihen, damit ich die Stufen zur Villa hinaufsteigen konnte. Schweigend und ergeben begleitete sie mich bis in den ersten Stock, schlüpfte in mein Zimmer, schloß die Türen, zog die Vorhänge zu, öffnete das Bett, ließ ihr weizenblondes Haar über ihre rosigen Schultern fallen, schnürte ihr Hemd und ihren Rock auf, wobei sie ihre rundlichen Formen entblößte, und nahm mir, wie sie es sich seit meiner Verletzung zur Gewohnheit gemacht hatte, die Krücken weg. Dann stieß sie mich lachend auf die Steppdecke.

Bei ihren letzten Eroberungsversuchen hatte ich, das ist wahr, nicht sehr großen Widerstand geleistet. Ihre Lebenslust ließ mich nach und nach wieder Geschmack an meinem Leben finden. Sie entriß mich der Welt der Toten und lehrte mich geduldig wieder die Gesten der Lebenden. Aber kann man mit einer Frau Liebe machen, fragte ich mich, die man nicht liebt, ohne es jemals wirklich mit der zu tun, und es nie mit der getan zu haben, die man liebt, und es dennoch nur mit ihr zu tun?

Das Mädchen sah wohl die Geister vor meinem Auge vorüberziehen, aber sie nahm es mir nicht übel.

»Ich habe eine Überraschung für dich, Monsignore«, sagte sie schüchtern.

»Nenn mich nicht so. Du weißt, daß ich das nicht mag.«

Mit emsigen Fingern begann sie mein wirres Haar zu kämmen.

»Nun, wo ist die Überraschung?« fragte ich sie belustigt. »Zeig sie mir.«

»Das ist im Moment nicht möglich. Später ...«

»Sag mir wenigstens, was es ist ... Warte, ich werde raten.«

Ich zählte alles auf, was die Natur dem glücklichen Dorf Fiesole bescherte.

»Das ist es«, sagte sie. »Es ist eine Frucht. Die schönste aller Früchte.«

Über ihren freudigen Ausdruck fiel ein Schleier aus Schüchternheit. Sie zögerte, dann legte sie meine Hand auf ihren gerundeten Bauch.

»Diesmal ist es wahr. Im Herbst ...«, flüsterte sie. »Es ist das einzige Geschenk, das ich dir machen kann, Monsignore.«

Giuliano

Anstatt mich zu erfreuen, ließ mich die Ankündigung dieses neuen Lebens, das dank mir, aber ohne daß ich es gewollt hatte, zur Welt kommen würde, nur noch mehr um jene trauern, die ich verloren hatte, die einzige, die in meinen Augen zählte.

Ich schloß mich in mein Zimmer ein, weigerte mich, irgend jemanden zu sehen. Ich nahm es Antonia übel, daß sie meine vorübergehende Unbeweglichkeit genutzt hatte, um mich in ihren Netzen zu fangen. Hatte sie nicht zur gleichen List gegriffen, als sie Simonetta hinterbracht hatte, sie würde ein Kind von mir erwarten? Damals hatte sie gelogen, während sie jetzt, leider, die Wahrheit sagte. Meine Laune war um so unerträglicher, als ich mich gegenüber dem Bauernmädchen verantwortlich fühlte.

Nur Lorenzo, der nach Fiesole heraufgekommen war, um mit mir über eine neue Wendung zu reden, die unsere Angelegenheiten mit den Römern genommen hatte, durfte meine Schwelle übertreten.

Ich beschloß, ihn ins Vertrauen zu ziehen.

»Das wird nicht der erste Bastard in der Familie sein«. Er lächelte. »Wenn es wirklich ein Medici ist, werden wir ihn anerkennen. Besser noch, wir werden ihn adoptieren.«

Aber um etwas anderes machte er sich Sorgen. Er erzählte mir, daß eine Handvoll dem Papst nahestehender Kirchenmänner, darunter zwei seiner Neffen, die er zu Kardinälen gemacht hatte, als Gäste der Pazzi in ihrer Villa in Montughi weilten, etwas außerhalb der Stadtmauern von Florenz.

»Kurz und gut, alle unsere Feinde haben sich in unserer Hauptstadt versammelt«, bemerkte ich.

»Ich will ihnen zeigen, wer die Herren sind. Wir werden sie empfangen, Giuliano, und zwar hier. Mit ihrer ganzen Eskorte werden wir sie sogar feiern. Auf eine Weise, wie es sich für Kirchenfürsten gehört.«

Diesmal konnte ich meinem Bruder nicht folgen.

»Bist du dir bewußt, Lorenzo, daß du den gemeinsten, korruptesten, arrogantesten Männern, die es je auf der Welt gab, einen königlichen Empfang bereiten willst?«

»Ich mache mir keinerlei Illusionen über ihren moralischen Wert, das weißt du genau. Aber diese Leute haben sich bemüht, unseren Ruf beim Papst zu schwärzen. Alle unsere Gewährsmänner bestätigen das. Auf der Grundlage böswilliger Andeutungen und niederträchtiger Lügen haben sie eine gewaltige Verleumdungskampagne gegen uns angezettelt. Ich will, daß man Sixtus IV., der sich als gutgläubig wie ein Kind erwiesen hat, berichtet, daß Florenz weder Sodom noch Gomorrha ist. Und wir beide weder Mephisto noch Beelzebub«, sagte er lachend.

Noch am gleichen Abend wurde ein großes Festmahl in unserer Villa bereitet. Aber ich war verstimmt und trübsinnig, und so ließ ich wissen, daß ich nicht würde teilnehmen können. Dieser erlauchten Versammlung von Neffen gegenüberzutreten, die ihr päpstlicher Onkel in den Himmel erhoben hatte, ging unter den gegebenen Umständen über meine Kräfte.

Ich zog es vor, durch eine Geheimtür ins Freie zu gehen und die Sterne zu betrachten. Ich ging in die Wälder hinein, die ich bis zum letzten Strauch kannte. Die Nacht war klar. Die schwarzen Spitzen der Nadelbäume zeichneten sich gestochen scharf vor einem gigantischen Vollmond ab.

Ich hatte einen abschüssigen Weg eingeschlagen, als ein Schatten eine meiner Krücken packte.

»Ah! Ah! Ich wußte doch, daß du kommen würdest ...«

Ich erkannte das zahnlose Lachen vom Mercato Vecchio wieder. Die Alte trug einen Eimer Wasser an einem Stock, unter dem sich ihr Rücken in rechtem Winkel beugte.

»Folg mir, schöner junger Mann. Du wirst doch keine Angst vor einer buckligen alten Frau haben ...«

Mit meinem gebrochenen Bein konnte ich mich schwerlich retten. Die Hexe nutzte meine Gebrechlichkeit, um mich in eine im Laub verborgene Hütte zu stoßen. Sie wurde nur durch ein Feuer erhellt, auf dem ein dampfender Topf schmorte. Die Hexe nahm ihr Glasauge aus seiner Höhle, spülte es in dem Gefäß ab, setzte es wieder ein und schüttete das restliche Wasser in den Topf, aus dem sogleich ein ekelerregender Gestank aufstieg.

Sie beugte sich lange darüber und gab unverständliche Töne von sich, die sie mit Gesten untermalte. Dann zeichnete sie mit ihren Krallen ein Herz in die heiße Asche und durchbohrte es mit einer Nadel, wobei sie mit gellender Stimme sang: »Mach, daß sie an meine Tür kommt, ehe das Feuer erlischt.«

Ihre Beschwörungen dauerten eine ganze Weile. Eine Art Betäubung nahm von mir Besitz. Ich dachte nicht einmal mehr daran, zu gehen. Ich war an Ort und Stelle festgenagelt, von ihren Zaubersprüchen gebannt.

Plötzlich begann die zahnlose Alte zu sprechen. Mit einer Stimme, die nicht mehr die ihre war. Hell, jugendlich, mit einem süßen, singenden Tonfall, der mir vertraut war.

Traum? Zauber? Was ich empfand, übertraf alle Erregung, die ich jemals empfunden hatte.

»So lange versuche ich schon mit dir zu reden, Giuliano …«

Ich glaubte meinen Ohren nicht zu trauen. Denn meine Augen starrten immer noch auf diesen sumpfigen Mund, aus dem ich eher Kröten als Rosenblüten erwartet hätte.

»Hör auf, dich zu grämen, Giuliano mio«, sagte ihre liebliche Stimme. »Ich trage dich immer in meinem Herzen, wie du mich in deinem. Aber ich möchte, daß du weißt, daß ich hier eine Glückseligkeit gefunden habe, von der du nicht die geringste Vorstellung hast. Ich wurde geboren, ja, wiedergeboren in ein neues Leben. Ich möchte so gern, daß du siehst, wie …«

Der schwarze Rauch verflüchtigte sich, und ich erblickte unter einem klaren Himmel die kräuselnden Wellen des Meeres. Ich hörte deutlich ihr weißgesäumtes Plätschern am

Strand. Eine frische Meeresbrise weitete meine Nüstern. Dann erhob sich plötzlich ein Wind, und die Wogen schwollen an. Ein starker Irisduft durchdrang die Luft.

Da tauchte sie auf, völlig nackt, gleißend, in einem weißen Licht. Auf einer schwankenden Muschel das Gleichgewicht haltend, dehnte sie ihre anmutige, wohlgeformte Gestalt. Perlmuttfarbene Haut, verklärt von himmlischer Musik, die in der Brise mit den goldenen Garben ihres Haars spielte.

Ich sah sie auf mich zugleiten, gewiegt von dem Auf und Ab der Wellen, während ihre träumerischen Augen, in denen sich Himmel und Meer spiegelten, unendliche Sanftheit ausdrückten. Als sie mich bemerkte, bedeckte sie ihre Scham und ihre Brust, neigte anmutig den Hals und bewegte leicht die Hüften, um den Fuß auf die Erde zu setzen.

Ja, meine Venus war geboren, wiedergeboren! Für mich allein geboren! Um nur mir zu gehören! Nur bei dir will ich sein!

Ich stürzte auf sie zu, außer mir vor Glück. Und hielt knochige, ausgetrocknete Hände in den meinen. Ich schauderte vor Widerwillen. Das lebende Bild, genau das, welches Poliziano mir beschrieben hatte und das Botticelli sicher eines Tages malen würde, war in den Pestilenzdämpfen versunken.

Giuliano

Ich kehrte nach Florenz zurück. Doktor Moyse wollte mein Bein nochmals sehen. Meine Verletzung machte mir zu schaffen. Ich fühlte mich geschwächt, fiebrig. Ein unbestimmbares Unwohlsein hielt mich im Bett.

»Sie sind alle gekommen«, berichtete Lorenzo, der auf einer Truhe saß. »Die beiden Kardinäle Riario, eskortiert von einem Hauptmann der Truppen des Vatikan, Giovan Battista da Montesecco, Erzbischof Francesco Salviati, in Begleitung von zwei Priestern, Antonio Maffei und Stefano da Bagnone, Hauslehrer bei den Pazzi. Und natürlich Franceschino, der kleine Bankier, den seine blühenden Geschäfte mit dem Papst auch nicht größer werden ließen – der Arme! Dazu ein paar junge Florentiner von der *brigata*, die Brüder Stefano und Bernardo Bandini, Jacopo Bracciolini, Napoleone Franzesi, von den anderen habe ich die Namen vergessen. Ich habe sie mit der üblichen Höflichkeit empfangen. Und mir schien, sie wußten dies zu schätzen. Ich fand sie sogar besonders liebenswürdig. Der einzige Schatten war deine Abwesenheit. Sie taten ihre Enttäuschung kund und haben sich ausführlich nach deiner Gesundheit erkundigt. Sie wollen dich bald sehen und zählen auf dich bei den nächsten Veranstaltungen. Ich übrigens auch.«

»Ich bin zutiefst betrübt, daß ich derart vermißt wurde«, sagte ich. »Ihre honigsüßen Worte stinken geradezu vor Gift.«

»Ich finde dich reichlich bitter, Giuliano.«

»Was hast du dir denn von diesen Individuen erhofft, Lorenzo, die seit Jahrzehnten zähen Groll gegen uns schüren? Sie haben uns schon immer verabscheut, auch wenn sie uns anlächeln und schmeicheln. Unter all den glühenden Freundschaftsbeteuerungen haben sie uns gehaßt. Bisher begnügten sie sich damit, uns aus der Ferne durch verborgene Machenschaften zu schaden, jetzt machen sie nicht einmal mehr ein Hehl aus ihrer Abneigung. Sie fordern uns offen heraus. Ihre Tiefschläge prasseln von überallher auf uns ein. Das Bündnis der Riario mit den Pazzi und den Salviati, den beiden Florentiner Familien, die uns am feindseligsten gegenüberstehen, droht explosiv zu werden.«

Der Zorn verlieh mir die Kraft, aufzustehen. Ich vergaß meine Krücken und machte ein paar Schritte, wobei ich mich an den Möbeln festhielt.

»Gerade deswegen müssen wir sie entwaffnen«, sagte mein Bruder ruhig.

Mit beiden Armen stützte ich mich auf einen Tisch.

»Du bist der reichste Mann der Welt, Lorenzo, hofiert von allen Regierenden. Die Gehässigkeit unserer Konkurrenten ist unbeugsam. Unsere Berater empfehlen uns andauernd, uns vor den Pazzi in acht zu nehmen, das mußt du doch wissen.«

»Daß unsere Macht und unser Reichtum uns Feinde geschaffen haben, die ebenso mächtig und reich sind wie wir, gehört zu den Spielregeln. Daß diese Gegner uns ausschalten wollen, um noch mächtiger und reicher zu werden, gehört ebenfalls zu einer guten Kriegsführung. Es ist an uns, ihre Pläne zu vereiteln und sie daran zu hindern, uns zu schaden. Die Pazzi haben wir unter Kontrolle, mach dir keine Sorgen. Da ist Franceschino, dieser Zwerg mit dem langen Arm. Vor ihm müssen wir uns hüten, er ist zu allem fähig, ich weiß. Aber da ist auch unser Schwager Guglielmo, der ihm Einhalt gebieten kann, wenn es sein muß.«

Er erhob sich und gab mir im Vorbeigehen einen liebevollen Klaps auf den Rücken, der mich beinahe das Gleichgewicht verlieren ließ. Ich setzte mich auf einen Hocker.

»Etwas scheinen sie nicht zu wissen«, fuhr er fort. »Mit ihrem Stolz und ihrer Arroganz haben sie sich den Haß des kleinen Volkes zugezogen. Während wir, die Medici, uns die Zuneigung aller Florentiner zu bewahren wußten. Diese werden wissen, auf welche Seite sie sich schlagen müssen, wenn es zu einer Konfrontation kommt.«

Lorenzo erhob sich.

»Und nun hör gut zu, kleiner Bruder. Am nächsten Samstag – ich möchte dich daran erinnern, daß das der Karsamstag ist –, wirst du wieder auf den Beinen sein. Du kennst die Diagnose unseres Arztes. Dein Bruch ist sozusagen verheilt. Im übrigen kannst du schon laufen, wie ich sehe. Deine leichte Unpäßlichkeit hat zweifellos andere Ursachen. Aber lassen wir das ... Ich habe also beschlossen, an diesem Samstag, dem 26. April, einen großen Empfang zu geben. Hier im Palast. Und in der ganzen Stadt. Vor den Kirchen werden Tische für ein riesiges Festmahl für die Bevölkerung aufgestellt. Jeder, ohne Ausnahme, ist eingeladen. Wichtige Leute wie das kleine Volk. Wir dürfen über unseren Sorgen nicht den Sinn fürs Feiern verlieren, zum Teufel!«

Lorenzo schlenderte durch das Zimmer und überlegte laut.

»Am Morgen wird Raffaello Sansoni-Riario im Dom eine feierliche Messe halten. Er hat diesen Wunsch geäußert. Ich habe mit Freuden zugestimmt. Und ich habe dem jungen Kardinal sogar vorgeschlagen, mit seinem ganzen Gefolge bei uns in der Via Larga zu Gast zu sein, damit er sich vor der Zeremonie umkleiden kann und wir ihn nach Santa Maria del Fiore geleiten und dann zum Bankett wieder mit hierher nehmen können.«

»Hör zu, Lorenzo. Verlang nicht von mir, an diesem Festmahl teilzunehmen. Wir sehen die Dinge verschieden. Trotzdem kann ich deine politischen Gründe verstehen. Zweifellos hast du recht, das gebe ich zu. Aber ... es wird dir vielleicht lächerlich erscheinen, ich bin immer noch in Trauer.«

»Außer wenn du sie mit den üppigen Nymphen unserer Hügel brichst ...«

Ich überhörte seinen Einwurf.

»Der 26. April ist Simonettas zweiter Todestag«, beharrte ich. »Ich werde gern an deiner Seite sein, um die päpstliche

Delegation in die Kathedrale zu begleiten. Aber danach - und du wirst mich im voraus bei unseren Gästen entschuldigen – werde ich dich um Erlaubnis bitten, mich zurückzuziehen.«

Giuliano

Bereits im Morgengrauen jenes Karsamstags versetzten große Vorbereitungen die Via Larga in Aufregung. Domestiken und Sklaven machten sich in den Sälen, dem Hof, der Loggia und den Gärten zu schaffen. Von meinem Zimmer aus vernahm ich ihre geschäftigen Schritte, Möbelrücken, Geschirrklappern. Kurz darauf hörte ich, wie die Musiker ihre Geigen und Lauten stimmten und einige Passagen ihres Repertoires wiederholten.

Schlag elf Uhr erklangen Huftritte und Wiehern im Hof des Palastes. Der junge Kardinal Raffaello Sansoni-Riario war aus der Villa der Pazzi in Montughi nach Florenz gekommen. Er stieg vom Pferd und wurde in die Räume im ersten Stock geführt, die ihm zur Verfügung gestellt worden waren, damit er seine Gewänder für das Pontifikalamt anlegen konnte. Ich hörte seine bewundernden Rufe durch die Säle des Palastes hallen, deren Schätze er entdeckte.

Es war Zeit, mich vorzubereiten. Ich überprüfte die Farben, von Flamingorosa bis Aubergine, die mein Diener für Weste, Trikot, Mantel und Barett ausgesucht hatte, die ich tragen würde. Ich schlüpfte in das Leinenhemd und die samtenen Beinkleider.

Eine Dienerin kam und meldete, daß ein blondes junges Bauernmädchen mir eine dringende Botschaft zu übergeben hatte. Man wollte sie wegschicken, aber sie hatte gedroht, einen Skandal zu verursachen, wenn sie mich nicht auf der Stelle sprechen könnte. Nun, dazu war heute nicht der richtige Tag, nicht wahr? Und dann war das, was sie mir zu sagen hatte, äußerst wichtig, wie sie versicherte.

Ich hatte nicht das Herz, sie abweisen zu lassen.

Also empfing ich sie, halb angekleidet, im Vorzimmer. Antonia sah verstört aus. Sie warf einen gereizten Blick auf die

Porträts Simonettas, die Vespucci mir übergeben hatte und die nun die Zimmerwände erleuchteten, und ihre Wangen färbten sich apfelrot. Es hatte ihr darüber die Sprache verschlagen.

»Also gut, was ist los?« fragte ich ungeduldig.

Eingeschüchtert durch die Allgegenwart Simonettas und die Feierlichkeit dieses Ortes, konnte sie sich immer noch nicht entschließen, den Mund aufzumachen.

Ich griff zu einem weniger barschen Ton.

»Ich bin in Eile, Antonia. Ich muß mich fertig anziehen und in den Dom gehen. Kannst du mir sagen, was dich herführt?«

Da packte sie mich am Arm.

»Geh nicht dorthin, Monsignore! Geh nicht!«

Hastig schnürte, knöpfte, band sie das wieder auf, was ich gerade zugeschnürt, -geknöpft und -gebunden hatte, und versuchte wieder einmal die Taktik, die sie zur Zeit meines Gebrechens so gut beherrscht hatte. Sie lachte jedoch nicht mehr dabei, und in ihren Bewegungen lag eine ungewohnte Angst.

Diesmal widerstand ich ihr.

»Dazu ist jetzt nicht der rechte Augenblick, schau!«

Sie entkleidete sich rasch. Aber ich war entschlossen, sie nicht gewähren zu lassen.

»Wir müssen miteinander reden, das ist wahr, Antonella. Aber nicht jetzt. Nicht hier und nicht so. Ich werde erwartet.«

Sie begann zu flehen.

»Bleib hier, Giuliano. Bei mir kann dir wenigstens nichts geschehen.«

»Was soll mir denn geschehen? Ich bin völlig wiederhergestellt. Ich kann bis zur Kirche laufen. Paß lieber auf dich auf und auf dein ... auf unser Kind und kehre nach Fiesole zurück. Ich werde einen Wagen anspannen lassen, damit er dich hinbringt.«

Mit Tränen in den Augen stellte sich das Mädchen mit ausgebreiteten Armen vor die Tür. Ihr runder Bauch unter dem dicken Baumwollstoff diente ihr als Schild. Schließlich ergab ich mich dieser süßen Sperre.

Und so sah ich durch eines meiner Fenster, wie sich im Hof der Zug der kirchlichen Würdenträger formierte, die der großen Messe in Santa Maria del Fiore beiwohnen würden. Die Glocken begannen an diesem Vorabend zu Ostern über dem jubelnden Florenz ein feierliches Geläut anzustimmen. Dreißig Berittene und fünfzig Infanteristen machten den Weg frei für den apostolischen Delegierten, begleitet von Lorenzo und gefolgt von seinem Vetter, Kardinal Pietro Riario, Erzbischof Francesco Salviati und ihrem zahlreichen Gefolge.

Um die Wahrheit zu sagen, ich war nicht allzu verärgert über dieses unerwartete Hindernis. Zwar legte Lorenzo Wert auf meine Anwesenheit, aber die anderen würden mich leicht entbehren können. Als Antonia gegangen war, war ich ihr letzten Endes dankbar, daß sie mir gestattet hatte, diesem Frondienst zu entgehen.

Doch die Ruhe währte nicht lange. Stimmen eilten die Treppe herauf. Die Türen zu meinem Vorzimmer, dann zu meinem Zimmer öffneten sich ohne weitere Umstände.

»Komm aus deinem Bau, Giuliano! Draußen scheint eine strahlende Sonne. Nur du fehlst noch.«

Auf alles war ich gefaßt, nur nicht auf das jähe Eindringen von Franceschino de' Pazzi und Barnardo Bandini in meine Intimsphäre.

Die beiden Kumpane waren bester Laune.

»Genug geschlafen, Monsignore! Schüttle dich, großer Faulpelz! Alle warten auf dich.«

»Zu spät«, widersprach ich. »Die Messe muß schon eine ganze Weile begonnen haben.«

»Es ist noch Zeit«, erwiderte Franceschino, »den Kardinal nicht zu enttäuschen. Es ist wichtig, daß er dich sieht. Du weißt, welchen Wert er darauf legt, daß beide Medici da sind, wenn er seines frommen Amtes waltet.«

Wenn meine Gegenwart unbedingt erforderlich gewesen wäre, hätte Lorenzo sich die Mühe gemacht, mich dies wissen zu lassen.

»Ich möchte es nicht an Respekt Seiner Eminenz noch sonst

jemandem gegenüber fehlen lassen«, antwortete ich, »aber ich fühle mich noch nicht kräftig genug, um bis zur Kirche zu laufen. Ich bedaure.«

»Dein Bein? Dem geht es besser, heißt es. Und dann sind wir ja da, um dich zu stützen. Auf, Schluß mit dem Gerede!«

Sie schubsten mich scherzend, bedrängten mich mit Argumenten, das schöne Wetter, die wartende Menge, das Fest, das ich nicht versäumen durfte, die Verpflichtung, anwesend zu sein …

Ihre Vertrautheit hatte etwas Unerwartetes. Aber ich hatte sie in letzter Zeit nicht gesehen, und nach dem, was Lorenzo sagte, schienen alle eine große Herzlichkeit uns gegenüber an den Tag zu legen.

Ich setzte meine schwarze Kopfbedeckung auf, wickelte ihr langes Band um den Hals, nahm mein Schwert, besann mich dann und legte es wieder hin, weil ich fürchtete, an mein schmerzendes Bein zu stoßen, und folgte ihnen mit unsicheren Schritten.

Sie hatten recht. Die Luft in den sonnigen Straßen war warm. Wir hatten immer sehr schönes Wetter am 26. April. Selbst vor zwei Jahren, als ich meine Simonetta zu ihrer letzten Ruhestätte in der Kirche Ognissanti geleitet hatte. Fortuna kümmerte sich nicht um die Farbe des Himmels, wenn sie zuschlagen wollte.

Hinkend ging ich durch die Via Larga zum Domplatz. Nicht schnell genug für den Geschmack meiner beiden Weggefährten, die ihre gute Laune nicht verloren.

»Wir wissen, wie dein Bruch aussieht, he!« spotteten sie. »Sie ist blond und gut gebaut. Wir haben sie aus deinem Zimmer kommen sehen!«

Bandini gab mir einen verständnisvollen Stoß, wie zu Zeiten der *brigata*. Pazzi bedachte mich mit einer fröhlichen Umarmung und klopfte mich zu meiner Überraschung kräftig von oben bis unten ab. Die beiden Komplizen zwinkerten einander zu.

»Komm, lassen wir unseren alten Groll!« rief Franceschino.

»Vergessen wir unsere Differenzen. All das gehört der Vergangenheit an. Wir sind alle Florentiner, nicht?«

Lorenzo hatte recht gehabt. Das Kommen des Kardinals kündigte eine baldige Annäherung mit dem Vatikan an. Und unsere Florentiner Gegner waren wohl oder übel gezwungen, einzuschwenken.

Der eine faßte mich um die Schulter und der andere um die Taille. Und so umrahmt ließ ich mich besänftigt bis in den Chor von Santa Maria del Fiore geleiten.

Giuliano

An dem prachtvoll mit Blumen geschmückten Hochaltar begann der junge Kardinal die Messe zu lesen.

Man hatte auf mich gewartet. Ich schämte mich ein wenig, durch meine Leichtfertigkeit die Zeremonie verzögert zu haben.

Eine riesige Menge hatte sich unter der Kuppel versammelt, die der Ausdruck der Kühnheit Brunelleschis und der Stolz der Florentiner war. In dieser Herausforderung an die Gesetze der Schwerkraft hatte unser großer Baumeister Anmut und Majestät, Leichtigkeit und Kraft vereint. Die Festgewänder der Gläubigen, erstmals getragen anläßlich dieser päpstlichen Messe, huldigten dem Kardinal und bescheinigten, daß unsere Stadt, die alle anderen ausgestochen hatte, es so eingerichtet hatte, daß ihre dreiunddreißig Bankenpaläste, diese Kirchen der neuen Zeit, ihre Reichtümer allen zuteil werden ließen.

Ich erblickte Lorenzo etwas weiter weg, im Chorumgang, auf die von Ghiberti geschnitzte Holzbalustrade gestützt. Sein Lächeln bezeugte seine Zufriedenheit, mich bei der Führung des Staates wieder an seiner Seite zu sehen, in diesem Achteck, das der wirkliche und symbolische Mittelpunkt unserer Stadt war.

Neben ihm sah ich Poliziano und ein paar Freunde von der *brigata*, Filippo Strozzi, Antonio und Lorenzo Cavalcanti, Sigismondo della Stufa, Antonio Ridolfi und Francesco Nori, der die Bank der Medici in Lyon geleitet hatte.

Zwei unbekannte Geistliche, die zum Gefolge des Kardinals gehören mußten, standen direkt hinter Lorenzo. Es mußte sich um Antonio Maffei und Stefano da Bagnone handeln, von denen mein Bruder mir erzählt hatte.

Ich wäre gern zu ihm gegangen. Aber das hätte die Aufmerksamkeit noch mehr auf mich, den Nachzügler, gelenkt.

Und dann fühlte ich mich noch nicht stark genug auf den Beinen, um mir mit den Ellenbogen einen Weg zu bahnen. Schade. Ich mußte diese feierliche Messe in Geduld über mich ergehen lassen.

Ich versuchte in dem Halbdunkel hinter den Weihrauchschwaden das wundervolle Bild Simonettas, auf ihrer Muschel stehend, wiederzufinden, wie sie mir in der Hütte der Alten erschienen war, ihre harmonische Stimme aus den Chören herauszuhören, wenn die großen Orgeln schwiegen.

»Sanctus ... Sanctus ... Sanctus ...«

Endlich verstummte der Gesang, und die Glöckchen erschallten. Die ganze Kathedrale kniete nieder und senkte andächtig den Kopf. Unter dem Widerhall der liturgischen Worte, vor der hocherhobenen Hostie, schlossen sich alle Augen zum Zeichen der Sammlung.

Und da geriet die Kuppel vor meinen Augen ins Wanken.

Ein stechender Schmerz an der linken Seite ...

Blitzschnell dringt ein Dolch zwischen meine Rippen. Sein Stoß ist von unerhörter Gewalt. Er blitzt unter Bandinis Mantel hervor. Streckt mich nieder.

Ein Sprung zurück ...

Mit befleckter Waffe, wildem Blick ist der Verräter wieder über mir und ruft:

»Nimm das, Monsignore!«

Der Schurke!

Ein erstickter Schrei ...

Ein Augenblick der Unschlüssigkeit, der verhängnisvollen Ungewißheit, und die Versammlung erwacht angesichts des Geschehenen. Ohren werden gespitzt, Augen geöffnet, das Schweigen gebrochen. Ein Raunen geht durch die drei Schiffe und das Transept. Schwillt an zum Lärm. Ein paar Sekunden, und die ganze Kathedrale ist auf den Beinen.

Der dumpfe Aufprall des Sturzes ...

Lorenzo will mir zu Hilfe eilen. Da stürzen sich die beiden

dunklen Prälaten auf ihn. Einer von ihnen rempelt ihn an. Ihre Absichten erratend, dreht mein Bruder sich um und entgeht durch diese Ausweichbewegung der Spitze des Messers, das ihn nur leicht zwischen Hals und Schulter verletzt. Maffei und Bagnone! Ruchlose Priester! Schmutzige Soutanen, bereit, die Kultstätte zu entweihen, die den Florentinern am teuersten ist, indem sie sie mit dem Blut des *Magnifico* besudeln! Was hat man ihnen als Gegenleistung versprochen? Eine Börse, ein Amt, eine Bischofsmütze? Zur Hölle mit ihnen!

Mühsam richte ich mich wieder auf …

Im Blutrausch sticht der niederträchtige Bandini weiter wild auf mich ein. Was hat man ihm vorgegaukelt? Seine Spielschulden zu tilgen? Ich kann mich nicht verteidigen. Er weiß genau, der Feigling, daß ich nicht bewaffnet bin. Er und Pazzi haben sich dessen vergewissert, gerade eben auf dem Weg von der Via Larga zum Dom, als sie freundschaftlich an mir herumklopften, diese Mistkerle. Sie haben mich schön reingelegt. Kein Kettenhemd unter meinem Wams. Und kein Schwert …, das liegt auf meinem Bett. In dem Glauben, er habe mir den Garaus gemacht, verläßt Bandini mich und läuft zu den Mördern Lorenzos, um ihnen zu helfen.

Taumelnde Schritte …

Mein Bruder ist den beiden Priestern entkommen, reißt sich den Mantel herunter und wickelt ihn als Schild um seinen linken Arm, zieht sein Schwert und schlägt seinerseits auf die Meuchler ein. Aber Bandini hat ihn erreicht. Fast kann er ihn berühren. Was er bei mir begonnen hat, wird er bei Lorenzo vollenden. Unsere Freunde eilen Lorenzo zu Hilfe. Nori verstellt dem Mörder den Weg, und ihn, den Unglücklichen, trifft der Dolch. Unser treuer Freund bezahlt seine tapfere Tat mit dem Leben. Cavalcanti ist am Arm verletzt. Poliziano und della Stufa drängen sich ebenfalls dazwischen.

Die Bodenplatten weichen zurück …

Den Tumult ausnutzend, versuche ich verzweifelt, zu meinem Bruder zu fliehen.

Waffengeklirr. Schreie des Schreckens und der Wut.

»Man mordet die Medici!«

»Tod den Verrätern!«

Man läuft in alle Richtungen. Klettert auf die Galerien.

Die Kuppel taucht in Dunkelheit ...

Mit einem Satz hat Pazzi mich erreicht. Mit mörderischer Wut nimmt er Bandinis Stelle ein.

Zwei gedungene Mörder für jeden von uns. Es handelt sich wirklich um ein Komplott, das uns vernichten soll. Sie haben die endgültige Exekution der Medici beschlossen. Hinter den Infanteristen einmal mehr zwei große verschworene Florentiner Familien. Auf Anraten der degenerierten Neffen des Papstes – und mit dem Segen des Heiligen Stuhls.

Du, Großvater, der du gerade noch der Verschwörung der Albizi entkamst, und du, Vater, den Lorenzo vor dem Komplott der Pitti rettete, laßt nicht zu, daß sie uns massakrieren!

Die Kälte der Klinge, wieder und wieder ...

Meine Kräfte schwinden. Vor dem Hochaltar läßt sich der junge Kardinal, der die Messe lesen sollte, wie betäubt und zitternd von seinen Komplizen fortführen. Wenn man bedenkt, daß sich ihre Machenschaften vor unseren Augen abspielten, ohne daß wir etwas ahnten!

Mit bestialischer Besessenheit fällt Pazzi über meinen verstümmelten Körper her. Ich sinke nach vorn, von Dolchstößen durchsiebt.

Der Aufprall meiner Knie auf dem Marmor ...

Sollte uns die Vorsehung verlassen haben? In seiner blinden Raserei verletzt sich mein Mörder selbst, als er sich das Messer in den Schenkel stößt.

Und Lorenzo? Noris Opfer hat ihm das Leben gerettet. Bleich, blutüberströmt, aber noch auf den Beinen, gelingt es ihm, durch einen Sprung über die Chorbalustrade den Angreifern zu entkommen. Die *brigata* bildet einen Kreis um ihn und zieht ihn in die alte Sakristei.

Ich höre seine gebrochene Stimme.

»Giuliano!«

Mit einer raschen Bewegung beugt Ridolfi sich über den

Hals des *Magnifico*, preßt seine Lippen auf dessen Wunde und spuckt dann das Blut wieder aus. Waren die Dolche vergiftet? Gewaltsam führen ihn die Seinen weg und stoßen ihn hinter die schweren Bronzetüren der Sakristei, die sich geräuschvoll hinter ihm schließen. Lorenzo ist gerettet!

Die blutige Spur auf den Platten …

Ich plage mich ab, vorwärtszukriechen. Neunzehn Dolchstöße. Mein zerstückelter, blutleerer Körper hat sie gezählt. Schließlich breche ich auf dem bunten Marmor zusammen. Ich bade in einem Meer von Schmerz und Haß.

Die Erinnerungen pochen an meine Schläfen …

»E mentre il passato dietro guardo

Veggo il presente che se ne va via.«

Deine Verse, Lorenzo, halten mich noch zurück. Während ich meine Vergangenheit hinter mir schaue, sehe ich meine Gegenwart, die entflieht. Und das Leben, das aus meiner Seite entweicht.

Dunkelheit umfängt mich …

Nimm mich mit, Simonetta, in dein weißes Licht! Ein Leben hat uns nicht genügt, um unseren Lebenshunger zu stillen.

Die Schwindsucht für dich. Der Dolch für mich. In diesen Frühlingstagen, die nach der *Renaissance* rufen.